仿生人偶是否會夢見點滴架

作者 M・貓子

插畫 鹿卷耳

目錄
Contents

第一章 仿生人偶的簽收

（通話紀錄——最愛的人01．m4a）

『喂，請問哪位？』

『……』

『喂——有聽到嗎？』

『……』

『無聲電話？真煩人——抱歉我才不會這麼說，因為此刻我正在卡稿中，急需要拋下稿子的藉口和靈感刺激，所以……為了我的稿件和精神健康，奉獻你的通話費吧！』

『……』

『哎呀，說到這地步還沒掛斷，那我就不客氣了。』

『……』

『讓我猜猜你為什麼在大半夜撥號給陌生人吧！不過先聲明，我不是偵探，只是個卡稿卡到生無可戀的窮小說家，所以以下發言完全是個人臆測，說錯我既不道歉也不愧疚，畢竟我的工作就是虛構故事嘛。』

『……』

『好了，這是你最後的逃跑機會，不想成為我的靈感甚至稿費就快逃。』

『……』

『還是不掛？讓我對你的勇氣和慷慨致上敬意。關於你撥號的動機……可能是你翻身時按到手機，糊里糊塗解鎖撥號，不過這樣太無聊了，所以廢棄。』

『……』

『然後基於同樣的理由，「單純想騷擾人」也不採用，排除以上兩者後，有什麼是有趣但又不會過於離譜的動機……』

『……』

『有了！是求救！你被人祕密囚禁，唯一的求救管道是費盡心力弄到的手機，然而在匪徒的監視下，你就算有機會撥號，也無法出聲喊救命，這讓你屢屢被一一〇、一一九當成惡作劇，絕望下改打給一般人，被人秒掛十多次後，終於……』

『……』

『你以為我要說「被一名擅長胡思亂想的卡稿作家接通」嗎？錯了，那是現實中的事，不是我要說的故事，在我的故事中按下通話鍵的是……是一名被生活折磨得失去彈性，滿腔抱怨無暇關心他人的情趣用品店客服大叔！』

當冀楓晚被門鈴聲吵醒時，夕陽剛沉進地平線，路燈與霓虹燈的光輝被窗簾所遮擋，整個寢室都陷在黑暗中。

他瞇著眼摸黑下床，走到玄關前拍開大門監視器螢幕，在巴掌大的螢幕中看見一名虎背熊腰、殺氣騰騰的男子。

從這人的體態、表情和衣著——他身穿西裝，但領結微鬆，袖子捲到腕部，且至今仍死死壓著門鈴的舉動，都能看出來者不善，但冀楓晚僅是輕輕嘆一口氣，閉眼佇立片刻後就解除門鎖拉開大門。

「和囦飛的午餐會順利嗎？」冀楓晚問。

「非常順利，《陽台的黃金葛太過聒噪》影集的流量與新增訂閱戶都超乎他們的預期，不但確定續訂第二季，製作費和授權金還增加了；《武學祕笈三本五十贈蔥一把》、《合金行李箱》也賣出去了，除了說好要出席的原作者放我鴿子外，一切完美。」

「太糟了，貴社應該把這個混蛋作者列為黑名單，即刻解約永不過稿。」

「我也想，但是這混蛋讓敝社連續三年領二十個月年終，我要是解約他，明天大老闆就解雇我。」

「你要有出版人的風骨，不該為五斗米折腰。」

「出版人也要吃飯繳帳單，另外我不是為了錢，是為家庭和朋友折腰。」

男子停頓一秒，極度不耐地瞪冀楓晚問：「你要讓我在門口站多久？冀大混蛋作者。」

「你沒發現我在委婉地請你滾蛋嗎？」

冀楓晚挑眉，同樣靜默一秒後側身讓出空間道：「進來吧，林大五斗米總編。」

男子——冀楓晚的責任編輯林有思——的回應是一個中指，跨過門檻熟練地脫皮鞋換拖鞋。

冀楓晚後退回到客廳道：「住宅系統，指令『客廳、餐廳、廚房，照明開啟』。」

三盞掛燈應聲，照亮被冀楓晚點名的三個空間，他穿過餐桌來到開放式廚房，打開冰箱拿出裝黃瓜和番茄的保鮮盒。

「我帶了晚餐給你。」

林有思將塑膠袋放上餐桌，看見冀楓晚拿起小黃瓜直接咬下去，微微睜大眼問：「你直接吃？」

「黃瓜可以生吃。」

冀楓晚咀嚼著瓜肉，走到餐桌邊看了塑膠袋一眼道：「肉肉增量牛丼……你真的很愛澱粉和油脂。」

「有意見自己去買！再說你冰箱裡不是都會常備兩種以上的涼拌菜嗎？拿出來配不就營養均衡了。」

「那是上上個月的事，現在只有生黃瓜、生番茄和生菜。」

「……」

「還有生高麗菜，但沒洗。」

冀楓晚又咬了一口小黃瓜，口齒含糊地問：「你要哪一個？」

林有思沒有答話，抿唇注視冀楓晚片刻，拉開椅子坐下道：「都不要，你小心吃壞肚子。」

「不勞費心，不少蔬菜生食比熟食營養還完整。」

「你只是懶得處理！」

林有思將牛丼從袋子裡拿出來，一碗放自己眼前，一碗推到冀楓晚面前，注視老友嚴肅問：「老晚，如果你對罔飛的製作不滿意就直說，我可以跟他們談解約。」

「我沒有。為什麼這麼問？」

「因為你的態度變化太大了！」

林有思的聲音微微飆高道：「一年半前和罔飛簽約時，你幾乎天天和我討論劇本、選角和導演，只要有探班的機會就算搭紅眼班機也要趕過去，和劇組的聚會更是一場都沒缺席，可現在……你到底是怎麼了？對罔飛不滿意，還是不想影視化？」

「我沒有不想影視化。」

「那為什麼放我鴿子？」

林有思在冀楓晚開口同時道：「別跟我說『我今天身體不舒服』，你這混蛋看起來就是剛睡醒；『有你在，我不出席也沒關係』也是，那是包裝成讚美的翹班藉口，我要聽實話。」

冀楓晚擱在大腿上的手曲起，靜止片刻後別開眼道：「午餐會辦在浮華酒店的蓬萊邸，我在書裡寫過。」

「所以？」

「沒有所以，這就是理由。」冀楓晚將剩餘的小黃瓜塞進口中。

林有思拉平嘴角，見冀楓晚沒有繼續說話的意思，打開牛丼的蓋子問：「你要不要買一個陪伴型仿生人放家裡？」

「你話題也轉太硬了。」

「我沒在轉移話題，這是同一個話題。」

林有思邊說邊粗暴地攪拌肉與飯道：「你有事悶在心裡，可是不想告訴我，這沒關係，我也不想當你的垃圾桶。但你不能這樣繼續下去，你得找個人或東西抒發。」

「……你這段話槽點過多，我竟不知該從何吐起。」

「我是認真的！就算你沒心事，家裡擺個仿生人也大大有用，起碼能避免你死在家中直到下次截稿日才被我發現。」

「說的好像會來找我的人類只有你一個似的。」

「我的確是這麼覺得！要不然你說說看，你這一個月內除我之外還和幾個人類面對面交談過？」

「兩個。」

「誰跟誰？別跟我說砲友，那是交媾不是交談。」

「才不是，是郵差和外送員。」

「那不是比砲友更糟嗎！」

林有思手按眉心道：「你這個人真是……別人是越活越讓人放心，你怎麼越老越叫人膽顫心驚？」

「我只是不想社交罷了。」

冀楓晚聳肩，扳開竹筷道：「不過如果有和安科集團擁有者一模一樣的仿生人，我倒有興趣買一個。」

「安科集團的擁有者……」

林有思出神片刻，面色一沉道：「你說的是他們的執行長安實臨，不是最大股東兼……」

「是安實臨的弟弟，安科最大股東兼首席工程師安卓未。」

冀楓晚無情打破林有思的期待，挑著嘴角道：「他像奇幻故事中的精靈，纖細、靈動、晶瑩剔透得不可方物。」

「他還未成年啊！」

「成年了，今年滿二十一。」

「你三十二了。」

「這年頭性別都無法阻止人結婚了，年齡算什麼？」

冀楓晚微微一頓，低頭道：「啊，不過我和他註定沒戲，迷住我的照片是他十八歲時拍的，三年足夠讓一個人面目全非。」

「我記得他漸凍症復發，這兩年都在床上度過，沒意外的話是面目全非了。」林有思垂下肩膀嘆息道：「真是上帝幫你開一扇窗，就會順手帶上一扇門，人工神經元技術成熟後，漸凍症患者只要有錢做移植，九成九都能痊癒，這位稀世天才卻是那百分之一。」

「上帝不存在。」冀楓晚目光轉沉，不過他馬上斂起情緒，迅速轉移話題道：「我有個壞消息要通知你——我沒辦法在下週交稿。」

「你！」

「抱歉，殺了我吧，我絕無怨言。」冀楓晚舉手做投降狀。

林有思的臉色一陣青一陣紅，怒視冀楓晚片刻後靠上椅背道：「算了，反正我這兩個月要忙德國書展的事，你交了我也沒空處理。」

「所以我的截稿日延後兩個月？」

「對，歡呼吧，但如果你沒交稿，我就把你綁起來，和電腦一起扔進出版社的倉庫裡。」林有思凶惡地注視冀楓晚，夾起牛肉片道：「然後你也得出席兩個月後和影集劇組的餐會，時間地點我之後傳給你，這次會挑你沒寫過的餐廳，你想換藉口就趁現在。」

「那不是藉口。」

「你說不是就不是。」

林有思低頭扒飯，以驚人的高速掃光米飯肉片，放下空碗抽衛生紙擦擦嘴道：「下次見面大概要等我從德國回來，這段時間好好照顧自己，有任何狀況該聯絡出版社就聯絡出版社，該報警就報警，好嗎？」

「出版社就算了，我不認為我有需要報警的時刻。」

「是嗎？是誰讓敝社解鎖了收到染血刀片和經血衛生棉的成就？」

「那都兩年前的事了，再說那一半要歸功於貴社把宅宅包裝成型男作家。」

「喔，原來你爸媽給你生了一雙桃花眼是敝社的錯啊，真是不好意思。」

「知錯就好。」

「去你的！」

林有思起身將衛生紙揉成一團扔向冀楓晚，轉身朝玄關快走道：「掰啦，別在我去德國時死在家裡。」

「我盡力。」

冀楓晚以悠哉、毫無誠意的口氣回應，看著林有思開門關門消失在視線中，臉上的淺笑瞬間崩落，長喘一口氣低下頭伏在桌面。

好累。

當冀家門鈴再度響起時已是一週後的下午，冀楓晚將香菸捻熄，放下筆記型電腦來到門口，透過監視螢幕看見一名快遞員和兩個大到超出畫面的合金箱，蹙眉按下對講機道：「我沒有訂貨。」

「放心，這不是貨到付款。」

快遞員提起右手，讓印有知名蛋糕店標誌的手提袋映入鏡頭道：「可以請你快點開門簽收嗎？有要冷藏的東西。」

冀楓晚猶豫片刻後解除門鎖，在快遞員的電子版上快速簽名，剛從對方手中接下手提袋，眼角餘光就看見合金箱向前挪動，肩頭一抽反射動作後退。

「那個箱子底下有履帶，會自己前進後退喔。」

快遞員主動說明，讓出大門口給合金箱道：「真希望所有大型貨物都會自己走路，這樣我就輕鬆多了！」

「它除了自行移動外還會做什麼？」冀楓晚緊繃地盯著合金箱。

「還會爬坡跟上樓梯，甚至能自己下貨車過馬路呢。」

合金箱在快遞員回答時以奇妙的角度翹起，輕鬆爬上玄關與客廳間的台階，在白瓷地板上印下四道黑痕。

「……」

「……」

「我還有其他貨，先走啦！」快遞員揮揮手，在眨眼間奔離門口。

冀楓晚瞪視從玄關延伸到客廳，筆直切割他昨日清潔成果的灰痕，先將內外門關上，再把手提袋塞進冰箱中，最後衝進浴室拿抹布、刷子、水盆與清潔劑。

他花了十多分鐘才徹底清除灰痕、刷淨合金箱履帶與外部的沙土，坐在重拾潔亮的地板上抹去汗水，抬起頭在箱面上瞧見銀白色的半臉面具圖騰。

那是安科集團的標誌，而該集團最知名的產品是仿生人。

——你要不要買一個陪伴型仿生人放家裡？

冀楓晚腦中響起一週前林有思的提議，瞪大眼從地上爬起來，繞合金箱兩圈沒找到任何留言或字卡，再跑到冰箱前拿出手提袋，翻找一陣後總算摸出一張卡片，掀開看見熟悉的字跡。

『致冀大混蛋作家：生日快樂，希望你有活著拿到生日禮物。

PS．看在上帝的分上，做點群居動物會做的事。林有思上。』

冀楓晚念出卡片中的文字，低頭看看提袋中的六吋水果蛋糕，再抬頭望望不遠處沒有十個月薪水絕對買不下來的高科技物體，不知道該受寵若驚，還是懷疑老友被外星人取代了。

「擔心我擔心到下重本買仿生人？這也太……不妙，以後拖稿會良心不安了。」

冀楓晚喃喃自語，將蛋糕拿出放入冷藏庫，回到合金箱查看。

高近兩尺寬有一尺的合金盒上除了安科集團的標誌外，看不到任何凹凸、縫隙或按鈕，冀楓晚猶豫幾秒後伸手碰觸盒子，手掌剛貼上盒子，耳邊就響起逼聲。

兩個合金盒先打開頂部，再一截一截收攏外殼，露出如積木般交錯堆疊的金屬零件，和一個半身大的透明方盒。

方盒內鋪有柔軟如棉絮的防撞材料，材料中央是一名抱膝而坐的少年仿生人，膚色白淨身型纖弱，淺棕色的髮絲柔軟如幼獸的毫毛，巴掌大的小臉玲瓏精緻，宛如展示櫃中的古董洋娃娃。

冀楓晚一動也不動地盯著少年，不過原因不是被對方的容貌迷住，而是眼前的仿生人扣除服裝外，和自己兩週前於雜誌上看到的安科集團最大股東安卓未一模一樣。

「有思你也太……我隨口說想要和安卓未類似的仿生人，你居然就搞了具九成……不，這已經是十成一致了。」

冀楓晚靠近透明方盒，還在驚訝仿生人與雜誌照片的相似程度，膝蓋就吃了一記撞擊。

「嗚嗤！什麼東西？」

冀楓晚低下頭，在自己的腳上看見凶手——一個書本大小的電子閱讀器，摸著膝蓋拿起閱讀器。

「是從箱子裡彈出來的嗎？力道也太……竟然還能開機！是保護套的功勞嗎……啊，是安裝說明書。」

冀楓晚滑動螢幕，快速、粗略地翻閱說明書。

說明書的前三頁是介紹兩個合金盒的內容物——少年體仿生人、坐式充電維護座、工具箱、固定式與攜帶式7G網路基地台，後面三十五頁全是組裝說明。

「……看起來要花不少時間啊。」

冀楓晚低喃，抬頭望向客廳落地窗外的夕陽，活動活動肩膀，打算在晚餐前完成組裝工作。

事實證明，冀楓晚高估了自己的肌耐力，低估了說明書的用字難度。

作為一名沒有運動習慣，每日活動就是從床邊走到椅子邊的作家，冀楓晚單單是將零件拆下、分類擺放就手腳痠乏，若不是工具箱中有自動螺絲起子，他就要挑戰個人單日雙手抽筋最高紀錄了。

說明書則讓冀楓晚深刻體驗到什麼是「每個字我都看得懂，合起來卻無法理解」，三十五頁中充斥大量專有名詞、罕見用語和完全無助於組裝的零件運行原理，彷彿寫作者花了一生去鑽研學識，卻獨獨忘了學怎麼說人話。

拜此之賜，冀楓晚過了消夜時間才完成基地台和躺椅造型的充電座，撐著快抽筋的手將仿生人放上去，累到沒胃口吃東西，簡單淋浴後就一頭倒上床鋪。

而更不幸的是，一般人疲倦時是一夜無夢到天亮，但冀楓晚相反，他不但越疲倦就越多夢，還清一色是惡夢。

「……又是這一個啊。」

冀楓晚低喃，他站在一條漆黑的馬路上，上方沒有星月，左右不見路燈，伸手卻能見五指，抬頭一望還能在遠處看到層層疊疊的樓影。

片刻後，遠處的公寓大樓冒出火光，接著成群的消防車鳴笛聲由遠而近，讓暗夜由寂靜轉為喧鬧。

冀楓晚隨鳴笛聲前進，他試過留在原地不動，也曾經朝聲音的反方向跑，但到頭來結果都一樣，笛聲不會遠去，著火的公寓總會來到在自己面前。

所以他乾脆主動走過去，穿過消防車、消防員和身穿睡衣內褲的民眾，朝熊熊燃燒的公寓前進，直到被一堵看不見的牆擋下。

火舌在寸毫之外飛舞，但冀楓晚卻一點也不覺得炎熱，反而覺得置身冰窖，這不是因為他在夢中，而是因為這是現實——現實中迎接自己的只有焦黑、冷卻、門窗破損淌流消防水的公寓。

自此，他的夢中便只剩下無盡延燒的火寓。

當冀楓晚睜眼時，離太陽曬屁股只剩半尺之遙。

他渾身僵硬地爬下床，戴上眼鏡打開房門正想去浴室洗漱時，一個嬌小、面光而立的背影瞬間闖進眼中。他身體瞬間僵直，呆滯兩三秒才想起那是昨天寄到家中的仿生人。

而幾乎在冀楓晚認出仿生人的下一刻，仿生人聽見腳步聲回頭，披著一身金粉般的日光與作家對視。

冀楓晚的眼瞳猛然放大，如果說透明盒子中睫羽低垂、抱膝而坐的仿生人是精美的洋娃娃，那此刻站在陽光下睜著清澈大眼回望自己的，就是活生生的雪妖精。

妖精般的仿生人在與冀楓晚短暫對視後，一百八十度轉身奔到作家面前，雙手緊握激動問：「霜、霜二月大人？您是霜二月大人嗎！」

「那是我的筆名。你從哪……」

「哇啊啊啊！終於見到了！終於近距離見到霜二月大人了，好開心好開心好開心！」

仿生人如麻雀般蹦跳七八下，再停止跳躍抖聲問：「我可以、可以摸您的臉嗎？」

「不可以。」冀楓晚一秒回答。

仿生人臉上的喜悅凍結，雙肩緩緩垂下，淺色眼瞳泛起淚光，垂下頭道：「好的……我會小心，絕對不會碰到您。」

冀楓晚心頭微微抽動，明知眼前只是機械，仍被濃烈的失望給感染，別開頭道：「不用做到那麼極端，只要不會造成傷害，碰兩下我是不在意。」

「所以我可以摸您的臉頰？」仿生人猛然抬頭。

「不會造成傷害的話。」

「我會小心！」

仿生人高聲承諾，抬起雙手慢慢靠近冀楓晚的面頰，張開十指輕輕按一下，倏然折下膝蓋跪坐在地。

「喂！你怎麼了？故障……」

「碰……碰碰碰碰到了！」

仿生人激動大喊，注視自己的指掌道：「確確實實碰到……感受到了，霜二月大人的觸感、體溫都……都像貼著皮膚一樣傳過來！我就算今天死掉也沒有遺憾了！」

「不要隨便在別人家裡死掉，然後不是『像』，就是貼著皮膚傳來。」

冀楓晚蹲下，微微瞇起眼問：「我姑且確認一下，這些蹦跳和過激言語是原廠設定，不是故障吧？」

「不是故障，我的機體和連線都運行得十分順暢。」

仿生人先搖頭，再縮起肩膀緊張地問：「我的反應對您造成困擾了嗎？」

「稱不上困擾，只是有些吃驚。」

——活像是簽書會上的狂熱粉絲。

冀楓晚將後半句留在口中，起身道：「不是故障就好，我不會修仿生人，也沒精力再去翻說明書。」

「您虛弱到沒辦法讀說明書？」仿生人的神情瞬間轉嚴肅。

「沒有，只是想到那本天書就……罷了那不是重點。你是陪伴型仿生人吧？是只能陪人聊天那種，還是除了交談還會做家務的？」

「只要霜二月大人下令，我什麼都會做！」

「別喊我大人。所以你能做家務？」

「能！」

「那麼先……得先給你設定名字，要設什麼？我最不擅長……」

「小未。」

「取名了……你剛剛說什麼？」

「小未，我的名字是小未。」

仿生人重複，仰望冀楓晚興奮且期待地道：「不過如果您想為我改名，無論是改什麼名字，就算是奴隸、垃圾、廢物我都樂意接受！」

「製造你的工程師是抖S嗎？」

「抖S是什麼？」

「是……這不需要知道。你不需要改名，就叫小未，這名字很適合你，你看起來就像十七八歲的安卓未。」

冀楓晚朝仿生人──小未──伸手道：「我是冀楓晚，職業作家，筆名霜二月，叫我楓晚就行。我沒有使用仿生人的經驗，如果不小心做出讓你故障的事，可不要怪我。」

「楓晚大……先生！」

小未在冀楓晚挑眉時快速改口，握住對方的手站起來道：「我是小未，為了您而誕生的仿生人，請盡情奴役我！」

——負責這傢伙語言庫的工程師絕對是變態吧？

冀楓晚嘴角抽動，感覺腸胃一陣蠕動，想起自己沒吃晚餐又睡過早餐，按著不太舒服的肚子問：「我沒有奴役人或機的興趣。你會烹飪嗎？」

「會！只要給我食譜，我什麼做得出來！您想吃什麼？開水白菜？威靈頓牛排？松茸帝王蟹炊飯？還是魚子醬松露義大利麵？」

「給我能在三十分鐘內上桌，能一口獲取澱粉、蛋白質和纖維的簡單食物。」

冀楓晚走向浴室道：「冰箱的食材你都能用，煮完記得收廚房。我去洗澡和洗衣服，有狀況再喊我。」

「好的，一路順風！」

「這是室內，沒有風。」

冀楓晚在淋浴間洗去汗水與睡意，再拎起裝髒衣服的籃子推開通往後陽台的玻璃門，將衣物倒進洗衣機後，靠牆等待機器完成工作。

洗衣機十多分鐘後唱起宣告清洗結束的小曲，他撈出衣褲掛上衣架，穿過浴室回到屋內，一開門就聞到培根與奶油的香味。

「楓晚先生！」

小未身穿圍裙手端陶盤從廚房走出，將盤子放上餐桌道：「我做了西班牙烘蛋、藜麥雞絲沙拉和蜂蜜優格，這樣足夠嗎？需不需要再補充？」

「夠了。」

冀楓晚拉開椅子坐下，拿叉子叉起一塊烘蛋放入口中，眼瞳瞬間放大。

小未傾身問：「好吃嗎？」

「好……」

冀楓晚拉長尾音，抓起桌上的水杯灌下半杯才回答：「好鹹！」

「咦！所以不好吃嗎？」

「不好吃。」

冀楓晚一秒回答，仰頭將剩餘的水喝乾。

在母親去世後，他就沒再嘗過調味這麼失敗的食物了，且以衝擊力來說小未還勝過母親，畢竟母親的菜目測就知道不是人吃的，而小未的菜則是外表、氣味都沒問題，入口後才會發現那是烘蛋造型的鹽巴。

「怎麼會……」

小末垂下肩膀失落道：「我完全按照食譜煮的，為什麼會失敗？」

「你上哪找的食譜？」

「小廚師食譜網。」

「那個網站我也用過，應該不會有問題……食譜裡說要放多少鹽？」

「適量。」

「那你放多少？」

「我想您兩餐沒吃飯，需要補充養分，所以多放了一些，大概三十五克！」

小末看見冀楓晚瞬間垮下臉，縮起身子緊張問：「太多了嗎？」

「多到夠用一禮拜了。」

冀楓晚再給自己倒一杯水，戒備地叉起藜麥沙拉，在嘗到正常的酸與正常的甜味後鬆一口氣。

「楓晚先生，那這盤西班牙烘蛋……」

「先收冰箱吧，晚點我再想要怎麼處理。」

「對不起。」

「下次找沒有『適量』的食譜。」

「是……」

「然後去查查人體每日建議營養攝取量。」

「好。」

「你洗碗沒問題吧？把水槽弄得全是泡沫算有問題。」

「沒問題！洗碗精上有建議用量。」

「那碗筷就交給你了。」

冀楓晚端起沙拉，用扒飯的姿勢迅速掃空菜葉與雞肉。

不管以成年男人，還是一名兩餐沒吃的人類為標準，一碗沙拉和一杯優格實屬塞牙縫都不夠的量，但冀楓晚本來就不是愛吃的人，這半年食慾又直線下降，所以在清空杯碗後沒再拿食物，逕自走向書房。

他打開電腦叼著香菸開始寫稿，然而一小時過去，菸灰缸裡躺了三個菸屁股，文書軟體中卻只增加兩行字。

相較於昨日的一小時一句，冀楓晚有百分之四百的進步，但照這速度別說兩個月後交稿了，兩年後交稿都算奇蹟。

「……還是解約然後跑路吧。」

冀楓晚靠著椅背喃喃自語。出版社的簽約金還完完整整躺在帳戶中，然後家人的保險理賠金也還有三分之二，算上積蓄應該夠到東南亞買間房子……不行，自己在東南亞也有讀者，還是去遠一點的地方，例如……非洲？

小未的聲音將冀楓晚從撒哈拉沙漠喚回，隔著房門問：「可以打擾您一下嗎？」

「楓晚先生！」

「你想做什麼？」

「我重做了西班牙烘蛋，請您試味道。您有空嗎？」

「進度上沒空，文思上空到令人髮指。」

「所以是……」

「有空，你想進來就進來的意思。」

「我這就進來！」

小未半秒推開書房的門，端著一盤八片的西班牙烘蛋來到桌前，用叉子叉起其中一片道：

「楓晚先生，請用。」

冀楓晚張嘴咬下烘蛋，做好再次被爆破味蕾的心理準備，然而口中的蛋體雖然還是過鹹，但已不是會瞬間抹去思考能力的強度。

「怎麼樣？」小未問。

「還是太鹹，但好多了。」

「太鹹……換這塊！」小未插起另一塊烘蛋。

「同一份烘蛋吃起來都……嗚！」

冀楓晚被小末強行塞入烘蛋，本能地嚼了兩下，微微抬起眼睫道：「比上一塊不鹹，但調味還是有點過過重。」

「還是過重……這塊呢！」

「你是在唔……好淡，連培根都吃不太出味道。」

「變成太淡了嗎？那麼試這塊！」

「等一呃……還是太淡。」

「好！接下來……」

「你給我停下來！」

冀楓晚扣住小末的手，錯愕不解地問：「這盤烘蛋是怎麼回事？為什麼每塊味道不一樣？」

「因為它們是八片。」

「為什麼要做這麼多？」

「為了找到楓晚先生最滿意的調味！」

小末舉起雙手比劃道：「您說三十五克鹽夠吃一個禮拜，所以我將三十五克除以七，得出五克後以此為中心，分別製作含鹽量六克、七克、八克、九克，和四克、三克、兩克、一克的烘蛋。」

「……」

「接著只要請您試吃，就能根據您的評價將範圍縮小到一克之間；然後再做八份烘蛋，便能再縮至零點一二五克……嗚！」

小末按住自己的額頭，雙眼圓睜問：「楓晚先生，您剛剛是主動碰我嗎？是主動用拳頭碰我的頭嗎！好高興！第一天就……」

「那不是碰，是敲，我握拳敲你的頭。」

冀楓晚雙手抱胸道：「浪費食物也得有個限度！為了試我的口味做十六份烘蛋？你是陪伴型仿生人還是雞蛋終結者？」

「這不是浪費，是必要的測試，我想知道您的口味。」

「那種事不值得花三十多顆蛋調查。」

「非常值得！」

「毫不值得。」

「很值得！」

「不值得。」

冀楓晚沉聲強調，和小末四目相瞪，僵持十多秒後垂在身側的手微微曲起，別開眼道：「要知道我的口味，有更直接快速的方法。」

「什麼方法？」

「我親自煮一次。」

冀楓晚推開電腦椅，起身朝房門口走道：「我的口味我最清楚，不是嗎？」

「是！」

小未雙目亮起，跟在冀楓晚身後道：「食材我都切割好了，只有雞蛋還沒去殼，需要……」

「你什麼都別碰。你有連線功能吧？把食譜連結傳給我。」

冀楓晚報出自己的電子信箱，片刻後口袋裡的手機就傳來振動，他掏出手機開郵件將食譜看兩回，穿上圍裙站到瓦斯爐前，熱鍋倒油放培根，再拿起雞蛋打進金屬盆中。

小未蹙眉道：「和食譜的順序不一樣，食譜上是先打散雞蛋再開始煎。」

「食譜通常會要人把所有食材都處理好再開鍋，煮的時候比較不會手忙腳亂。」

冀楓晚放下金屬盆將洋蔥碎灑進鍋內，拌炒幾下後回頭將雞蛋打散道：「我習慣同時開火與處理食材，這樣比較省時間，但缺點是容易燒焦。」

「為了省時，應當同時切割與加熱食材……我記住了！」

「別記！我不是專業廚師，只是家庭煮夫，而且半年……不只，差不多有五年沒認真做菜了。」

冀楓晚在說話同時將馬鈴薯片放進鍋內，轉身給蛋液撒胡椒粉，鼻子捕捉到甘鹹香味，知道鍋裡的食材差不多熟了，於是拿鍋鏟鏟起一小塊洋蔥試味道。

「要加鹽了嗎？」小未端著鹽罐嚴陣以待。

「差不多。」

冀楓晚接過鹽罐朝鍋子灑一小匙鹽，再拿起糖罐加上半湯匙糖。

「這裡要加糖？食譜上沒有糖啊！」

「加糖能讓味道比較圓潤，吃起來不死鹹。」

冀楓晚把蛋液倒入平底鍋，煎上一分多鐘後關火，排上櫛瓜片後將鍋子放進烤箱加熱。

「櫛瓜是最後加嗎？」小未偏頭問。

「不是，我忘記放進去。」

「咦咦咦！」

「這是常見的家庭烹飪失誤，別在意。」

冀楓晚靠上廚房的中島，低頭注視泛起紅光的烤箱道：「反正櫛瓜就算生吃也吃不死人，做給自己的東西不用太講究。」

「您喜歡不講究的味道？」

「不喜歡也不討厭。」

「講究的味道呢？會討厭嗎？」

「不討厭，但不會想花時間精力追求。」

「那如果有人做好送到你面前……」

「我不會拒絕。」

冀楓晚斜眼瞥向仿生人道：「不過你例外，你先學會不要製造烘蛋造型的鹽塊再追求味道。」

小末肩頭一顫，垂下頭喃喃碎念「一生的恥辱」、「排除一切『適量』」、「列入最優先任務」等話語。

——你的一生連一天都不到吧。

冀楓晚將吐槽留在喉中，靜靜等待烤箱上的計時器歸零，打開箱門將平底鍋拿出。

鍋中的蛋液已不會流動，櫛瓜片也染上輕微焦色，冀楓晚拿筷子戳戳烘蛋，確定蛋體熟透後，忽然一頓轉頭：「你有進食功能嗎？」

「有！人類有的功能我都有，不管是用餐還是性交我都……」

「有人工味蕾，能嘗得到味道？」

「能。您問這個做什麼？」

冀楓晚沒有回答，打開冰箱翻找片刻拿出一塊帕瑪森起司，先將烘蛋倒扣到盤子上，再取刨刀將起司刨碎撒上去。

「烘蛋原來要加起司嗎！」小末瞪大眼問。

「可加可不加，我自己吃是懶得加，但既然你能吃東西，而這又是你人生……機生第一份西班牙烘蛋，還是稍微『講究』一些好。」

冀楓晚放下起司與刨刀，補了點黑胡椒和巴西利碎葉，端起盤子催促道：「拿餐具和隔熱墊到餐桌。」

小末轉身迅速從櫥櫃拿出盤子、叉子和餐刀，奔到餐桌邊將餐具放好，拉開椅子等冀楓晚過來。

冀楓晚放下盤子，兩刀將烘蛋分成四塊，一塊放小未的盤子一塊擺自己面前，這才坐下拿起叉子。

小未迫不及待地插起烘蛋塞進嘴裡，先是快速咀嚼，再漸漸放慢。

當冀楓晚注意到時，小未的嘴巴已經完全停下，他蹙眉問：「怎麼了？故障？」

「這、這……」

小未雙唇顫抖，嚥下烘蛋碰觸自己的面頰震驚道：「一口中有甜甜的、鹹鹹的、鬆鬆又嫩嫩、奇妙的香味……怎麼回事？」

「不怎麼回事，只是食材的功勞。」

冀楓晚一臉尋常地切著烘蛋：「甜的是洋蔥和櫛瓜，鹹的是培根、起司和鹽，鬆的是馬鈴薯，嫩的是雞蛋，奇妙的香氣大概是培根的煙燻味和黑胡椒。」

「有好多味道，但是又像一個味道。」

「因為充分加熱過，食材本身也相配。」

「和營養液完全不一樣。」

「一樣就可怕了。」

「好好吃。」

「那是因為你沒吃過其他人做的，這只是能入口的程……」

冀楓晚話聲漸弱，因為他看見淚水滑過小未的臉頰。

「好……好好吃。」

小未重複，抓著叉子顫抖、激動、流著淚道：「暖呼呼、香香鹹鹹的烘蛋……楓晚先生親手做的烘蛋……稍微講究就非常、非常好吃的烘蛋。」

「就說只是能吃，你也太誇張了。」

「……好高興。」

小未望向冀楓晚，玲瓏小臉上掛著晶瑩的淚水與午後的陽光，揚起唇角燦爛且真誠地笑道：「能和楓晚先生相遇，和您坐在同一張桌子，吃您做的烘蛋真是太幸福了！」

冀楓晚握叉子的手微微一抖，腦中浮現幾乎要淡忘的對話。

——我回來了。阿楓，今天吃什麼……喔！滿滿一桌菜還有個蛋糕！怎麼這麼澎派？

——還好吧，所有人都在，又有人過生日，就稍微多煮一些。

——所以是為我做的嗎！有個擅長做菜的兒子真是幸福。

——既然覺得幸福，就別再進廚……

「楓晚先生？」

小未輕喚，舉手在冀楓晚面前揮了揮：「怎麼在發呆？」

冀楓晚從回憶中脫離，先是拉平嘴角，再轉開頭道：「沒什麼。你一塊就夠了嗎？」

「我可以再吃一塊？」小未兩眼放光。

「你想的話，再吃兩塊也……」

冀楓晚的胃突然發出咕嚕聲，微微一頓道：「平分，你兩塊我兩塊。」

「好！」

小未喜孜孜地拿取第二塊烘蛋，三兩下將菜餚塞進嘴中，鼓著腮幫子陶醉地咀嚼。

冀楓晚將烘蛋切成小塊放入口裡，不知是錯覺、烤箱火候不均還是單純餓了，他覺得這口比上口好吃了些。

第二章 仿生人偶的看顧

（通話紀錄——最愛的人０２．ｍ４ａ）

『喂？』

『……』

『我確認一下，你是上週的無聲電話君嗎？』

『……』

『不出聲我就當默認囉。』

『……』

『雖然我沒資格說別人，但你也真是怪人啊，上次打過來聽我說足足兩小時的廢話還沒學到教訓嗎？下個月的手機帳單會爆炸喔。』

『……』

『難道說你對情趣用品店客服有興趣？是的話拜託別聽進心裡，這塊我沒做過田野調查，只是拿自己的購物經驗、色色討論區的文章加油添醋編出來的，如與事實相符純屬巧合。』

『……』

『還是你是喜歡我亂編的故事……唔，是的話太好了，我今天收到退稿通知，非常需要讀者撫慰。』

『……』

『給你三秒鐘用掛斷否定我的妄想，一、二、三。』

『……』

『你還在呢，謝謝，得給你一些回禮，要給什麼呢……再用情趣用品店客服的身分對你碎念兩小時？』

『……』

『看來是聽客服抱怨，那我就滿足你吧，咳、咳！』

『……』

『喂——誰啊？嘛的又是無聲電話，你是哪來的閒人！沒事幹的話去……去幹什麼都好！』

『……』

『別像個死人一樣不出聲……可惡，害讓我又想到下班前碰到的客人，過了七天試用期還想退貨就算了，那是什麼鬼退貨理由！』

『……』

『你們的約會強慾藥水一點用都沒有，我放兩倍的量那女人都沒睡，還精神好到可以把我灌醉。』

『廢話！這是強慾藥水又不是安眠藥水，人喝完興致勃勃能幹個三天三夜有什麼問題？難不成他希望自己的床伴像屍體一樣怎麼戳都不會動嗎？有這需求拜託右轉情趣人偶專區，那裡從甜美妹子到帶把御姊應有盡有！』

『……』

『想玩睡姦 play 就乖乖買安眠藥，或去搞約會迷姦藥……等等，他該不會以為我們家是換個名字賣迷姦藥吧！是的話我是不是該報警？』

冀楓晚手握遊戲搖桿，一臉漠然地坐客廳的沙發上。

此刻距離截稿日只剩七個禮拜，而在稿件進度不滿三成的情況下，他應該在電腦前趕稿，而不是面無表情地看著遊戲主機與六十吋螢幕，但冀楓晚是有苦衷的。

什麼苦衷？每天被小末緊迫盯人十六小時——少掉的八小時是關機充電時間——的苦衷。

冀楓晚不是沒被其他生物長時間注視過，過去他家中的老貓賓士整天除吃飯睡覺上廁所，就是窩在床上、椅上、門縫邊、衣櫥頂注視小主人。

然而驀然回首貓兒竟在燈火闌珊處很可愛，猛然轉頭有個仿生人窩在視覺死角處就挺驚悚了，冀楓晚若非是驚嚇時不喊不叫只是呆滯的類型，幾日下來恐怕就要被鄰居投訴噪音了。

冀楓晚試過直接要求小未別整天黏著自己，然而仿生人嘴上說好，卻改用筆記型電腦、手機和住宅監視器繼續盯著自己——這是他心血來潮做過網路上的「您的鏡頭是否遭到綁架」測試後發現的。

他也曾利用家務來轉移小未的注意力，然而二十多坪公寓無論掃、拖、擦都花不了半小時，在洗衣機問世後洗衣服也不過是手指一按，烹飪……為防鹽塊烘蛋或大規模食材浪費，冀楓晚這幾天都是帶著小未一起煮。

無奈之下，冀楓晚心一橫將自己的宣傳用社群帳號交給小未管理，常駐上千條私訊、留言和分享的帳號帶來兩天的平靜，直到他偶然發現小未對落地窗面露凶光。

「喂！」

冀楓晚搖晃小未的肩膀，警戒地問：「出什麼事了？」

「……沒事。」

小未的聲音比平時低上八度，淺色眼瞳不見光輝，只有濃重的陰色。「只是有人傳了真空管電腦的文章過來。」

「這年頭還有用真空管電腦寫的文章？」

「不是，寫的人就是一台真空管電腦。」

小未面色陰沉地道：「會宣稱楓晚先生的書毫無價值，隨便一個文學大師想寫就能寫的人，腦容量肯定等同真空管電腦，應該即刻淘汰。」

「那種文不用在意，放著不管就好。」

「怎麼能不管！那個東西把您的作品講得跟廢棄物沒兩樣啊！」

「在某些人眼中，我的書的確是廢棄物。」

冀楓晚滿不在乎地聳肩道：「不過對我而言，他們視為珍饈的作品也是難以下嚥的廚餘。他們瞧不起我，我不屑他們，扯平了。」

小末拉平嘴角，靜默許久才道：「既然楓晚先生不想追究，那麼我在完成目前的作業後就收手。」

「什麼的作業？」

「我追蹤到發文者的手機與家用電腦，正在將硬碟格式化。」

「你給我立刻住手！」

冀楓晚花了十多分鐘給小末上資安法律課，再收回宣傳帳號的權限，重回被仿生人緊盯不放的日子。

——這樣下去不行，得想辦法讓他對我以外的事物產生興趣！

冀楓晚抱著這個念頭，苦思三日後想起了還沒破關的開放世界角色扮演遊戲《諸神靜止》。

開放世界遊戲本身就比較耐玩，而《諸神靜止》除了地圖廣闊，可選職業更極為豐富，玩家能騎掃把也可以開鋼彈，要當聖騎士還是做道士全看個人喜好，加上官方定期推出新副本，只要能讓小末迷上這款遊戲，冀楓晚起碼能清閒一個月。

可惜，現實總是骨感，冀楓晚嚴重低估小未的技術。

冀楓晚控制的角色站在沙漠中，這裡是遊戲裡數一數二的危險地帶，生怪速度與數量都令人髮指，在困難模式時玩家如果沒有使用光學迷彩或隱身魔法，往往上個廁所回來就發現自己噴裝而亡。

然而冀楓晚非但沒死半次，甚至連十隻手指——涵蓋螢幕內外——都沒動。

為什麼？因為他的隊友是戰神。

「……不要臉的程式碼，不准接近楓晚先生。」

小未坐在冀楓晚身旁，兩隻手飛快操作遊戲搖桿，螢幕上的角色也如流星般奔竄，如龍捲風般碾碎所有靠近冀楓晚的盜匪、魔獸或路人ＮＰＣ。

拜此之賜，冀楓晚非但無事可做，身為遊戲玩家的自尊還遭受嚴重打擊。

在遊戲模式為中等時，四十級角色能在兩到三招內解決小怪，十五級則需要纏鬥一番才能獲勝。

然而擺在冀楓晚面前的是，僅十三級的小未屢屢精準命中致命點，在一到五擊內秒殺小怪、中怪甚至 Boss 怪——Boos 怪可是四十二級的冀楓晚點錯出招順序就會升天的強敵。

——如果讓小未再升十級，大概連號稱全遊戲最強，所有難度都無人能擊敗的德里斯伯爵都能秒掉。

冀楓晚額上冒出冷汗，望著螢幕上灰飛煙滅的 Boss 怪，感覺死去的不是敵人，是過去六個月相信卡關是等級不足而非技術不夠的自己。

「哇，背包又被素材塞滿了。」

小末望著轉為紅字的背包，轉向冀楓晚問：「要把材料丟掉、送回倉庫，還是拿到潑墨行會賣掉？」

冀楓晚張口卻沒發出聲音，看著螢幕上堆積如山的素材、金幣與長長一排成就解鎖通知——以上全屬於小末，閉上眼深吸一口氣後起身道：「我出去買菸。」

「我也一起……」

「你留在家裡。」

冀楓晚自暴自棄地道：「幫我把金幣和素材都打到最高上限，成就也全部打出來，完成後轉成困難模式，去斯菲爾城打一個叫子夜．德里斯的Boss。」

「好的！您慢走。」小末鬥志昂揚地舉手。

冀楓晚無力地轉身，戴上鴨舌帽換一副眼鏡，拎起錢包與鑰匙走出家門。

冀楓晚的目的地是距離住家步行約六七分鐘的便利商店，他在店內買了兩盒菸、幾包洋芋片和一個塑膠袋，再循原路折返。

短短三分鐘後，天空發出轟隆聲，斗大的雨珠從天而降。

起初冀楓晚不以為意，頂著雨小跑步穿過斑馬線，可是在他打算穿越第二個路口時，雨勢已加大到會影響視線的程度。

不得已情況下，冀楓晚只能穿著半濕的襯衫，留在騎樓和沒雨傘沒雨衣的路人一起等雨停。

「不妙，要遲到了。」

「要叫計程車吧嗎？」

「氣象預報沒說會下雨啊！」

「喂——是我，我被雨困住了，能帶傘過來……」

路人們的話聲和雨聲一同包圍騎樓，冀楓晚站在遠離旁人的角落，心思漸漸從雨幕退回家中，落在讓自己頭疼、挫折、近距離體驗驚悚電影的俏麗仿生人身上。

雖然很對不起林有思的好意，但他想把小未拿去退貨，折成現金還對方。

平心而論，小未是一個很能幹的仿生人，既擅長家務——烹飪除外，又能充當聲控搜尋引擎，還以奇妙的手段讓冀楓晚的電腦效能上升百分之五十，扣除用語微妙外也算不錯的聊天對象。

但是家事冀楓晚自己就會做，查資料時動手指和動嘴巴所花時間精力沒差多少，電腦效能夠處理文稿郵件就足矣，且最重要的是他不需要聊天對象。

總之，小未有諸多功能，可沒有一個是無法取代，或讓冀楓晚湧起「有人會做這件事真好」

的感覺。

——不過沒有發票可以退貨嗎？

冀楓晚蹙眉，他沒在裝小未的箱子中發現發票或出貨單之類的文件，甚至找不到寄件人，如果安科集團以資料不足拒絕退貨……

「楓晚先生——楓晚先生您在哪裡——」

絕對會讓環保局開單的大喊穿過雨水，冀楓晚從思緒中驚醒，看見小未撐著雨傘在大馬路上東張西望，完全無視快轉紅的紅綠燈。

「小未！」

冀楓晚扯嗓吶喊，快步靠近馬路揮手道：「別站在馬路中央，過來！」

小未迅速奔向冀楓晚所在的騎樓，在看見作家後先鬆一口氣，再拋下雨傘一把抱住對方，抖著肩膀細顫。

冀楓晚嚇一跳，僵直五六秒才回神，尷尬道：「喂，你這什麼反應。」

「我以為楓晚先生死掉了。」

小未收緊手臂，死死靠在冀楓晚胸前道：「您一直沒回來，天上又在打雷，如果雷打到楓晚先生……」

「以我的身高，很難在都市叢林被雷擊。」

「也有可能被車撞，畢竟楓晚先生的反應速度很慢。」

「揍你喔。」

冀楓晚作勢要敲小耒的頭，兩手按在對方肩上將人推開道：「我只是被雨困住，想等雨停再回去，不過既然你送傘過來，現在就能走。」

「所以我幫到您了嗎？」小耒兩眼放光。

「算是吧。」

冀楓晚彎腰撿起傘，嘴角微微一抽，面色迅速轉為凝重。

「怎麼了？」小耒靠近冀楓晚問。

「只有一把傘。」

冀楓晚沉聲回答。作為一名單身漢，他家裡理所當然只有一把傘，一把左看右看都不夠兩人撐的折疊傘。

小耒愣了一會才明白冀楓晚的意思，露出笑容道：「沒關係，楓晚先生有撐就好，我不怕雨淋。」

「雨勢很大，你確定不會故障？」

「不會不會！我的機體做過多種測試，就算是反坦克火箭也能擋下！」

「你是哪來的黑科技仿生人啊？」

行人燈號在冀楓晚說話時轉綠，他跨出騎樓，踩著斑馬線登上人行道。

環繞公園的人行道沒有遮蔽，雨水雨聲自四方包圍冀楓晚，礙於傘面遮擋打不濕他的身體，卻屢屢利用地面反濺進攻鞋褲。

冀楓晚拉平嘴角，下意識加快腳步，但走沒幾步就覺得哪裡不對，回頭一看才發現小末停在五六公尺後。

——說不怕水是騙人的嗎！

冀楓晚心頭一緊，快步折回小末身邊，一手持傘遮雨一手晃動仿生人的肩膀問：「嘿，聽得見我的聲音嗎？還可以動嗎？」

「可以。」

小末緩慢地點頭，將手伸出傘緣，展開五指問：「楓晚先生，這就是……雨水？」

「是，所以得快點回去。」

「和淋浴間的水不一樣。」

「當然，一個是從蓮蓬頭灑下來，一個是從天上掉下來。」

「也和水療池不一樣。」

「這兩者沒有可比性吧。」

「打在手上冰冰涼涼，又有一點點痛。」

「既然痛就把手收……小末！」

冀楓晚大喊，因為小末忽然衝出雨傘。

「這就是雨！」

小未張開雙手，在綿密、宛若豆粒的大雨中轉圈，仰起頭興奮地喊道：「雨的感覺、雨的氣味、雨的聲音原來是這樣！我明白了……記住了！用皮膚、神經和腦袋記住了！」

——這種無聊的事不用記。

冀楓晚想這麼回應，然而小未臉上的喜悅太過純粹，使他不忍打斷。

他就這麼撐著雨傘披著半濕的衣褲，看少年仿生人在雨中跳躍、踩水、舉手接雨，直至烏雲散去。

當冀楓晚回到公寓時，鞋子雖然還是濕的，不過上衣已經接近全乾，而小未仍是剛從水裡撈出來的狀態。

他將仿生人趕進浴室，抓來廣告紙塞滿兩人的鞋子後，拿拖把處理綿延半個客廳的水滴。

清潔途中冀楓晚有些發冷，但他沒多留意，僅是在小未出來後洗個熱水澡再煮一碗泡麵，接著便自暴自棄地將筆記型電腦搬到客廳，一面卡稿一面看小未以二十級——小未在他出門時升了七級——之姿暴殺四十級之王。

晚餐過後，冀楓晚感覺身體有些疲乏，提前上床睡覺，再次張眼時眼前不是漆黑的臥室，而是飄著灰煙的神明廳。

冀楓晚所住的公寓沒有神明廳，他蹙眉注視放有觀音像的神桌，先覺得桌子莫名眼熟，再猛然想起在哪看過，倒抽一口氣轉身踢開身後的門。

門外是映著火光的樓梯，冀楓晚快步下樓，一腳踏上溫熱的地板，在繞著火舌的客廳中吶喊：「爸、媽、哥、賓士——失火了！快起來！」

回應冀楓晚的是櫥櫃崩落的頓響，冀楓晚後退躲避隨櫃體落地噴飛的星火，跨過火尖急急往屋裡走。

「家裡燒起來了！火災——快出去！」

冀楓晚扯著嗓子吶喊，穿過客廳直直往前走，想前往父母、兄長和愛貓睡眠的房間。

然而記憶中短短不到五公尺的路途，冀楓晚卻跑了足足五分鐘都沒看見盡頭。

於此同時，腳下的地板、包圍頭顱身軀的空氣卻從溫熱升級到燙熱，吞噬他本就不多的體力。

「爸、媽、哥、賓士！快醒來！」

冀楓晚再度嘶吼，聲音和腳步都開始顫抖，看著前方始終無法接近的房門，感覺每條神經、每寸肌肉、每個腦細胞都被鏈鋸割扯著。

終於，他耗盡了力氣，膝蓋一軟摔到地上，巍巍顫顫地撐起上半身，一抬頭看見火焰輕易接觸他摸不著的房門。

「不要……」

焰苗在木門上滋長。

「大家……快點出來。」

門板上的掛畫開始燃燒。

「醒來……不要留下我一人。」

冀楓晚沙啞地請求，然而火舌輕易吞噬房門，也從四面八方包圍他。

在他化為灰燼前，一雙冰涼、纖細卻異常堅定的手突破火幕，將冀楓晚拉入黑暗中。

冀楓晚在疲乏與喉嚨痛中甦醒，望著昏暗的天花板，先對這滿身不適感到困惑，再想起昨日的雨中駐足，立刻明白自己發生什麼事。

「感冒而且發燒了啊……」

他用氣音呢喃，慢慢掀開被子想下床找退燒藥，結果雙腳剛踩上地板，房門就打開了。

開門的是小未，他端著水盆和毛巾站在門口，一見到冀楓晚下床就立即把塑膠盆放到矮櫃上，快步上前抓起床邊衣架上的外套，將作家嚴嚴實實地裹住。

「我不用……」

「您現在不能冷到！」

小未罕見地以嚴肅口氣說話，攙著冀楓晚往門口走道：「您餓了吧？我帶您到餐廳。」

「我不餓……直接吞退燒藥就好。」

「不行。」

小未將冀楓晚推到餐桌前坐下，轉身進廚房鼓搗一陣後，將一個插著吸管飄有檸檬片的杯子放到桌上道：「這是蜂蜜檸檬水，您先喝這個，我去熱湯。」

「什麼湯？」

冀楓晚的問題沒得到回覆，因為小未在他開口前便轉身小跑步回廚房，而乾啞、混雜氣音的發問在雙方距離拉開下很難傳至另一人耳中。

他放棄追問，低頭含住吸管，本來只想意思意思吸兩口了事，可是當帶著蜜香與果酸的液體滾過喉嚨時，掐住咽喉的痛感散去幾分，甘甜驅散苦澀，讓作家忍不住再吸一口。

等到小未回到桌邊時，蜂蜜檸檬水已見底，仿生人的嘴角微微放鬆，再迅速恢復緊繃，將湯匙和一大一小兩個瓷碗放上餐桌。

小瓷碗中空空如也，大瓷碗裡則盛有熱湯，晶瑩湯面上飄著極細的蔥花和薑絲，蔥薑之間則是一口大小的鱸魚肉，鮮香之感溢滿視覺。

「魚刺我都挑掉了。」

小未將湯舀進小瓷碗中，吹了吹確認溫度適中後，才將碗放到冀楓晚面前道：「您慢慢喝，我去準備浴室。」

「準備浴室是……又跑走了。」

冀楓晚望著小未的背影，嘆一口氣拿湯匙喝湯，在湯汁入口時抬起眼睫。

感冒讓他的味覺與嗅覺都變得遲鈍，可是口中的魚湯喝起來仍舊鮮甜辛香，魚肉的軟嫩與蔥薑的清脆貼著齒舌，滋潤虛弱的身軀。

小未在冀楓晚喝到第二碗時回到餐廳，動手幫作家盛第三碗湯、撕下已經失效的退熱貼——當事人此時才發現自己額頭上有東西，再將吃飽喝足的病人扶到浴室。

在踏進浴室後，冀楓晚總算知道小未口中的「準備」是什麼，仿生人在浴缸中注滿熱水並融入精油浴鹽，尤加利、松針、百里香……森林的香氣與水霧一同溫暖浴室。

小未將冀楓晚扶到浴缸旁，讓作家坐上浴缸邊緣，將手伸向對方的外套。

當冀楓晚昏沉的大腦意識到仿生人要做什麼時，外套已經被放到一邊，上衣的下襬剛被對方提起來，他緊急壓住衣服道：「別、你……你做什麼！」

「脫掉您的衣服，幫您洗澡。」

「我可以自己脫和洗！」

「您生病了。」

「我是生病不是殘廢！」

「生病若沒有好好照顧，就會變成殘廢。」

「這種程度……唔！」

冀楓晚被小未用力一扯奪走上衣，接著內外褲也被仿生人快速脫去，皮膚剛感受到涼意，溫水就澆身而下。

「我是為了您而誕生的道具。」小未從浴缸中舀水，澆上冀楓晚的肩頭，細細沖去汗水道：「所以請不要客氣，盡情奴役我。」

冀楓晚很想吐槽小未的用字，但仿生人的口氣過於認真，且不知是霧氣還是被摘掉眼鏡使然，他總覺得對方快哭了。

因此他吞下吐槽，僅是仰起頭低聲道：「謝謝但我拒絕，在科幻作品中，奴役仿生人會導致人類毀滅。」

「我會毀滅任何想毀滅楓晚先生的東西。」

「如果這東西是貓，請留牠一……哇！」

冀楓晚一個不留神失去重心往後倒，好在小未迅速扣住他的手腕，阻止作家表演炸彈落水。

而令人冀楓晚再度懷疑自己視力的是，小未渾身僵硬兩眼睜大，看起來遠比他還像差點摔進浴缸的人。

「我沒事。」

冀楓晚忍不住開口道：「只是滑一下，就算真的跌進浴缸也死不了，頂多被水嗆到。」

小未仍繃著唇，不過肩膀微微放鬆，攙起冀楓晚道：「我扶您進浴缸。」

赤裸裸地靠著另一人讓冀楓晚有些尷尬，只能拚命告訴自己，此刻的狀態和過去洗澡時愛貓闖進來磨蹭他沒兩樣，更何況小未連生物都算不上，誰會對被自家電腦觸摸身體而感到侷促？

——哪家的電腦會摸人？

冀楓晚聽見自己的理智如此回應，他抿唇將這無助於認清現實的質疑拋出腦袋，跨進浴缸坐入水中。

溫熱、散發葉草清香的水包圍冀楓晚的身軀，讓他幾乎是不受控制地放鬆肌肉，伸直雙腳靠上缸緣。

一條毛巾迅速被塞到冀楓晚的頭頸之間，接著水聲在他後方響起，片刻後水柱沖上頭顱，和仿生人的指掌一同搓揉頭皮。

這讓冀楓晚先泛起酥麻，再不受控制地垂下眼皮。

「您睏的話，可以睡一會。」小未邊說邊替冀楓晚上洗髮精。

冀楓晚很想說他不睏，但生病的身體在溫水、恰到好處按摩前完全不堪一擊，掙扎片刻後只能妥協道：「要起來時叫醒我。」

冀楓晚沒聽見回答，不過十多分鐘後仿生人搖醒了他，像對待易碎物品般將人擦乾、換上新睡衣，扶回寢室再送上水與感冒藥。

而冀楓晚幾乎在躺平同時就又失去意識，這回他沒有做任何夢，一路睡到被生理需求叫醒。

他張眼時小未正拿額溫槍量體溫，一與人類對上眼就馬上後縮問：「我吵到您了嗎？」

「人類的耳朵沒好到會被額溫槍叫醒。」

冀楓晚撐起上半身，驚訝地發現自己雖然仍口乾舌燥肌肉僵硬，但睡前灼燒般的喉疼、盤繞手腳的虛浮已減輕大半。

「您要下床嗎？我扶您。」

「我可以自己來。」

冀楓晚穩穩地踏上地板，確認自己的感受不是錯覺——他的狀態可能比連續熬夜趕稿時還好上幾分，打開房門朝浴室走去。

他上廁所並簡單沖了一個澡，離開浴室時公寓的空氣已染上雞肉的甘醇。

「晚餐熱好了。」

小未將一個陶鍋放上餐桌，打開鍋蓋道：「我想您可能想吃些固體食物，所以準備了蔥雞湯粥。」

冀楓晚坐到桌邊，看著小未替自己盛粥，這畫面與他上回坐上餐桌時幾乎一致，但在疾病引發的暈眩和乏力退去後，他很快就發現異常。

這不是相對於前次用餐的的異常，而是相對於過去的小未——從對方開機到自己發燒昏迷前，仿生人不再如小鳥般圍著自己嘰喳蹦跳，而是一名受過良好訓練的僕人，低垂著頭安靜而精確地服侍主人。

精確來說，是繃緊著嘴角，掛著「我好害怕但我不能被看出來」的神情來服務主人。

理性而論，這種變化解決了冀楓晚的煩惱，小未的行為舉止都更接近他的身分——陪伴用仿生人，而不是一個需要人看顧的孩童，他應該鬆一口氣欣然接受改變，但是……

——能和楓晚先生相遇，和您坐在同一張桌子，吃您做的烘蛋真是太幸福了！

——這就是雨！

「不合您的胃口嗎？」

小未的聲音和臉出現在冀楓晚面前，仿生人緊握湯匙，淺色眼瞳中有濃厚的恐懼。

而這讓冀楓晚心中理性和感性的天秤結束搖擺。

「……很合。」

冀楓晚舀起一匙粥放入口中，攪拌米粒、與焦香雞腿肉道：「你的廚藝進步很多，以後不用我看著了。」

「這不是我煮的，是向餐廳訂購的。」

小未垂下眼挫敗道：「即使有沒有『適量』的食譜，我也煮不出米其林星級餐廳的菜餚。」

「我不需要米其林等級的菜餚。」

冀楓晚又喝一口粥，靠上椅背道：「你很會照顧病人，過去我感冒時起碼要喉嚨痛或鼻塞三四天，這次卻一天就好得差不多。」

「這是我應該做的。」

小未的肩頭忽然一顫，強撐的冷靜崩塌，他遮著臉哭泣道：「對不、對不起！都是我的錯！如果我沒有被雨……我再也不會、會看楓晚先生以外的……人事物，不會被其他……嗚！其他東西……」

「你要是真這麼做，我就要聯絡安科的客服把你退貨了。」

「吸引注意力……您要退什麼？」

「你。」

冀楓晚手指小未強調，不等仿生人消化完這爆炸性的訊息就接續道：「這是我在出門買菸被雨困住時的想法，我認真考慮把你退貨。」

「我、我……」

「安靜，我還沒說完。」

冀楓晚用食指按住小未的嘴，再放下手道：「我想，你能做的事，諸如打掃、做飯、洗衣服、採買……我通通能自己來；而你獨有的行為，例如成天盯著我、入侵我的手機和電腦鏡頭、讓我意識到我遊戲卡關是技巧而非等級……都很令人煩躁。」

「……」

「然後認真來說，就算你沒有帶雨傘來找我，等雨停後我也能自己回家，當然這樣肯定會感冒——所以我感冒與你無關。」

「……」

「我不需要你，你不在我會過得更好——那是我在騎樓下得出的結論，不過我剛剛確定我錯了。」

「真的嗎！」小耒先興奮地發問，再猛然想起冀楓晚的指令，連忙摀住自己的嘴。

冀楓晚的嘴角微微上揚，不過這抹淺笑很快就散去，他沉下聲音道：「接下來我說的話不准告訴任何人，特別是你的購買者。」

「我的購買者？」小耒偏頭問。

「有思那位媽媽啊。我本來還沒完全確定，但在遍尋不著仿生人設定器，再和你相處一週後，就九成九確定了。」

冀楓晚苦笑道：「那傢伙知道我是個不會主動說話、要某人陪著做某事的人，所以為了強迫我過群居動物應有的生活，才把你設定成這麼纏人的性格，再沒收設定器以免我把你修正成無情的打掃機器人。」

「只要對象是楓晚先生，我無論如何都不會無情。」

「那只是個梗，別認真。總之，對我接下來的一切言論保密，林有思如果拿控制器逼你吐出來，你就告訴他，我會去法院按鈴告他妨礙祕密罪，記住了嗎？」

「記住了！然後也備份好了！」

——備份到哪？

冀楓晚蹙眉，但沒有細想，切回原題道：「我已經差不多半年……不，至少七八個月沒有過開心、輕鬆或暖心的感覺了。」

「喔……咦咦咦咦咦！」

「理由別問，我不會說。」

冀楓晚瞪小未一眼，雙手交疊接續道：「這不正常，我很清楚，也有試著去讓自己振作起來，可是過去能讓我放鬆、發笑或心生暖意的活動，現在都只是單純的體力或腦力消耗。」

「那您需要心理師……」

「和活人互動會讓我更累。」

冀楓晚打斷小未，仰望蒼白的天花板道：「更況且我知道我鬱悶的原因，沒人會花錢跟另外一個人聊十幾個小時，去確認自己老早就知道答案的問題。」

小未垂下肩膀，再雙眼一亮道：「既然知道原因，那麼我們一起解……」

「那是無解的。」

冀楓晚二度截斷小未，目光轉暗道：「千百年來都無解，只能靠時間降低影響，不過在那之前有思可能會先押我去看醫生，他越來越難唬了。」

小未雙唇緊抿，沉默須臾後輕聲問：「沒有我能為您做的事嗎？」

「有，而且只有你能辦到。」

「什麼事！」

「看著我以外的人事物，為芝麻蒜皮的小事興奮、大笑或陶醉吧。」

「好……就這樣？」小末眨眨眼，像是以為自己必須經歷九九八十一難才能打敗罪惡淵藪，結果卻一個彈額就解決魔王的錯愕勇者。

「就這樣。」

冀楓晚點頭，側頭望向小末道：「你知道嗎？人的情緒是會感染的，憤怒的人會讓周圍人暴躁咆嘯，哀傷的人會讓旁人心酸落淚，開心的人可以使其他人發笑。而且這種感染還不限於面對面，小說漫畫、電影劇集、舞台劇……這些虛構人物也有同樣的威力。而這也是人們喜歡故事的原因之一：你哭了，但實際上沒有失去任何事物；你發怒了，可現實中沒有激怒你的東西；你恐懼了，不過身邊並沒有真正的惡魔。故事讓人們能體驗別人的情感，卻不會真的受創。」

「我看楓晚先生的書時總是又哭又笑！」小末握拳道。

「那我就對得起自己的稿費了。」

冀楓晚聳肩，低下頭再次攪拌雞肉粥道：「過去我享受……不，該說是痴迷於故事帶給我的情感，但現在的我不行了，在我意識到那全是虛構的後，就再也辦不到了。」

「我能讓您再次享受故事？」

「不行，你看起來就是說故事技巧很爛的類型。」

「嗚嚕！」

「但你的情緒能感染我。」

冀楓晚的話扶助小未搖搖欲墜的身軀，他喝一口粥，嚥下集暖、甘、香、醇於一體的湯米道：「理由大概是你的情緒太過鮮明，沒有一絲修飾或保留，然後又是個仿生人。」

「這和我是仿生人有關？」

「大大有關，如果你是人類，那麼我就得煩惱如何回應了。我該安慰你嗎？該的話要說什麼？我可以跟著笑嗎？會不會不小心激怒你？現在要跟你一起罵人還是要你冷靜……諸如此類的問題會充斥我的腦袋，讓我維持理性無法被你的情緒所感染。」

「不管楓晚先生有沒有安慰我、陪我笑，我都會一直喜歡您！」

「我相信，畢竟你是仿生人，你們的喜好性格都是根據設定，不會被人類的反應所改變。」

冀楓晚再次看向小未，淺淡地笑道：「綜合以上幾點，在我克服低潮期能自得其樂前，讓我對生活抱持最低限度驚喜與歡樂的工作就交給你了。」

「我會努力的！」

小未立正承諾，但馬上就垮下臉道：「不可以！如果我把目光從楓晚先生身上挪開，去看其他有趣的東西，楓晚先生就會忘記帶雨傘被卡在路上、半夜三點燒到四十度還不斷呻吟、在同志裸體寫真網站點到釣魚廣告讓電腦中毒！」

「才沒有中毒！我的防毒軟體……等等，你怎麼會知道這件事！」

「因為我是為了您而誕生的仿生人。」

小末嚴肅認真地回答，在冀楓晚批評這答案前靈光一閃，拍手道：「有了！您希望看到我興奮開心的模樣，而我只要看著您就會非常興奮非常開心，所以我就一直看著……」

「否決。」

「為什麼！」

「因為那會讓我覺得自己和一個變態同居。」

「為楓晚先生的存在興奮尖叫怎麼能算變態！」

「這句話本身就很變態。」

「才不……」

「閉嘴。」

冀楓晚用眼神加重言語的威力，望著小末雙唇緊抿淚眼汪汪的小臉，嘆一口氣道：「折衷吧，你可以盯著我看，但除非我們有共同活動，諸如一起煮飯、用餐、玩遊戲、交談……等，一小時只能看我十分鐘。」

「十分鐘太……」

「這是我的極限了，再長我就得把你退貨了。你選哪個？」

「……一小時十分鐘。」小末垂下肩膀回答，宛如一隻被奪走鱈魚香絲，只能回頭啃飼料的小貓。

而冀楓晚的記憶中還真有幹過這種事的貓，回憶和刺痛一併爬上心頭，放在桌下的手指微微緊繃，迅速改變話題問：「我交代你的任務完成了嗎？」

「任務是……啊！是蒐集遊戲的素材、金幣、稱號和打敗德里斯伯爵嗎？前三樣都完成了，伯爵部分還要一段時間，所以我先做一些處理。」

「什麼處理？」

「我修改遊戲的程式碼，讓您的角色不會受到任何傷害。」

小未笑容燦爛地道：「如此一來，就算我沒有和您一起玩遊戲，您也不會生病或死亡了，很棒吧！」

冀楓晚沒被小未的喜悅所感染，相反地他拉平嘴角，冰冷且嚴肅地道：「給我改回去。」

「咦！但是……」

「改回去。」

「那樣您會……」

「立、刻、改、回、去！不死不傷的冒險遊戲一點也不好玩！」

「……是。」

孤僻作家和仿生人偶達成共識，但仍有摩擦。

（通話紀錄——最愛的人37．m4a）

『嗨——你今天比較早呢，等我一下，我把稿子收尾。』

『……』

『完成！讓你久等了，截稿日真是殘酷又迷人的東西，有它代表你會被時間追著跑，沒有表示你沒工作了……扯遠了，我想想上週說到哪裡。』

『……』

『想起來了，是我們的情趣客服大叔抱怨揚言提告的消費者，這名消費者堅持網購的保險套標示錯誤，可又死不肯說錯在哪，只是一個勁地要求公司發道歉聲明吧。』

『……』

『我潤個喉就開始，嗯咳……喂？又是你啊，你真的很閒吶……算了，我正好也不吐不快，你既然打來就別掛，敢掛我就封鎖你！』

『……』

『沒掛？算你有良心……記得上週那個說我們家保險套標示錯誤的男的嗎？他今天又打來

了，暴躁得像踩到蜜蜂的狗，一樣要求公司出道歉啟事，但這回我總算弄明白他口中的錯誤，扯到不行！要不是隔著電話我肯定會一拳揍下去。』

『……』

『他說你們的保險套標示三十公分，但我戴上去後卻超過三分之二都是空的，這顯然不只三十公分！』

『你聽聽這什麼鬼話！會超過三分之二是空的只有一個原因，那就是他那根的長度低於十公分，低於十公分就別買三十公分的套，能填滿套套的只有雞雞，不是自我感覺很長好嗎！』

『……』

『這已經夠扯了，但你知道那男的接下來說什麼嗎？他說如果公司不出道歉啟事，他就要告我們公然侮辱！』

『……』

『你知道法律上公然侮辱的定義是什麼嗎？我查了所以我知道，很簡單，第一得侮辱某個人，第二得公然——侮辱的場所有不特定人物出沒的意思。』

『所以，他老兄的意思是我們家的套子證明他的雞雞不足三十公分是一種侮辱，然後這侮辱還是在一個有不特定人物出沒的地方，你懂這代表什麼嗎？』

『……』

『這代表如果他老兄沒說謊也明白公然侮辱的定義，他就是在大街上脫褲子套套子。公然侮辱？我他媽的才想告你妨礙風化呢！這都……』

『叩、叩。』

『都什麼跟……剛剛是你那邊的聲音嗎？』

『叩。』

『這是是的意思嗎？』

『叩。』

『我就當作是了，那麼我們脾氣暴躁的客服大叔會怎麼回應你四個月來首次發出的聲響呢……』

冀楓晚深吸一口氣，驅動又痠又硬的大腿，繼續踩著傾斜的柏油路前進。

此處是距離冀楓晚的公寓車程約二十分鐘的山丘，因為車輛稀少空氣清新、從山腳到山頂步行時間僅兩個小時，成為附近居民一日健行的選擇。

冀楓晚對健行毫無興趣，他出現在這裡的原因只有一個……

「楓晚先生你看你看！」

小未在離冀楓晚五六公尺的山壁旁，指著趴在樹根上的巴掌大的多足昆蟲問：「這是什麼？

怎麼會這麼大隻？」

「那是獨角仙。別要我看蟲子，我不喜歡昆蟲。」

「楓晚先生討厭蟲子。」

小末的聲音與面容瞬間轉冷，投向獨角仙的視線浮現殺意，右手五指併攏宛若刀刃。

冀楓晚瞬間明白小末要做什麼，不顧雙腿抗議急跑數步扣住小末的手道：「停！你要是在外面隨便殺蟲子，我就要討厭你了。」

「沒有隨便殺，是殺您討厭的蟲子。」

「我沒有討厭這隻獨角仙，只是不想跟牠有視覺或物理接觸。」

冀楓晚在說話同時拉著小末往前走，以往他會在心中抱怨這座山、那隻蟲、頭上的太陽、暴走率接近七成的仿生人，但今日他沒有埋怨，只是認命地爬山路。

理由很簡單，這是他自找的。

一切要追溯到九天前，在冀楓晚和小末達成十分鐘之約後，他度過了平靜的一週，期間仿生人的廚藝穩定進步，不再需要手把手教對方調味；他的寫稿速度從一小時兩行字進步為一小時六行字，然後平均每日會因小末勾起嘴角或哭笑不得兩次。

他的生活正在重回軌道——冀楓晚如此相信，然後就被高中時期的自己坑了。

冀楓晚所住的公寓格局為三房兩廳一衛，這三房一房當寢室一房當書房，最後一房則成為雜物間。

雜物間中堆滿紙箱與塑膠收納盒，其中一盒裡放著冀楓晚從小五到高中的創作筆記，這些黑歷史……更正，是紀錄過去寄放在爺爺奶奶家，因而幸運也不幸地保留至今。

小未為了打掃在雜物間待了兩天，起初冀楓晚沒多想，畢竟仿生人每小時都會到書房盯著自己十分鐘，直到第三天才想起就算是人類，清掃五坪不到的房間也花不了幾小時。

「小未！你在裡面做……呃！」

冀楓晚手握門把僵在雜物間外，看見被冬天棉被、讀者來信、大學課本與論文層層鎮壓的泛黃整理箱被拉出來，箱蓋子躺在地上，他不堪回首的青春——以筆記本的形式——則在仿生人手中。

此畫面嚴重激起冀楓晚的羞恥心，他腦袋空白足足十秒，接著猛然意識到兩件事——第一，小未完全沒發現自己進房；第二，仔細想想小未這幾天都好好遵守十分鐘之約，不超時不打滾不鑽漏洞。

這讓冀楓晚放下阻止小未翻頁的手，默默退出雜物間。

接下來兩天冀楓晚的生活十分平靜，然而事實證明，挖坑不填可能不會有報應，但讓身兼同居者與狂粉的仿生人閱讀內含斷頭小說的黑歷史，絕對不是個好主意。

「楓晚先生……」

小未推開書房的門，望著電腦後的冀楓晚怯生生地問：「我知道一個小時還沒到，但可以打擾您一下嗎？」

「如果有正當理由，不管有沒有滿一小時都能來找我。什麼事？」

「我在您的儲藏間中找到這本書。」

小末舉起手中褪色的筆記本道：「裡面紀錄的故事《缺角》非常精采，但我翻遍整個房間都找不到後續，請問您知道它的續集放在哪嗎？」

冀楓晚看著筆記本封面上磨損的「國民中學X學年度」，靜默許久後微微別開臉道：「你找不到很正常，它沒有續集。」

「沒有續集是……」

「我沒寫完，我當時……應該是失戀加上學測吧，把稿子放下後就沒再拿回來寫，所以它沒有續集。」

小末雙眼圓睜，呆滯幾秒才驚慌地問：「那、那翦有重新想起夜狐嗎？」

「誰想起誰？」

「翦想起夜狐，《缺角》的主角啊！夜狐為翦犧牲了那麼多，翦也為夜狐甘願重新被人掌控，他們那麼看重彼此，一定能恢復對對方的記憶吧！」

「這我不記得了。」

「怎麼會！」小末的聲音拔高。

「那是我國中時寫的故事！我都國中畢業十七十八年，後續早就忘光了。」

「早忘光了……」

小未垂下拿筆記本的手，乾澀而顫抖地問：「所以不只不能確定翦有沒有想起夜狐，也不清楚他們有沒有平安在一起嗎？」

——他們有。

冀楓晚很想這麼回答，雖然現在的他是不寫悲劇的作者，但還是個貨真價實中二生的他卻不是，那時的自己酷愛各種生離死別求不得。

小未從冀楓晚的沉默中讀出答案，手指一鬆讓筆記本掉落在地，全身僵直地望著作家近一分鐘，才緩慢地彎腰拾起本子離開書房。

接下來兩小時，仿生人都放棄直盯作家十分鐘的權力，直到晚餐時間才如幽魂般飄進廚房，且從烹飪到用餐結束為止，眼中都泛著淚光。

冀楓晚希望明天小未充電完成重開機後會忘掉自己的黑歷史，變回介於活潑與變態之間的小貓兒，然而他的期待落空了，接下來三天迎接他的還是一雙淚眼。

到了第四天，冀楓晚看見小未不知從哪翻出兩個木牌，動手幫翦與夜狐做墓碑。

——不能再這麼繼續下去了！要盡快轉移他的注意力！

冀楓晚的理智和羞恥心同聲大叫，抓住小未持雕刻刀的手，在與仿生人對上眼時，吐出讓他無法抱怨山抱怨蟲抱怨大太陽的話語。

「要不要跟我出去走走？」

當冀楓晚到達山頂時，第一個念頭是他快死了。

為防小未在半山腰惹出什麼麻煩——仿生人對草木蟲鳥登山客都抱持強烈好奇心，他幾乎是一路疾走不給對方駐足的機會。

對沒有運動習慣的人而言，此舉無異於找死，因此當冀楓晚抵達路道盡頭的老榕樹時，腿快斷了心肺快炸了喉嚨乾燥得能摩擦生火。

他放開小未，壓著自己的膝蓋喘氣道：「水……給我背……你背包裡的……水。」

小未迅速解下後背包，找出水壺扭開蓋子遞給冀楓晚。

冀楓晚仰頭將水灌入喉中，清空半壺水壺才垂手深吐一口氣，眼角餘光瞄到仿生人的臉，那張水晶般剔透精美的臉不紅不喘沒汗水，除了額上的髮絲有些凌亂外，一切都與他們出門前沒有差別。

「你看起來……什麼事……都沒有啊。」冀楓晚半感嘆半抱怨著。

小未沒接收到人類的怨恨，笑容明亮地點頭道：「是！我一切正常，攜帶式7G網路基地台也運作順暢。」

「那真是太好了……」

冀楓晚面無表情地回應，拖著雙腳朝稍遠處的涼亭走，坐上庭中石凳深深吐一口氣。

小未跟在冀楓晚身後，但他沒有坐下，而是站在進入涼亭的石階上，俯瞰山下的街道房舍，手指右前方二十多層樓的大樓問：「楓晚先生，那是我們住的屋子嗎？」

「那裡是……大概是吧，就算不是也在附近。」

「我看到楓晚先生最喜歡的咖哩店了！」

「不是最喜歡，只是最常點，畢竟它是外送範圍內唯一有歐姆蛋的店。」

「旁邊的公園只有半個拳頭大！」

「畢竟是社區小公園嘛。」

「垃圾車看起來像小蟑螂一樣。」

「不要提蟑螂！」

冀楓晚厲聲要求，再灌水滋潤沙啞的喉嚨。

小未拉長脖子左右看望，揚起嘴唇驚喜地道：「所有的景物都變得好小，小小的卻又有種遼闊感……您是為了讓我看到這麼奇妙的景色，才帶我來這座山嗎？」

「算是吧。」

冀楓晚心虛地回答，他拉小未出門的動機是要轉移對方的注意力，而選擇這座山的理由則是不管是山丘本體，還是從住宅通往山腳的路上都沒有自己寫過的景。

他不想在任何人面前情緒崩潰，所以出門時絕對要避開書中場景。

「楓晚先生！」

小未忽然大喊，伸長手臂指著十多尺外的香爐問：「那裡在冒煙！要報警嗎？」

「不用，那是香，冒煙是正常的。」

冀楓晚慢吞吞地挪動身軀，手支下巴注視香爐後方的土地公廟道：「那是天公爐，基本上每間廟都有，來拜拜的人將點燃的線香插進爐中，藉由香煙和天公說哈囉，某方面來說算是人類最古老的無線基地台。」

「那我們需要去插嗎？」

「如果你有想向天公或土地公祈求或詢問的事。你想插？」

「想！」

「那就……」

冀楓晚起身，靜止片刻再坐回石凳上無力地道：「讓我休息十分鐘再過去。」

小未點點頭，以冀楓晚為中心繞圈、四處張望、蹲下研究螞蟻或墊腳眺望山下，在作家扶著石桌站起來時小跑步回涼亭，與對方一起走向土地公廟。

土地公廟的廟祝不在廟中，不過線香、點香器都好好放在廟口鐵桌上，冀楓晚繞過桌子先在香油錢箱中投幾枚零錢，再取香點燃交給小木。

「拿香對天公爐拜三拜，跟天公打招呼後默念自己的名字、要求什麼，取三炷香插進爐中，再進廟對土地公像前的香爐重複一樣的動作。」

「好！」

小未接下香快步跑向香爐，完成兩次三拜後視線偶然略過神桌旁的木筒，眨眨眼指著斑駁長筒問：「楓晚先生，那又是什麼？」

「籤筒。」

冀楓晚手插口袋來到木筒前道：「剛剛不是說，會有人來廟裡向神問事嗎？發問者會藉由抽籤取得籤詩，籤詩就是神明對他所問之事的解答。」

「我可以抽嗎！」

「假如你能扔出聖筊。」

「聖筊……是水餃的一種嗎？」

「和水餃無關，是……找到了。」

冀楓晚拉出籤筒背後的塑膠籃，從籃中拿出一對半月形、一面凸一面平的木塊，擺成一凸一平向上的模樣道：「這是筊杯，一正一反的筊杯就是聖筊。你拿著筊杯默念你要問的問題，如果能丟聖筊就可以去抽籤。抽到的籤如果能連續丟出三個聖筊，那麼籤號代表的籤詩就是神明給你的回答。」

小未慎重地接下筊杯，走到神桌前方深吸一口氣，閉眼片刻後放手讓筊杯落地，得到一個聖筊。

「萬歲！我可以抽籤了！」

「是是是，請抽。」冀楓晚面無表情地遞出籤筒。

小末蹙眉注視籤筒，左看右看好一會才抽出一枝籤，再拿起筊杯拋擲，連續丟出三個聖筊。

「楓楓楓楓晚先生你看看看！」

「我看到了，籤詩櫃在你左手邊，找十三號抽屜拿籤詩。」

冀楓晚目送小末一蹦一跳地奔向籤詩櫃，彎腰收拾筊杯和籤，剛將兩者歸位就瞧見仿生人跑回來。

「楓晚先生，這個……」

小末皺著臉舉起籤詩道：「完全看不懂！」

「因為是文言文吧，我看看……『命中正逢羅孛關，用盡心機總未休，作福問神難得過，恰是行船上高灘。』看起來很不妙。」

「不、不妙嗎？」

「不妙。」

冀楓晚重複，取來籤詩閱讀道：「這首詩簡單翻成白話，大致是你命中有凶星，即使多方籌算最後還是無法避掉，即使求神積德也只能滑壘躲過，但整件事就像船開到沙灘上，進退不得，不行的。」

「不行的……」

小末輕聲呢喃，肩頭輕晃兩下，雙膝一折整個人往下墜。

冀楓晚嚇一跳，連忙伸手想扶住小末，然而疲乏的腿根本撐不住對方的重量，靜止一秒後就抱著仿生人跪到地上。

「唔……」

冀楓晚痛得蹙眉，感覺小未靠上自己的胸口，單薄的身軀細細顫抖，濕潤感攀上衣領。

「你問了什麼？」冀楓晚問。

「能不能和楓晚先生永遠在一起。」

小未揪住冀楓晚的衣衫，縮起肩膀顫聲道：「這不行嗎？怎麼樣都、都辦不到嗎……沒有改變的方法嗎？找人作法？給神明很多、很多錢？還是再增加一台量子電腦？」

「作法和賄賂神明就算了，增加量子電腦是想做什麼啦？」

冀楓晚嘴上在挑錯，手卻貼上小未的背脊，輕輕拍撫道：「什麼都不用做，因為給你這枝籤的不是神，是機率。」

小未抬起頭問：「是機率？什麼意思？」

「世上沒有神明的意思。」

冀楓晚帶著小未站起來，鬆手望向土地公像道：「我曾經到比這間廟有名幾百倍的大廟，擲筊問某本稿子會不會過稿，跟你一樣順利扔出三聖筊，一個月後我收到退稿信。」

「怎麼會……」

「然後我也去另外一間頗負盛名的廟宇發願，只要神明讓我過稿，過幾本就給祂送幾束花，結果我投稿頗負盛名的A出版社，等了兩個月沒回音，就將同一份稿改投B出版社。

B出版社的編輯口頭說想要這稿子，可是要思考怎麼修改，而這一思考就是一年。一年後A出版社來信告訴我我的稿子進入二審，我問B出版社的編輯是否確定要這本稿子，B出版社的編輯說確定要，於是我寫信向A出版社的編輯道歉與抽稿。兩個月後，這位編輯和我最好的朋友鬧翻，遷怒到我身上，退我的稿子還封鎖我。」

「B出版社的編輯叫什麼名字？」小末沉聲問，垂在身側的手喀喀作響。

「那不是重點，重點是——神明只是人類的虛構物。」

冀楓晚靠上神桌道：「神明和神話一樣，是發明來解釋人不能理解的事物，例如天上為什麼會打雷、太陽怎麼會不見、憑什麼他含金湯匙出生，我卻五歲就要早起煮稀飯。」

「人們認為含金湯匙出生也和神有關？」小末睜大眼睛。

「不少人都這麼認為喔，畢竟科學雖然能解釋雷電和日蝕，卻無法解釋誰要出生在哪個家庭，或是各種幸或不幸的意外。」

冀楓晚目光轉沉，輕柔卻冰冷地道：「所以人們制定……不，該說是臆測了一套規則，認為只要拜拜、捐獻、多做好事、修行就能趨吉避凶，但實際上虔誠善良的人出門散步被車撞死、欺世盜名之徒活到九十睡夢中闔眼的例子多得不能再多。人的際遇和功德、善良、神明保佑無關，純粹是機率和個人實力。」

小末皺眉思索，雙目忽然亮起，兩手一拍道：「您說得對，世上並沒有好心有好報這種事，要不然我明明什麼好事都沒做，卻能和楓晚先生相遇。」

「和我相遇算好報？」

「是天大的好報！如果沒有您的電……」小未拉長尾音。

冀楓晚看小未久久沒接續，挑眉問：「電什麼？」

「電……電力！」

小未總算吐出第二個字，強撐著笑容道：「您天天提供我電力，我才能四處活動！」

「要電的話，公寓中任何一個有繳電費的住戶，甚至一些公共場所或提供插座的咖啡店都能給你。」

「那不一樣，楓晚先生的電是……怎麼說？有種冷銳的氣味，平穩中不時一顫，整體而言……呃、啊。」

「呃啊？」

「就是、就是……」

小未張口再閉口，反覆七八次後眼中閃過厲色，心一橫大聲喊道：「我只要看著楓晚先生的臉，就能充三千度電，灌二十瓶營養液啦！」

冀楓晚先愣住，再微微抽搐嘴角，最後轉過身背對小未。

「楓晚先生？」小未輕喚。

「……」

「您生氣了嗎？」

「……」

「楓……」

「我噗……哈，沒生氣。」

冀楓晚憋著笑道：「你這個仿生人實在是……有夠奇怪，搞得我好像也要不正常了。」

「您生病了嗎？」

「沒病，只是搞不清楚自己的笑點了。」

冀楓晚帶著笑搖頭，轉身朝通往山下的柏油路走去道：「該下山了，再待下去要天黑了。」

小末如釋重負，快步跟上冀楓晚問：「您若是不舒服，我可以揹您。」

「不用。水壺你拿著。」

「我揹得動您！」

「不是重量的問題。」

「那是什麼？技巧嗎？我可以下載全世界公主抱的資……」

「除非我病理性失去意識，否則不准揹也不准抱我。」

冀楓晚嚴肅地回頭瞪小末，但當他將視線轉回前方時，唇角仍維持上揚。

兩人在夕陽的映照下抵達山腳，搭乘公車回到公寓。

冀楓晚回家第一件事是洗澡，換上睡衣將外出服扔進洗衣籃，來到後陽台先將髒衣服上的細沙碎草抖去，再扔進洗衣機中。

而在他處理到最後一件衣物時，腦中忽然浮現小末和自己一起跪在土地公廟的畫面，轉向屋內喊道：「小末！你今天的外出服，脫下來給我！」

「是！」

小末的聲音從廚房傳來，冀楓晚將手伸進半開的鋁門窗，把視線轉回洗衣機上，片刻後感覺手上多了幾件衣服，頭也不回地放進洗衣機啟動清洗程序。

他在曬好衣服後才回屋裡，一踏進餐廳就聞到大蒜、牛肉與酒的香氣，接著便看見小末端著牛排從廚房走出來。

而小末身上只有一件圍裙，裙上裙下都沒有任何衣物。

冀楓晚僵住，直到小末將牛排放上桌，才回神問：「這是怎麼回事？」

「這是菲力牛排佐紅酒醬搭配爐烤大蒜……」

「我不是問食物，是問你！你的衣服呢？」

「您拿去洗了。」

「你只有一套衣服？」

「有兩套，但另外一套昨天煮飯時沾到油，手洗後還沒乾。」

小未見冀楓晚的臉色越來越難看，皺眉一面解圍裙一面快步向對方問：「您哪裡不舒服嗎？讓我測……」

冀楓晚即時壓住小未的雙臂——仿生人正要將圍裙脫下來，視線自然往下垂，穿過圍裙的領口瞧見赤裸的胸脯。

那是宛如小丘般微微隆起，再綴以櫻色花蕾的雪胸，纖白中透著一絲豔色，撩動觀看者的心弦。

冀楓晚僵直一秒，拉著小未往自己的房間走。

「楓晚……」

「沒衣服就穿我的！」

冀楓晚打開衣櫃，抓出一件襯衫和長褲塞進小未手中道：「穿上！」

小未接下衣褲，站在冀楓晚背後窸窸窣窣地穿衣服，片刻後出聲道：「我穿好了！」

冀楓晚回過頭看見小未套著明顯大上兩號，但該遮的地方都遮牢的衣衫，剛鬆一口氣就看見長褲的褲腰滑過仿生人的大腿，直直落到地上。

小未趕緊將褲子拉起來，但一鬆手褲身就被地心引力招回地板，反覆幾次結果皆是相同，垂下肩膀問：「楓晚先生，有沒有比較小件的……」

「我所有褲子都是同樣腰圍。」

冀楓晚回答，他從沒想過身材數十年如一日會帶來麻煩，看著小未腳邊的布團堆幾秒，放棄道：「算了，反正襯衫夠長，褲子就別穿了。」

小未跨出褲管，將長褲撿起來還給冀楓晚，跟著人類返回餐廳。

冀楓晚坐上餐桌椅，拿起刀叉切開牛排，在看見完美的粉色切面後道：「煎得很漂亮……我應該沒帶你做過牛排，自學的？」

「是的！我搜尋到沒有『適量』的食譜，觀賞十三部牛排煎烤影片，集合足夠的資訊後才為您製作！」

小未邊說邊起身，繞過桌子跑到冀楓晚這側，彎腰用叉子插起牛肉塊，沾沾盤子角落的玫瑰鹽，遞向冀楓晚道：「第一口請沾鹽巴，第二口再沾紅酒醬，然後第三口請搭配蒜泥食用。」

冀楓晚張口咬住牛肉，醇鹹的肉香在嘴中爆發，嚥下肉塊正要稱讚小未時，眼角餘光瞄到對方腰腿間的弧線。

那是小未的臀部，襯衫下襬雖然能遮住臀瓣，卻抹不平俏挺的線條，甚至以陰影和皺褶加強其存在感。

「好吃嗎？」小未期待地問。

「好吃。」

冀楓晚拉回視線，轉開頭盡可能不動聲色地道：「回你的座位上，餐桌沒有大到必須站同一邊才聽得到聲音。」

小未乖乖轉身跑回自己的位子，襯衫下襬在行徑間晃動，輕拍著細白、光滑、飽滿又修長的腿足。

冀楓晚的目光跟著小未走，直到仿生人的腿被桌子擋住，才肩膀一抖驚覺自己剛剛幹了什麼。

——只是第一次看見他的腿，不熟悉所以多看幾眼罷了！

冀楓晚如此解釋，快速插起下一塊牛肉塞進嘴裡轉移注意力。

小未在冀楓晚專注咀嚼時小跑步進廚房，打開冰箱拿出冰透的玻璃杯、莓果泥、氣泡水、薄荷葉和冰塊，返回餐桌現場組合成飲料，將推向作家道：「請用！」

冀楓晚端起杯子啜飲，酸甜的氣泡水沖去濃郁的肉香，滋潤唇舌留下莓果清香，讓他忍不住喝第二口。

「您覺得如何？」

「不……唔。」

冀楓晚僵住，因為小未跪在椅子上，半個身子越過餐桌靠近自己，被過長袖子蓋到只剩指尖的手掌撐著桌面，正對作家的領口中能瞧見纖細的鎖骨和胸脯。

「不喜歡？」

小未緊張地問，身體不自覺地前傾，縮短領口和冀楓晚雙眼的距離。

冀楓晚握玻璃杯的手指收緊，望著近在咫尺的纖骨嫩胸，靜默五六秒後一把將小未推下桌。

「噗嚕！」

「別爬到餐桌上，沒教養！」

冀楓晚別開頭看著地板道：「喝起來不錯，你的烹飪技巧進步很多。」

「真的？」

「我對你說過假話嗎？」

冀楓晚本想瞪小末一眼，但剛轉眼就想起剛剛瞧見的畫面，心頭一抽改看向牛排道：「牛排也是，醬汁和牛肉都挺美味的。」

小末緩緩揚起眼睫，淺色眼瞳浮現水光，站起來高舉雙手道：「萬歲——被楓晚先生稱讚了！我終於成為一個合格的奴隸了！」

「你從來就不是奴隸！說過多少次，別把那兩個字掛嘴上！」

「楓晚先生讚美我喔——我的、人生、圓滿了啦——」

小末哼著不成調的歌，在餐桌和廚房中島間的空地旋轉、彈跳、揚手踢腿，喜悅之色滿溢全身。

「你也高興得太誇張了。」

冀楓晚苦笑，不過笑沒幾秒嘴角就拉直，微微滾動喉結。

造成這變化的是小末，在仿生人縱情歌舞時，過大還只扣四個扣子的襯衫也跟著上下晃動，半敞的領口時而滑過纖薄的肩膀，時而露出的白嫩的胸乳；下襬如裙子般翻飛，底下是若隱若現的圓臀。

這畫面讓冀楓晚喉嚨一陣燥熱，這顯然不是「不熟悉、沒見過、覺得新奇」這種理由能解釋的反應，而是某種根植於人類本能的原始衝動使然。

「啦啦啦——楓晚先生最棒喔——」

小未以一個舉手高跳結束歡慶之舞，全然不知冀楓晚正處於震撼中，左手貼上襯衫衣襟，緩緩往腿間撫去；右手抓起過長的袖子碰觸臉頰，陶醉地呢喃道：「不但被讚美了，還能穿上楓晚先生的衣服……這硬中帶柔的觸感，還有淡淡的菸味，像是被楓晚先生撫摸一樣。」

冀楓晚的腦中響起碎裂聲，等到他回神時，人已經在桌子另一端，左右手一上一下扣住小未的手腕。

「您怎麼了？」小未偏頭詢問，淺色眼瞳明媚潔淨，沒有一絲邪氣。

冀楓晚沉默，看著眼前以無邪念之心，做出極盡撩撥之能事的仿生人，深吸一口氣按下情緒，放開對方轉身走回位子上道：「明天等你的衣服乾後，跟我出門一趟。」

「要去哪裡？」

「買衣服，你只有兩套太少了。」

「沒關係，我可以穿楓晚先生的！」

「不行。」

「可是我很喜歡……」

「不行。」

冀楓晚在用完晚餐後，先進浴室沖冷水澡，接著才進書房趕稿，然後搶在小未做消夜前熄燈睡覺。

隔天天一亮，他就到後陽台將曬乾的衣物收進屋，將乾淨的衣褲蓋在小未身上——仿生人處於關機充電狀態，到廚房給自己煮咖啡烤麵包。

此舉讓小未開機後陷入五分鐘的失落——他喪失了一次給冀楓晚做早餐的機會，不過馬上就在作家特製蜂蜜加量版法國吐司的香氣中重新振作，開開心心地坐上餐桌。

兩人沒在早餐結束後出門，而是用過午餐才出發，原因很簡單，冀楓晚要去的服裝店十一點後才開門營業。

正確來說，冀楓晚要去的不是服裝店，而是百貨公司群。

在離冀楓晚所住公寓車程約四十分鐘的重劃區有九棟由不同集團經營的百貨公司，每棟百貨以天橋相連，不但逛起來便利，也幾乎囊括所有叫得出名字的服飾品牌。

這也是冀楓晚捨棄住家附近的服裝店的原因，他不確定小未喜歡哪種風格的服飾，與其一間店一間店慢慢找，不如去能一眼看見五六個服裝專櫃的百貨公司。

當然，此舉勢必會讓冀楓晚的錢包出血——專櫃服飾比社區小店貴上不只一個檔次，不過考量到仿生人沒有體型變化，甚至不用看天氣增減衣衫，服裝需求量遠低於人類，買料好工細耐穿的衣物，遠比不耐穿的廉價品划算。

「我對衣服沒研究。」

冀楓晚推開百貨公司的大門，直直走入電梯廂，按下通往休閒服飾樓層的按鈕道：「所以只負責帶你把樓面逛過一圈，要進哪家店、選那些衣服你自己決定，不過別買太多，四五套就夠。」

「楓晚先生喜歡哪種衣服？」小末問。

「合身、耐髒、出門不會被人指指點點就行。」

「像您接受訪談時穿的那種嗎？」

「訪談時……那是出版社和電視台準備的，對我來說太繁複了。」

電梯門開啟，冀楓晚跨出電梯廂，手插口袋領著仿生人將樓面走過一圈，見對方沒要求進任何一個專櫃，想也沒想就搭手梯上樓。

然而換了一個樓層後，小末對眾專櫃仍是好奇但也僅止於此，冀楓晚只能繼續往上走，來到名牌林立的最高層。

而小末一踏上樓面就雙眼亮起，抓住冀楓晚的手往右前方衝。

「不要用跑的！店又沒有入場人員限制……」

冀楓晚話聲漸弱，理由第一是他發現小末的目標是整棟百貨公司中最知名也最昂貴的歐陸名牌旗艦店，第二是該品牌走的是俐落冷酷路線。

——小未和這種風格不搭吧！

——我的信用卡額度還夠嗎？

冀楓晚的理性和感性同聲質疑，而在他理出答案前，小未已經放開他的手，如飛箭般奔向服裝展示架。

同時，一名女店員上前對冀楓晚微笑問：「您好，需要為您介紹嗎？」

「不用，我們只是進來看……」

「這件、這件和這件，有比較長、比較窄或比較大的嗎？」

小未打斷冀楓晚，手中抓著風衣、高領衫和一件布長褲。

女店員愣了兩秒才點頭，轉身尋找符合要求的衣褲。

而在冀楓晚有機會問小未在做什麼前，仿生人再次發揮驚人的機動力，衝到斜對角的衣架前東翻西看。

片刻後，女店員帶回小未指定的衣物，而小未則抱著更多，且左看右看都與他畫風不合的服飾回來。

「先這樣就好……」

小未盯著懷中沉甸甸的襯衫、V領衫、針織衫、西裝褲、運動褲、七分褲、雙排與單排扣外套……眾多衣物，抬起頭向笑道：「楓晚先生，到更衣間試穿衣服吧！」

「好……」

冀楓晚隱約覺得有哪裡不對勁，下一秒直覺就應驗了——小末將他推進更衣室，彎腰放下滿懷的衣服後關上門扉。

冀楓晚盯著深藍色的門，沉默幾秒後開門錯愕地道：「小末，今天是來給你買衣服，不是給我買啊！」

「可是我想看楓晚先生穿這些。」小末手指更衣室角落的衣服堆。

「我不缺衣……」

「我想看。」

小末重複，淺色眼瞳晶亮如星子，刻滿盼望與請求。

冀楓晚扣在門把上的手指收緊，掙扎須臾後垂下肩膀道：「我只試這些，下不為例。」

「是！」小末用力點頭，一臉期待地坐在更衣室正前方的沙發凳上。

冀楓晚拉平嘴角，認命地關上門脫去身上的衣物。

然而時間證明，冀楓晚小看了排列組合的威力。

小末拿了十四件衣褲外套和配件，而這些衣物可組出六十多種搭配，拜此之賜，冀楓晚接下來一個小時都在重複脫衣、穿衣、開門、轉一圈、回更衣室五個動作。

終於，在試穿活動持續到六十二分鐘時，冀楓晚的耐心耗盡了。

「到此為止！」

冀楓晚二度甩開更衣室的門，對著沙發凳上的小未、不知何時增加到三人的男女店員厲聲道：「這是最後一套！這套結束後就去買你的衣服。」

「可是我想看看您穿這件襯衫配風衣……」

「三十三歲大叔的更衣秀有什麼好看的啦！」

冀楓晚截斷小未的請求，煩躁地扶額道：「我又不是你那種美少年，給我適可而止！」

「楓晚先生是冰霜美人！」

「美個頭，黴人還差不多。你看夠了沒？我要去換下來了。」

小未沒有答話，他鼓起臉頰，兩三步走到冀楓晚面前，將人拉到不遠處的全身鏡前，指著鏡面強調：「您很好看！」

冀楓晚面對鏡子，鏡中站著一名身高約一百八十公分的短髮男性，他穿著一件白底、潑墨畫印花的襯衫，以及黑色直筒長褲；鼻梁上掛著一副粗框眼鏡，鏡框下是微微上挑，含情帶笑的桃花眼，可與之搭配的卻是刀削似的鼻梁與薄唇，讓此人散發禁慾又撩人的氣質。

平心而論，這人容貌算中上，但是……

「你只是沒見過真正好看的人。」

冀楓晚握拳輕敲小未的額頭，轉過身朝更衣室走去道：「先不提偶像明星，我可是我們家最醜的，你的眼睛該維修了。」

「我的眼睛很正常！」

小末拉住冀楓晚，朝眾店員們問：「你們也覺得楓晚先生很好看吧？」

「喂，別問店員這種丟臉的……」

「很好看。」

最初迎接兩人的女店員脫口回應，瞧見冀楓晚錯愕地望向自己，連忙解釋道：「因為您既是衣架子，五官也很端正，還帶著幾分貴氣，讓我想到霜二月大人。」

冀楓晚肩頭一顫，眼神從驚愕轉為驚恐。

女店員誤解冀楓晚的表情變化，僵直背脊補充道：「當然您更帥，多了幾分憂鬱氣質，看上去沒有那麼奶油。」

——所以我就說粉太厚了。

冀楓晚腦中蹦出這句針對電視台化妝師的抱怨，正要開口轉移話題時，小末搭上女店員的肩膀。

「妳很有眼光呢！」

小末雙眼晶亮，手指冀楓晚得意地道：「楓晚先生就是霜二月大人喔！」

「小末！」

冀楓晚一開口就後悔了，因為他不但喊得太大聲，驚動整間店內的男女，甚至連經過店門口的路人停下腳步，且這反應怎麼看都是承認了。

果然，在短暫的寂靜後，另一名女店員怯生生地上前問：「真的是霜二月大人嗎？」

冀楓晚張嘴但沒發出聲音，如此僵站了十多秒後，別開頭低聲道：「請不要聲張。」

店內先暴出驚呼聲，再響起勸戒他人安靜的噓聲，最初說話的女店員和另外兩名男店員突然起身往店內跑，各自抓著一件西裝外套、一件圍巾、一條腰帶和墨鏡回來。

「霜二月大人，我有個不情之請……」最初說話的女店員手提綴銀的西裝外套。

「可以請您掛掛看這條圍巾嗎？」男店員一號手舉灰底黑紋的長圍巾。

「還有這條腰帶和手鍊！」男店員二號手捧細框墨鏡和皮雕腰帶。

冀楓晚嘴角抽搐，很想搖頭說「不准」、「不可以」、「我不要」，然而十多道混雜期待、崇拜與乞求的目光太過灼人，掙扎整整一分鐘後還是低下頭啞聲道：「如果就只有這幾件，而且答應我不要拍照上傳。」

「沒問題！」

「可惡——早知道我也去拿！」

「你們也克制點，現在還是上班時間，要簽名就好了。」

「對喔還有簽名！」

冀楓晚默默聽著小未、店員與顧客興奮或扼腕地說個不停，半是無力半是逃避地退回更衣室，坐上角落的圓凳深深嘆一口氣。

他的粉絲都好奇怪。

拜新增的衣著配件之賜，冀楓晚在更衣室又進進出出七八回——期間圍觀者增加了，才終於脫離試穿地獄。

雖然店員們已是一臉滿足，但冀楓晚基於自己沒能第一時間攔阻小未，占據更衣室一個半小時、製造大量需要收拾的衣物之事實，還是買了一條絲質領巾作為賠禮。

而選領巾的原因很簡單，這是整間店中少數單價低於一萬的物品。

以冀楓晚的存款，要買一件三萬起跳的大衣雖痛但不成問題，可是他為了控制消費信用卡額度只有五萬，外加買給至親好友作禮物就算了，給自己買破萬的衣物他實在買不下手。

他目前是暢銷作家，可是十年後呢？二十年後呢？如果他永遠無法脫離龜速寫稿狀態呢？在金錢上具備倉鼠屬性和悲觀性格的作家不管年收入多少，都嚴格限制自身花費。

「……好慢。」

冀楓晚坐在離名牌旗艦店有一段距離的木長椅上，本想在結帳後就立刻遠離旗艦店，可是小未說還有些事情拜託店員，於是他先行離店，在稍遠處的椅子上休息。

這一休就是整整二十分鐘，冀楓晚從「能喘口氣真好」，變成「到底還要等多久！」。

在冀楓晚動念回店裡抓人的前一秒，小未歸來了。

「楓晚先生！」

小未揮手呼喚，跑到椅子前道：「我回來了，接下來要去哪？」

「買你的衣服。你怎麼會待那麼久？」

「因為店裡的哥哥和姐姐們推薦了很多適合楓晚先生的衣服，我實在拿不定主意，就請他們全寄回家了。」

「請他們做什麼？」

「寄回家，因為大包小包的不好逛街。」

「大包小包是……」

冀楓晚頓住，看著小未滿足的笑臉，難以置信地問：「你把那些衣服配件全買了？」

「是的，因為它們都非常適合楓晚先生。」小未雙手握拳強調。

冀楓晚感覺有人朝自己的腦袋扔了一枚炸彈，呆滯好一會才回神喊道：「那遠遠超出我的卡的額度了吧！」

「沒有超過我的。」

「你哪有卡！」

「有啊，就是……」

小未倏然停下嘴，像當機一樣神情空洞了五六秒才接續道：「和我一起寄到您家中的卡。」

「我組裝你的時候沒看到半張長得像信用卡的東西。」

「不是實體的卡，是存在記憶體中的虛擬信用卡。」

「虛擬卡的話我的確不會發現……」

冀楓晚話聲漸弱，因為他意識到一個極為重要的問題——信用卡是誰給的？

顯然不是冀楓晚，也不可能是安科集團，買仿生人送數十萬額度的信用卡肯定會讓集團破產；快遞公司同上，排除這幾方後，唯一有機會放卡片的只有一人。

冀楓晚心頭一沉，扣住小未的手道：「換個地方說話。」

小未順從地讓冀楓晚拉著走，越過半個樓面來到最西側的泰式輕食餐廳，在店員的帶領下坐上被藤編屏風圍繞的沙發座。

為了盡快把店員打發走，冀楓晚直接點菜單第一頁的下午茶套餐，將飲料選擇權全交給對方，待人走遠後將目光放回小未身上問：「我先確認一件事，在你來到我家後，購物時用的一直是跟你一起來的虛擬卡，不是我給你的卡？」

「是的。」小未點頭。

冀楓晚張口再閉口，反覆幾次後垂下頭，按著眉心深深吐一口氣。

小未看冀楓晚久久沒抬頭，傾身緊張地問：「您生氣了嗎？」

「沒有，只是覺得自己很蠢。」

冀楓晚瞪著桌面回答。仔細回想，他是在小未啟動後第二天，為了訂午餐才將信用卡的卡號交給對方，而在這之前仿生人已經做了九份西班牙烘蛋，可是家中雞蛋的存量別說九份，四份都做不出來。

而在將卡號給小未後，冀楓晚與信用卡綁定的手機中的結帳通知也全是自己刷的單，沒有半則屬於小未。

小未買了很多東西——從大量雞蛋到做迷你墓碑的木片，冀楓晚不敢相信自己竟然到現在才發現對方不是用自己的卡結帳。

——簡直懈怠得令人髮指！

冀楓晚在腦中捶自己的頭，閉眼重整情緒後抬頭道：「小未，從現在開始你不管要買什麼，都只能刷我的卡，知道嗎？」

「可是楓晚先生的卡的額度……」

「你只能刷我的卡。」

冀楓晚厲聲強調，直視小未的眼瞳道：「我不清楚有思給的副卡額度有多高，不過他不是有錢人，即使領了好幾年二十個月的年終，但他上有老父老母，下有妻兒老狗，年終獎金一入帳扣掉保單、房貸、車貸、小孩未來教育費、父母寵物的醫藥費、自己的退休金……剩下的大概只夠全家出國玩一趟。」

小未張嘴似乎想說什麼，但停頓片刻後闔上雙唇，僅是不甘願地望著冀楓晚。

「相較之下，我是孤家寡人，就算明天就被你刷到破產，橫豎也只死一個。」

冀楓晚用眼神阻止小未開口，靠上椅背道：「所以，不管他對你說了什麼，往後不准刷他給你的卡，記住了嗎？」

「記住了。」小未悶著嗓子回應。

「然後把你開機至今的刷卡總額傳給我，我得把錢匯回去。」

「那個不……」

「別讓我說第二次。」

「是……」小未垂下肩膀，指向桌面的眼瞳失去光彩，彷彿落水還被主人責罵的小貓。

冀楓晚心頭微微一揪，但沒有安撫小未，而是端起水杯靜靜等店員上菜。

店員很快就送上由三層架裝盛的茶點與熱茶，而一同上桌的還有熟悉的呼喚聲。

「楓晚？是楓晚吧！」

一名綁著馬尾的男性越過店員的肩頭看著冀楓晚所在的沙發座，待店員離開後馬上走到桌邊驚喜地道：「果然是你！你這身打扮跟在店裡差太多了，害我差點認不出來。」

冀楓晚微微瞇眼，凝視男性片刻才笑道：「你也是啊，少了三十層粉。」

「最好有三十層啦！」

男性拍冀楓晚的肩膀，和小未對上眼，微微睜大眼問：「這位小美人是誰？你的親戚？」

「是我家的仿生人。」冀楓晚道。

「娛樂用？」男性摸著下巴凝視小未。

「陪伴用。」

「騙人！哪有這麼精緻的陪伴用仿生人。」

「陪伴用和娛樂用仿生人的外表有差異？」

「當然，娛樂用畢竟是『娛樂』用，不夠漂亮精美性感誘人，哪能讓人取樂？」

男性彎腰靠近小末道：「這左看右看都是娛樂用，而且是高級品。」

「他是陪伴用……」

冀楓晚話聲停頓，在小末臉上瞧見一絲恐慌，伸手將男性推開道：「你靠太近了。」

「因為很難得看到這麼精緻的……」

「就說你太近了。」

冀楓晚二度將男性推離，向小末道：「他是喬治，是我常去的同志酒吧的老闆，雖然有毛手毛腳和把眼睛貼到別人臉上的毛病，但大致上是個好人。」

「我不是『大致上是個好人』，我就是個好人。」

男性——喬治——挺胸強調，坐上冀楓晚那側的沙發，手支下巴盯著小末問：「所以這就是你整整半年沒到我的酒吧，還拒絕我所有約砲訊息的原因？」

「就說了小末是陪伴用不是娛樂……」

「約砲是……」

小末插入對話，眼睛眨了兩下，透過網路搜尋到答案，雙眼瞬間睜大：「楓晚先生和這個人性交過？」

「有喔，我們是砲友。」

喬治搶在冀楓晚之前回答，舔著嘴唇望向作家道：「楓晚的技巧好得讓人有戀愛的感覺，我打敗了一卡車的競爭對手，才搶下他的固砲寶座。」

「固砲又是……」

「不要在公開場合聊限制級話題！小未，不准查這詞！」

冀楓晚瞪小未一眼，再將目光轉向喬治道：「我沒去店裡純粹是忙，和小未沒關係。」

「不是對我失去興趣？」喬治可憐兮兮地問。

「這我無法完全否認。」

「給我嚴厲地否認啊！」

喬治捶冀楓晚的手臂，眼角餘光瞄到朋友走進店內，起身道：「我得走了。楓晚，有『需求』就聯絡我，我萬分思念你帶著情慾俯視我的模樣。」

冀楓晚揮揮手送走喬治，一轉頭就瞧見小未抿唇注視自己，挑起單眉問：「怎麼了？」

「您……」

小未拉長尾音，停滯許久後低下頭道：「沒事。」

吃完由椰子蛋糕、熱帶水果凍和打拋豬三明治組合而成的泰式下午茶後，兩人再次踏上購衣之旅。

為防又被粉絲認出，冀楓晚不但刻意將頭髮弄亂，還換一間百貨公司，並且嚴肅要求小末不得透漏自己的筆名。

小末安靜點頭，不過考量他的諸多暴走行為，冀楓晚仍維持十二分警戒。

然而出乎冀楓晚意料的是，小末還真的沒有再做出讓自己錯愕的舉動，而是認認真真地選衣服。

當然嚴格來說，小末的選衣方式相當微妙，幾乎全程眼睛都沒放在衣服上，而是鎖定冀楓晚的臉龐，一發現作家對某個專櫃、某件衣服多看兩眼，就立刻說自己要進去逛或試穿。

試穿時的舉動則更加奇妙，小末一換好衣服就繞著冀楓晚打轉，充分觀察作家的呼吸心跳表情變化，完全無視正前方的全身鏡。

冀楓晚隱約覺得有哪裡不對勁，不過想到小末平均一天至少會有三個他無法理解的行徑，便沒有多細想。

他們花了約一個多小時，分別從三個專櫃買齊五套外出服後，拎著紙袋返回公寓。

當晚冀楓晚的寫稿速度回到昔日的二分之一，他不想浪費這難得的好狀態，於是泡了一壺咖啡挑燈在書房夜戰。

「呼……差不多先這樣。」

冀楓晚按下存檔鍵，將電腦椅稍稍滑離書桌，活動僵硬的雙手和脖頸。

而幾乎在他放下手的同時，門外傳來小末的聲音。

「楓晚先生，您需要宵夜嗎？」

「這的時間點吃東西對身體和睡眠都不好。」

「我會準備健康、助眠好消化的。」

——不用了我不餓。

冀楓晚剛想這麼說，腸胃就抗議般地抽動兩下，讓靜默幾秒改口道：「那就拜託你了，簡單弄就好，分量別太多。」

「好的。」

門外回歸平靜，冀楓晚在等待餐食時用電腦放起輕音樂，坐在椅子上伸展手腳，放空腦袋注視天花板。

幾分鐘後，書房的門打開，小末端著托盤進入房間。

冀楓晚看向門口，本要對開口說謝謝，嘴巴乃至整個身體卻瞬間僵住。

導致他僵直的不是宵夜內容——小末準備了淋上醬油的番茄片與水煮蛋、灑有碎堅果的優酪乳，是仿生人的穿著。

小末穿著他昨天從衣櫃抓出來的襯衫，其上其下其裡其外都沒有任何衣物。

「放在桌上嗎？」

小末問，赤腳走到書桌邊，看冀楓晚久久沒有反應，偏頭再次問：「楓晚先生，可以放在這裡嗎？」

冀楓晚肩頭一抖回過神，先點頭，再盯著小未身上的襯衫問：「你這身是怎麼回事？」

「新衣服洗了還沒乾，然後原本的衣服又弄髒了。」

「兩套都是？」

「都是。」

小未點點頭，一手插起番茄片，一手托在叉子下，朝冀楓晚傾身道：「楓晚先生，啊——」

「我可以自己……」

「啊——」小未催促。

冀楓晚無奈之下只能開口咬住番茄片，視線自然指向正前方，穿過小未因彎腰而垂降的衣襟，落在那數次撩動他心弦的粉胸上，身體先是一緊，剛想轉開目光小未就湊上來。

「好吃嗎？」

小未的鼻尖離冀楓晚的臉只有不到一掌之距，纖長的頸子、玲瓏精緻的鎖骨，以及藏在襯衫陰影中小丘般的胸脯映在作家的瞳上。

冀楓晚喉頭滾動，聽著電腦中慵懶低沉的女性歌聲，感覺胸口的撩動漸漸轉為騷動。

「楓晚先生？」

小未眨眨眼，身體稍稍偏往一側，領口因此滑動，露出肩膀的一角。

冀楓晚瞪著小未的肩頭，在騷動升級至騷熱的前一秒，推開仿生人搶下叉子快速道：「味道不錯，接下來我自己來就好。」

「如果由我餵您，您的雙手就能空出來做其他事。」

「我今日的工作都結束了，沒其他事要做。」

冀楓晚轉了轉手臂和頭顱道：「況且我的肩頸正僵硬，需要活動而不是休息。」

「那我幫您按摩？」

——不用。

冀楓晚本要如此回答，但想到如果自己接受按摩，小未就會站到視覺死角，於是心念一轉靠上椅背道：「交給你了，可以重一點，我不怕痛。」

「我會努力的！」

小未快步走到冀楓晚背後，兩手搭上對方的肩膀，認真揉掐僵固的肌肉。

冀楓晚先感到疼痛，接著緩緩湧現舒爽，身體在小未的指下一點一滴放鬆，眼睫也隨之下垂。

小未的指掌沿著冀楓晚的手臂往下，敲揉上臂撫按下臂，最後握拳捶上作家的大腿。

這一捶讓冀楓晚猛然脫離恍惚狀態，一睜眼就瞧見小未橫在自己腿上，收緊的腰線披著鵝黃燈光，臀部因彎腰而翹起，隔著襯衫下襬拉出陰影與弧線，並隨敲捶微微顫動。

冀楓晚的腦袋空白兩秒，急急推開小未喊道：「你在做什麼！」

小未抬頭道：「幫您捶腿。」

「不需要！」
冀楓晚厲聲回應，在小末接話前別開頭道：「夠了，宵夜的盤子我會自己洗，你去充電座關機充電。」
小末直起腰肢，沒有離開書房，也未如冀楓晚預料的大吵大鬧，而是凝視作家片刻，雙肩一抽流下眼淚。
「喂，你這是……」
「對不、對不起，楓晚先生。」
小末雙手握拳笨拙地拭淚，抖著嘴唇不甘地道：「我……無論如何都……都想要和您做愛！」
冀楓晚雙眼圓瞪，感覺小末說了一串每個字他都懂，合起來卻無法理解的言語。
小末壓下頭，雙手緊抓襯衫下襬道：「我明明是為了滿足您……讓您幸福才來的，可是在聽到那個男人說起您……我所陌生、不熟悉、沒看過也沒夢過的您時，我就……好生氣！」
「等等……」
「我也想看楓晚先生染上情慾的模樣！想和您有各式各樣的接觸，像繩子一樣緊緊繞住您的身軀，我想要知道全部的您！」
小末雙手掩面，從指縫中抽泣也咆嘯著道：「想到有我不知道的您……有別人知道而我不知道的您，我就……好生氣！其實您喜歡的不是我這種的人，是……是綁馬尾，身高一八三、體重九十一公斤，膚色5Y09的成年男性嗎！」

「5Y09是……」

「是的話我馬上、馬上去換偶體！」

小未大喊，伸手揪住冀楓晚的上衣，低垂著頭抖肩道：「什麼樣的偶體……男性、女性、雙性我都……我會盡全力滿足您的，所以不要……不要和其他人成為固砲。」

冀楓晚看著眼前搖搖欲墜的仿生人，被驚愕打亂的腦袋恢復運轉，總算明白小未一連串怪異言行的原因。

小未被喬治的話激起嫉妒心，白天買衣服時拚命尋找能讓冀楓晚心動的衣衫——這就是選衣時不看衣裝只注意作家反應的原因，然後不知怎麼得出下空襯衫最能吸引他的結論，藉口送宵夜進書房色誘自己。

冀楓晚不知該笑還是扶額，靜默好一會才嘆氣道：「我不是要你別搜『固砲』嗎？」

「對不起……」

「放開我，去拉一張椅子過來坐。」

小未鬆手離開書房，片刻後搬著一張圓凳到冀楓晚面前坐下。

冀楓晚端起桌上的水杯，稍稍潤喉後放下杯子嚴肅道：「首先，我不管你在網路上查到什麼，通通都給我忘掉。固砲只是多於一夜的一夜情對象，沒有情感基礎，不要求一對一，基本上和一起慢跑游泳打籃球的運動友差不多。」

「運動友不會一起過夜。」小末小聲道。

「固砲也不會。」

冀楓晚接續道：「第二，喬治那傢伙說的話只能信七成……不，最多六成五，他才沒有一卡車的競爭對手，我在同志圈中並不搶手。」

「怎麼可能！」小末猛然抬頭。

「怎麼不可能？我社交技能只有及格水準，也沒固定上健身房練肌肉，物理和精神意義上都不屬天菜。」

冀楓晚聳肩，翹起單腳道：「至於做愛技巧……那也誇大了，我只是把該做的前戲做足罷了。」

「前戲是什麼？」

「簡單來說是性器插入前的調情舉動，例如擁抱、親吻、撫摸、耳鬢廝磨、舔或碰觸性器之類的舉動。」

冀楓晚偏頭道：「不過我這種人並不稀少，起碼喬治的店裡就不少比我器大活好的，他哭我不約他只是場面話，你別當真。」

「可是我覺得他是說真的。」小末蹙眉。

「那是因為你有粉絲濾鏡。最後，關於我是喜歡他還是喜歡你這一型……」

冀楓晚拉長語尾，猶豫、掙扎、思索許久後，仰頭坦承道：「我喜歡的是你這一型，臉和身體都喜歡。」

「真的嗎！」小末從凳子上彈起來。

「真的，真到會引來ＦＢＩ的等級。」

冀楓晚疲倦地注視天花板道：「我本來以為我只喜歡你的臉——不帶情慾的那種喜歡，可是這兩天……拜託你別再穿著我的襯衫跑來跑去了，這對成年男性的刺激真的太大了。」

「刺激是？」

「我會勃起啦！」

冀楓晚自暴自棄地坦白，手遮雙眼道：「我明明對未成年沒興趣，為什麼會……是太久沒做、最近太累還是中邪……怎麼樣都好，我一點也不想觸犯刑法啊！」

「楓晚先生……」

「總之你立刻、馬上、立即把衣服換回去。」

冀楓晚右手繼續遮眼，左手指向小末強調道：「然後剛剛的對話一個字都不准告訴有思，那傢伙家裡有小女孩也有小男孩，知道肯定會揍我。」

小末沒有回應冀楓晚，也未離開書房換衣服，而是靜靜注視羞恥到耳尖泛紅的作家片刻，一個箭步上前雙手抱住人類的脖子。

「喂！你做什……」

「來做愛吧！」

小末興奮地大喊，倚靠冀楓晚的肩膀燦爛地笑道：「現在就來做！您需要道具嗎？還是需要洗澡？不管是哪種 play 我都能配合！」

「你沒聽懂我剛剛說的話嗎？」

「有喔，聽得一清二楚，您說您想要跟我做愛，我也想跟您做愛，既然我們都想跟對方做愛，那就來做愛吧！」

「我怎麼能跟未成年人……你在蹭哪裡！」

冀楓晚失聲吶喊，小末爬上電腦椅，岔開雙膝跪坐上自己的大腿，未著一縷的胯部靠近他的褲襠，隔著布料觸上半勃的器官。

「我不是未成年人。」

小末貼近冀楓晚的身軀道：「我是仿生人，不受刑法或兒童與少年福利法限制，您想怎麼做就怎麼做。」

「不單是法律的問題，如果我真的就此轉性，然後控制不住對少年出……」

「我不會讓您對別人出手。」

小末的聲音微微轉沉，枕著冀楓晚的肩窩，淺色眼瞳深沉也明媚。「您的性慾由我來滿足，如果您玩膩了我的身體，或是更喜歡其他模樣的肉體，我會立刻更換軀殼。我不會讓您做出讓自己後悔的事，您的一切都由我承擔。」

冀楓晚緩緩抿唇，恐懼與性慾應該是相斥的情感，然而此刻他卻同時被這兩種情緒所衝撞，既覺得仿生人的占有慾高得可怕，又無法控制地硬了。

無論是成名前還是成名後，他不曾面對如此純粹、激烈、直白的告白，岩漿般的愛意包圍四肢頭腦，和懷中白嫩的身軀一同勾引心神。

但冀楓晚的理智仍想掙扎，因此沉默片刻後低聲道：「你是陪伴用仿生人，不是娛樂用。」

「我是您的仿生人，只要您有需要，我可以是娛樂用、照護用、搬運用甚至軍用。」

「有思知道會宰了我。」

「我不會讓他知道。」

「我沒跟仿生人做過，萬一不小心把你弄壞……」

「我很堅固。」

小末直起上身，兩手攀在冀楓晚的頸後微笑道：「然後我的神經分布、神經敏感度、性器與肛門的刺激反饋都和人類一樣，您完全可以把我當成普通人類。」

「……」

「請和我做愛。」

小末再次抱住冀楓晚的脖子，纖白手指伸入對方的髮絲：「我想從視覺、觸覺、聽覺、嗅覺、身體外側和內側一同感受您、記住您。」

冀楓晚垂在身側的手指微微一顫，垂下眼輕輕嘆一口氣，抬手將小末推開。

「楓晚先生……」

「去洗澡。」

冀楓晚轉向書桌，拿起叉子道：「如果要做，你跟我都必須去洗澡，你先去洗，我把消夜吃完再去。」

小未眨眨眼，費了三五秒才理解冀楓晚的意思，面頰因為欣喜而竄紅，頭也不回地朝書房外衝。

冀楓晚目送小未如狂風般奔離，閉上眼深深吐一口氣，動叉子將集合鹹、酸與一絲甜味的宵夜嚥下肚。

冀楓晚花了約六分鐘吃完消夜，一分鐘清洗餐具盤子，十分鐘天人交戰，最後才認命地進浴室淋浴。

他圍著浴巾離開浴室，先到鞋櫃旁的三層櫃找出保險套和潤滑劑，再走向自己的寢室，一推開半掩的門就在雙人床上看見小未。

小未盤腿坐在床中央，仍穿著冀楓晚的襯衫，不過髮尾帶著水氣，裸露的肌膚也比先前濕潤，顯然是洗澡洗頭後又穿上同樣的衣服。

冀楓晚有些哭笑不得——他理智上希望小未換衣服，但性慾上不希望，搖頭拋開無奈走向床鋪道：「開始前我先約法三章：第一，過程中我說的話都是調情用的垃圾話，一句都別當真；第二，如果覺得不適，就對我說『我不要』，這樣我就會收手；第三，主導權在我。有意見嗎？」

「沒有！」

小未高聲回答，望著冀楓晚雙眼閃亮地問：「我需要做什麼？跳脫衣舞？跪下來舔您的腳趾？」

「別把你製造者的性癖安到我身上，還有你身上就一件衣服要怎麼跳脫衣舞？」

冀楓晚邊說邊將保險套和潤滑液放到床角，抬頭道：「住宅系統，指令『主人房主照明關閉，夜燈開啟。』」

房中央的吊燈應聲熄滅，門側的貓型小夜燈亮起，和落地窗外的街燈一同勉強維持著房內的照明。

「做愛要關燈？」小未問。

「看個人習慣，我的習慣是如果是第一次上床的對象，我會把燈關掉或調暗，這樣比較不會尷尬。」

「所以我們下次做就能開燈？」

「先做完這次再想下次。」

冀楓晚彈小未的額頭，在仿生人反射動作摸頭時，閉上眼傾身吻上對方的嘴唇。

這是個相當輕柔的吻，冀楓晚淺啄小未的唇瓣，在對方因驚訝而雙唇微啟時伸出舌頭，但並末探進另一人的口腔，僅是以舌尖勾掠過唇肉。

而當他退開時，小未的雙頰泛著淺紅，睜著大眼直直注視人類。

「接吻時要閉眼。」

冀楓晚輕戳小未的眉心，在對方開口想回話的下一秒，伸手扣住仿生人的後腦杓，俯身以唇封住對方的話語。

貼磨、吮含、啃咬……冀楓晚逐漸加深親吻的力道，品嘗柔軟的唇肉，吸吮淡淡檸檬味——他家洗面乳的香味，用舌頭撬開小未的齒貝。

小未壓在床墊上的手收緊，酒醉般的麻感自唇舌蔓向大腦，再向下軟化腰肢，以至於被人類輕輕一推就倒上床鋪。

冀楓晚在小未躺平後放開仿生人的唇，咬上細白的下巴，再拐個彎親吻嘴角、面頰與眼角，最後低頭舔舐小巧玲瓏的耳垂。

小未肩頭一抖，濕軟感攀上耳朵，隨之而來的還有陌生的搔癢，讓他下意識往反方向躲。

冀楓晚沒有追逐小未的耳朵，而是順勢將唇舌放到對方伸展的頸子上，張嘴咬舔纖細的頸子，兩手鑽進襯衫撫摸仿生人的背脊。

那是與平日的冀楓晚截然不同，黏稠、溫熱、彷彿要將懷中人融化的撫觸，小未在愛撫中拱起背脊，眼瞳泛起水光，雙手揪住床單。

冀楓晚從眼角餘光瞄到小未手的動作，鬆口貼著仿生人的頸側問：「有床單就滿足了嗎？」

「滿足是……」

「你想抓的應該是我吧？」

冀楓晚拉起小末的手，放到自己的腰上道：「僅此一晚，想怎麼抓就怎麼抓。」

小末先是渾身僵住，再迅速抬起雙手伸向冀楓晚的腰桿，十指展開貼上略為蒼白的肌肉。

不過也僅此而已，小末的雙掌一動也不動，彷彿掌下不是人體，而是一碰即碎的玻璃製品。

「剛剛大膽色誘我的人上哪去了？」

冀楓晚笑問，不等小末回答就低頭咬啄對方的鎖骨，兩隻手同時下滑，撫摸滑嫩的大腿。

小末瞬間曲起手指，鎖骨被咬得隱隱作痛，兩腿則在撫揉中泛起暖麻，而兩者都是他全然陌生的感受。

當冀楓晚扯開襯衫，咬啃他的胸脯時加劇，這份感受迅速加劇，化為羽毛形狀的火苗，撩撥小末的神經。

「楓晚……先生……」

小末難耐地拱起背脊，貼近冀楓晚道：「身體……胸部好奇怪……又麻又熱，平常碰都沒有這種感覺，像著火一樣。」

「不喜歡？」冀楓晚停下咬舔抬頭問。

「不……不知道。」

小末挺胸蹭上冀楓晚的下巴道：「但是一停下來就……空空的，想要繼續……好奇怪但還想要。」

「看來胸部是你的敏感帶呢。」

冀楓晚輕笑，再度張唇吮住小巧玲瓏的乳纓。

雖然他表現得游刃有餘，但其實他也被慾火灼燒著，早就知道自己對小末的身體有反應，可實際擁抱後才驚覺對方的魅力遠超想像。

小末的身軀白皙、柔韌、光滑而溫暖，髮梢與肌膚透著淡淡的檸檬香，無論用嘴嘗以手握都是名符其實的溫香暖玉。

且這塊暖玉還是一張純淨的白紙，面對冀楓晚的撩撥毫無抵抗力，幾個連吻就呼吸紊亂，揉搓兩下便纖腿細顫，單純到無法理解融化心神的是情慾，卻能吐出給他會心一擊的發言。

清純的外貌、生澀的反應、不自覺的魅惑，以上總總讓冀楓晚有種自己正在玷汙天使的錯覺，而這正是他最喜歡的性幻想之一。

「嗯啊！」

小末被冀楓晚啣住右乳，兩手一抖從對方的腰部滑到背上，難耐地曲起腳足。

冀楓晚的雙手順大腿往下走，張開手掌握住渾圓臀部，捏撫飽滿的白臀，感覺臀肉隨手指收顫後，搬開臀瓣碰觸藏於其中的肉縫。

不曾被碰觸之處遭人觸摸，讓小末先是往上彈些許，再回過神怯生生地靠近冀楓晚的手指，刻意張開臀縫想將對方的指頭納入。

冀楓晚察覺小未的企圖，沒有將手指插入，反而將手退開抬起頭道：「不要勉強。」

「我沒有……」

「你有。」

冀楓晚將指腹輕輕壓上小未的臀口道：「我會自己讓這裡張開，你不要多事。」

「是……」

小未失落地停止施力，不過他很快就無暇低落，因為冀楓晚張嘴含住他的左乳首，一手繼續愛撫菊口，一手則伸向方才吸吮過的右胸，揉抓軟嫩的胸脯。

「呵……哈、哈啊！」

冀楓晚聽著小未的喘息聲，感到對方的手一隻滑落，一隻則揪住自己的背肌，隨另一人的吮舔與撫弄一收一放。

同時，他用身體捕捉到小未性器的膨脹，放開對方的胸乳往後退，俯首舔上白淨無毛的器官。

小未的腰瞬間弓起，兩腿在舔舐中先張開再打顫，雙手一上一下揪抓枕頭和被單，呼吸迅速轉沉。

冀楓晚將小未的陰莖舔至半濕，這才張嘴將龜頭含入，以唇瓣磨蹭敏感的器官，慢慢將其吞進口腔。

「唔楓、楓晚……先生……」

小未半恍惚地呢喃，快感隨冀楓晚的含吮沖刷神經，他緩緩踮起腳尖，不自覺地挺腰將自身往作家嘴裡送。

冀楓晚順勢加快吞吐，左右手同時撫上小未的大腿，感到仿生人的肌肉一點一滴緊繃，最後猛然一抖射精。

準確來說，小未射出的是溫熱的清水，冀楓晚將溫水全數嚥下，抬頭直起腰桿往前看，胸中的慾火瞬間旺盛了不只一個檔次。

小未神色迷茫地躺在他身下，棕髮凌亂地散落於眉間枕上，淺色大眼漾著水色，雙頰染上霞紅，玫瑰色的嘴唇半張半闔；白襯衫堆疊於身側，布料下是尖起的乳首、烙有咬吻痕跡的腹部。

冀楓晚的喉頭一陣乾渴，心底響起鎖頭解開的輕響，目光轉為深沉道：「我要確認一件事，你有意願和我以外的人做愛嗎？」

「沒有……」

「確定？」

「確定。」

小未蹙眉問：「您為什麼要問這個？」

「因為如果你不打算和其他人上床……」

冀楓晚彎下腰，抬起小未的下巴，深色眼瞳中冒出火光，以比平日低沉許多的聲音道：「我就能放開手腳，把你徹底弄成我的形狀。」

「您的形狀是……哇啊！」

小未在說話時被冀楓晚翻成趴臥狀，再一把脫去襯衫，還沒脫離驚嚇就被對方由後覆上。

冀楓晚親吻小未的後頸，一隻手穿過對方的腋下按上胸口，一隻手勾起仿生人的腰腹，靠近自己的胯下。

這姿勢令小未的後背完全被冀楓晚籠罩，正面雖然只有兩隻手，可這兩手如蛇一般纏繞仿生人的胸脯與下腹，將人牢牢固定住。

而當冀楓晚張開十指，貪婪地愛撫小未微微隆起的胸膛、平坦的小腹和帶有弧度的纖腰時，蛇身成了蛇信與蛇牙，配合舌齒的舔啃一口一口吞噬仿生人的身軀。

小未眼中的焦距緩緩渙散，冀楓晚的觸感、吐息、體溫乃至心跳烙在皮膚上，輕易拉升那因射精一度得到平復的慾念，雪色肌膚因此泛起淡淡的潮紅，雖然看不見作家的身影，對方的存在感卻無比強烈。

冀楓晚的嘴唇和雙手緩緩下挪，嘴巴沿頸椎撒下齒印吻痕，左手揉軟揉脹仿生人的胸乳，右手則在充分享受腰腹的柔韌後，握住軟垂的性器。

小未的手瞬間收握，射精後的陰莖異常敏感，輕輕一握就泛起騷麻，和把玩胸脯的指掌一同融化理智。

「你像棉花糖一樣，又軟又甜呢。」

冀楓晚舔著小未的背脊低語，放開對方的乳纓，拿起床角的潤滑液，單手開蓋反轉瓶身，將凝膠狀的潤滑液擠上掌心，扔開瓶子將手伸向對方的大腿內側道：「待會要夾好喔。」

「夾好什麼……」

小未話還沒說完，冀楓晚的陰莖就插進腿間，微微翹起的粗莖頂上會陰和陰囊，帶來與手指和舌頭截然不同的騷意。

「我的肉棒啊。」

冀楓晚輕語，右手繼續撫弄小未的分身，左手則扣在對方的腰側，反覆擺動下身進出仿生人的腿縫。

小未遵從冀楓晚的指示併攏雙腿，這讓他更清楚地捕捉到冀楓晚陰莖的軟硬、溫度與粗滑，源自精神的滿足和來自神經的酥麻一併湧現，使仿生人迅速軟下腰，性器也開始抬頭。

冀楓晚加快腰與手的移動，頂得小未渾身打顫，掌中肉根走至半勃狀態。

不過在小未高潮前，冀楓晚放開他的腰，將沾有潤滑液體的左手伸向仿生人的菊口。

「呃啊！」

小未的身體瞬間緊繃，臀縫遭他人的食指插入，陌生、冰涼的脹滿感侵襲臀股，將先前累積的快意削去大半。

「你比我想像中緊。」

冀楓晚推進手指，感受穴壁的夾磨道：「相當緊……如果直接插進去可能會斷掉。」

「對不起……」

「我不是在責備你。」

冀楓晚撫摸小未的肉莖，左右手同時感受到仿生人的顫動，揚起嘴角道：「這很好，很有挑戰的價值。」

「挑戰是……哈啊——」

小未仰頭長喘，冀楓晚輕搓他的龜頭與馬眼，同時屈伸仿生人體內的指頭，舒爽和疼痛一起席捲神經，使他揪緊枕頭大口大口吸氣。

「放心，再一會就會舒服的。」

冀楓晚將手指完全插進小未體內，以指腹壓磨臀徑道：「不，正確來說是陶醉，畢竟你可是被你最喜歡的楓晚先生玩弄身體。」

「我、楓晚……哈！」

「我有說錯嗎？」

冀楓晚將手指完全插入，彎腰靠近小未的耳朵問：「你心中有我以外的男人？」

「沒……沒有。」

小未紅著臉回答，體內的手指一彎觸上前列腺，快感頓時壓過疼痛，讓他雙腳一顫險些撐不住身體。

「我想也是。」

冀楓晚持續按壓軟嫩的腺體，吻了吻小未的耳垂道：「偷偷告訴你，我心中也只有你一個仿生人。」

小未雙眼睜大，還沒消化完所聽到的話，戳按前列腺的手指就增加到兩根，撫弄分身的手也重新展開活動。

「是真的喔。」

冀楓晚話聲輕柔，但兩隻手卻毫不留情地刺激小未的腺體與陰莖，舔吻仿生人的耳廓道：「所以拋下一切，成為專屬於我的小母貓吧。」

「好……嗯啊！」

小未緊抓枕頭，冀楓晚在他答話時抽出手指，臀徑先是一陣空虛，再遭勃發許久的陽具突入。

冀楓晚的陽具雖稱不上巨物，但仍比手指粗上不少，脹痛感隨挺進拉扯小未的神經，讓他將枕頭抓得更緊。

冀楓晚瞧見小未的動作，舔舐對方的耳垂，兩手一同撫慰仿生人的肉莖，感覺身下的肉體重新放鬆，才繼續推進陰莖。

拜此之賜，當冀楓晚完全插入時，小未臉上非但沒有一絲痛苦，腿間肉具還滴出幾滴水。

冀楓晚則因小未的緊緻長吐了一口氣，兩手搭上仿生人的臀肉，將肉具完全抽離後再一口氣挺入。

小未的眼瞳張至極限，快意如水柱灌進神經，令他腦袋陷入空白，直到第二次抽插才回過神。

第二次後是第三、第四、第五……冀楓晚反覆充盈小未的花徑，肉根感受對方的吸捲，雙眼瞧見仿生人滿臉霞色地喘息，雪白身軀在自己身下顫抖，胸中慾火更加熾烈。

「啊、啊哈——楓晚、楓晚……先啊——」

小未破碎地呻吟，內壁被冀楓晚的莖身反覆刮磨，莖柱的觸感、熱度與麻癢清楚烙上神經，摧毀他的思考能力。

當冀楓晚稍微調整角度，搗上小未的前列腺時，快感如泉湧而出，他先是爽得無法動彈，再翹起臀部扭腰迎合身後人。

冀楓晚喉頭滾動，盯著小未扭擺的細腰，單手撫上對方的白臀，放開克制放肆地搗幹。深搗令小未腳指手指捲曲，臀瓣隨冀楓晚的占有抖動，菊穴的皺褶被徹底撐開，在一次次抽插中牽出水液。

「楓……啊、哈，好深……」

小未渾身泛起潮紅，蜜意如浪潮席捲全身，內壁無意識地收捲，兩眼失焦恍惚且陶醉地笑道：「好深好清楚……楓晚、晚先生的形狀……嗯喔、喔，喜歡……最喜歡！」

「我也……喜歡你喔。」

冀楓晚捏著小未的臀肉，感受對方花徑的吸吮，抽出性器再一口氣搗入道：「像絲綢一樣，既滑又緊……是不想讓給別人的美穴呢。」

「別人……」

小未茫然地呢喃，猛然緊繃身體，激動地搖頭道：「不要！別人……啊，我是……只是楓晚先生的……」

「當然。」

冀楓晚雙手撈起小未的上身，摟著仿生人的腰與胸，靠在對方的耳尖上道：「你是我的小母貓，不是嗎？」

「是……」

小未安心地放鬆肩膀，下一秒整個人就被冀楓晚頂起來，花心遭龜頭深深刺入，前列腺被莖身大力輾過，蜜糖似的歡愉自腿間湧上頭殼，令他陰莖一抖二度射水。

冀楓晚感覺包覆自身的肉穴猛然緊縮，先爽快地抽氣，接著抱緊小未的身軀，一個抽挺將高潮的窄徑捅開。

小未雙眼圓睜，抓住冀楓晚環在自己胸與腰上的手臂，腿間白莖隨身後的抽插晃動，兩條腿撐不住自身重量越張越開。

冀楓晚咬上小未的肩膀，緊扣對方的身軀一個勁地深插快抽，沉醉於仿生人細膩如絲綢、捲咬似小口的窄穴中，直至粗喘著射精。

小未渾身猛顫，腹部一陣燙熱，灼燒般的快感打上腦殼，瞬間掃空思緒。

冀楓晚也被倏然收緊的內穴夾得忘我，陰莖軟下後才回神，抽出分身看見躺流精水的臀縫，頓住一秒道：「抱歉，我忘了戴套。」

「沒……關係。」

小未抬起頭，兩眼映著窗外的星燈之光，玫瑰色嘴唇輕輕上揚，輕柔地微笑：「我是您一個人的小貓，您可以盡情射進來。」

冀楓晚沉默，盯著小未純粹、潔淨沒有一絲虛假的笑臉片刻，將仿生人按回床上。

幾分鐘後，粗沉、重疊的吐息瀰漫寢室，和清脆的肉體拍響一同震動空氣。

第四章 仿生人偶的慟哭

（通話紀錄——最愛的人108.m4a）

『晚安，你來的真是時候，我正好完……』

『啊、啊！啊嗚嗚——』

『你怎……』

『呃啊、啊啊！嗚呃呃呃——嗚呃啊啊！』

『……』

『咕！咕咕呼……呼嗚嗚！嗚呼、呵……呼嗚、咿！』

『……』

『咿咿！咿咿啊、呃……嗯嗚……嗯喔喔——』

『……』

『嗯咿……咿……咿咿嗚……』

『……』

『嗚……嗚嗚喔……』

『……』

『咕、咕呃……』

『……』

『嗚……』

『……』

『……』

『你今天過得很辛苦呢。』

『哇！』

『這聲音聽起來滿滿的驚訝呢，你以為我掛斷了嗎？』

『啊、啊……』

『發不出聲音的話不用勉強，你剛剛哭得那麼慘烈，現在應該很難說話。不用管我，先去找水潤喉。』

『……』

『喝水了嗎？』

『嗯。』

『多喝幾口，小小口慢慢喝，大哭後的人會呼吸不順，注意別嗆到。』

『嗯……咳咳咳咳！』

『說別嗆到立刻就嗆到，你也……是怕我在你喝水時離開嗎？別擔心，我今天手機和外接電源都是滿格，夠陪你一整晚。』

『……啊？』

『我在。』

『啊！』

『嘿！』

『啊啊！』

『別叫那麼大聲，喉嚨還不舒服吧？』

『啊……』

『好了啦，放心，我說話算話，今晚只要你不掛，我就不掛。』

清晨的太陽亮而不熱，正是戶外運動的好時段。

冀楓晚披著金色的陽光，沿人行道朝自家公寓疾走，穿過兩個路口後踏上公寓的台階，沒有進入警衛室右側的電梯，而是左轉前往防火梯，一步兩階爬上八樓。

他的居所在八樓長廊中段，冀楓晚剛將手放上大門門把，門扉就自動開啟。

開門的是小未，他身穿圍裙手拿毛巾，伸長手臂擦拭冀楓晚額上的汗水道：「楓晚先生，歡迎回家！您比昨天快兩分三十七秒喔。」

「因為我少等一個紅綠燈。」

冀楓晚彎腰換上拖鞋，抽走小未手中的毛巾道：「擦汗我自己來就好，爐子上有東西吧？回去看著，燒焦事小，失火事大。」

「我關火了。」

小未挺起胸膛得意地回答，繞著冀楓晚道：「浴室已經準備好了，需要替您刷背嗎？」

「不用。」

冀楓晚在小未開口前道：「我希望能在洗完澡後，吃到豐盛、營養、熱騰騰的早餐，你能替我準備嗎？」

「務必讓我準備！」小未兩眼放光，轉身以百米衝刺的速度奔回廚房。

冀楓晚鬆一口氣，拎著毛巾進入浴室，脫下吸飽汗水的運動服，進入淋浴間洗去一身髒汗。更換的衣物小未早早便放在牆邊鐵架上，一同掛在該處的還有一罐檸檬水，冀楓晚穿上乾淨的衣褲，仰頭將水灌光，手提空水壺離開浴室。

冀楓晚開門時，小未正將最後一道菜端到餐桌邊，仿生人迅速放下盤子，繞到冀楓晚那側拉開餐桌椅。

冀楓晚坐上椅子，望著面前一字排開的餐點——什錦菇起司蛋捲、鮪魚洋蔥佐全麥吐司、希臘無糖優格配梅果丁、義式烤蔬菜，拿起叉子切下一塊蛋捲送入口中。

「吃起來如何？」小末期待也緊張地問。

「很好吃。」

冀楓晚嚥下蛋捲，拿起鮪魚吐司塞進嘴裡。

如果有人告訴一年前的冀楓晚，自己未來會在早晨五點起床晨跑，再好好坐在餐桌邊吃高蛋白、低碳水的健康早餐，他一定會把對方當瘋子。

然而此時此刻冀楓晚不但完成上述行程，還是連續第十天完成。

為什麼？是他突然意識到健康的重要嗎？

可以說是，也可以說不是。

在仿生人技術成熟後，曾有些專家與宗教領袖認為，人們將過度迷戀這些任君訂製的人偶，不再對活人興趣，導致生育率下降使人類社會崩潰，冀楓晚不認同這種說法，他認為人類社會在因缺少新生兒而崩潰前，會先因為太多人馬上風而崩潰。

是的，冀楓晚開始運動、早睡早起、注意飲食的原因十分難以啟齒——他擔心自己要是不增進體能，會被小末榨乾。

冀楓晚不是好色之徒，對於性事他一兩個禮拜大幹一場便足矣，遇上趕稿期過上兩三個月手動生活也是常有的事，可是在與小末交媾後的一週內，他總共抱了仿生人九次，平均一天一次還有找。

導致冀楓晚轉性的原因有好幾個，禁慾超過半年是其之一，小未的身體與他太合拍是其之二，但最主要的還是……

「楓晚先生，您還要水嗎？」

小未手握玻璃水壺，微微彎腰偏頭向冀楓晚微笑。他穿著一件頗為合身的短袖襯衫，與長度僅到大腿中上段的短褲，纖白長腿幾乎完全暴露在陽光下，胸脯、腰肢以及臀部的線條也若隱若現。

冀楓晚的喉頭微微乾澀，靜止一秒後轉開頭道：「我在浴室裡喝過了。」

「那麼按摩呢？不管是腿……」

小未碰觸冀楓晚的大腿，再順著腿肌往前滑，碰觸到腿間並甜美地笑道：「還是這裡的腫脹，我都能替您處理喔。」

……最主要的還是，小未非常積極地引誘冀楓晚。

冀楓晚不是經不起誘惑的男人，他在同志酒吧中甚至以難以攻陷著稱，可是小未誘人上床的方式與酒吧夜店中人截然不同，不搞曖昧不玩隱晦，而是換上對方喜愛的穿著，靠過來明明白白地表達愛慕。

沒錯，是愛慕不是慾念，小未明亮的眼眸、上揚的嘴唇和輕柔的碰觸都刻滿愛意，純粹、真摯、沒有一絲造作的愛戀，配上直白的性邀請，宛如天使和夢魔的綜合體，對冀楓晚的殺傷力大得驚人。

不過冀楓晚是有學習能力的人，所以在經過一週的縱慾和一週的反省後，他找到了驅趕天使夢魔的物理手段。

「我的『這裡』沒有腫。」

冀楓晚將小末的手拉開，將手中的鮪魚吐司塞進嘴中，略為含糊地道：「然後我的體力都扔在人行道和樓梯間了，沒力氣再『運動』。」

「您這麼累嗎！」

小末雙眼圓瞪，傾身靠近冀楓晚道：「那麼用過早餐後就去睡覺吧！我會替您準備助眠的薰香，拉好窗簾不讓一絲太陽……」

「時間到了喔。」

「射進房中……什麼時間？」

「《這玩意紅得匪夷所思》的開播時間，這節目上週說今天要播我的特輯，你不是說作為我的忠實奴隸，有責任確認節目方有沒有亂講嗎？」

冀楓晚手指電視機上方的時鐘道：「已經七點三十一分了，片頭曲要唱完囉。」

小末倒抽一口氣，小跑步到客廳沙發前坐下，打開電視殺氣騰騰地注視螢幕。

冀楓晚鬆了口氣靠上椅背，正要繼續享用早餐時，放在桌角的手機響了。

他拿起手機，在螢幕上看見林有思的名字，微微一愣按下接通鍵問：「怎麼啦老思，居然在這奇怪的時間打過來。」

『因為我忙到這時候。』

林有思回答，打了個大哈欠才接續道：『跟你說一聲，《陽台的黃金葛太過聒噪》德、法、義的版權賣出去了。』

「恭喜，所以我可以躺著混到八十歲嗎？」

『如果你把欠我的稿子全交齊的話。距離截稿日只剩兩個禮拜，進度如何？』

「……」

『你不回答，我就默認你能準時交稿。』

「我是能交……」

冀楓晚拉長語尾，停頓好一會才道：「不過可能還需要一個月。」

『那就再一個月。』

「如果你把我關倉庫……你剛說什麼？」

『你的截稿日再延一個月。』

林有思平靜地回答，等了幾秒沒聽見冀楓晚的回應，在地球另一端蹙眉問：『怎麼了？覺得不夠？』

「夠了，只是……」

冀楓晚嚴肅地問：「你真的是我的責編林有思嗎？不是哪個和他聲音很像的詐騙犯或是外星人吧？」

林有思那方靜默兩秒，接著暴出讓冀楓晚需要將手機挪開的怒吼：『你才是詐騙犯和外星人！你這沒良心的混蛋作家，信不信我等會衝機場飛回來把你押進出版社的倉庫！』

「這音量和氣勢……你就是林有思沒錯。」

『我從頭到腳都是！』

林有思冰冷地回應，停頓片刻再放鬆道：『太好了，你的聲音聽起來比上次見面時有精神。』

冀楓晚微微一頓，下意識將視線自前方轉開：「恕我直言，我一直都很沒精神。」

『是沒錯，但你前陣子根本是迴光返照似的沒精神。』

「……你的國文課是體育老師上的嗎？」

『我的意思是，你先前看起來完全是為了讓周圍人安心，強行振作的瀕死者！』

林有思再度怒吼，長吐一口氣道：『無論如何，沒事就好。對了，雖然現在問已經晚了，但你有收到送的生日禮物嗎？』

「有。」

冀楓晚的目光飄向客廳，看著小未的側臉道：「你也砸太多錢了，老婆會生氣喔。」

『還好啦，就是訂的時候要拚手速。』

林有思那方傳來書頁翻動聲，安靜幾秒才接續問：『你喜歡嗎？』

冀楓晚握手機的手微微一顫，腦中浮現仿生人穿著自己的襯衫，神色迷離地躺在床中央的模樣，喉頭滾動道：「還可以。」

『那明年和未來三節我就都送同一家的喔。』

「那種東西送一次就夠了。」

『……你不喜歡就直說。』

「我沒有不喜歡！」

冀楓晚微微提高音量，瞧見小未盤起雙腿，雪色裸足在陽光下宛若凝脂，心弦一緊：「只是太多我會承受不住。」

『承受不住……也對，你畢竟是個沒有運動習慣的宅宅。』

「我現在天天慢跑和重訓喔。」

冀楓晚一開口就知道自己講錯話了，正焦急地想轉移話題時，耳邊已經傳來驚呼。

『真的！為什麼？』

「為了健康。」冀楓晚面無表情地扯謊。

『我聽你在說瘋話！是遇上什麼事吧，想拋下稿債跑路？還是喜歡上小鮮肉怕滿足不了對方？』

——為什麼可以猜得這麼準確！

冀楓晚在內心咆嘯，不過他成功封鎖情緒，以百分百的冷靜道：「你想多了，我真的是為了健康，人過三十沒有揮霍的本錢。」

『我覺得你在說謊但沒有證據……算了，不管動機，運動是好事，老實說你前陣子狀態差到讓我擔心你會自暴自棄沉溺菸酒性交。』

「……」

『歐洲那邊的出版社比我想像中積極，我會多待一禮拜啊啊啊——』

林有思打了一個大哈欠，略帶含糊地道：『才回來……你有事找不到我，就改找小玉。』

「我沒事。你去睡吧。」

『我也想，但出版社還……啊啊嗚——』

「上床去吧，林大總編輯。」

『我去瞇一會……截稿日和月底的影視方餐會別忘了。』

「好好好，晚安。」

冀楓晚結束通話，靠回椅背上閉起眼瞳。

太好了，雖然一度說溜嘴，但林有思沒發現他和自己的生日禮物上床了。然後照對方的反應看來，應該也沒接到銀行通知信用卡被刷爆的消息，接下來只要交代小末別透漏……

『昨日玩！今日玩！明日繼續玩！』

雀躍的話語與輕快的樂聲拍上冀楓晚的耳朵，他的肩頭猛然緊繃，睜開眼看向聲音源。

出聲的是電視機，螢幕中映著廣告，先是出現大笑的孩童和摩天輪，在一陣海洋生物版旋轉木馬、糖果色單軌列車、星球造型吊椅……眾多遊樂設施的快速剪接後，彈出「繽紛樂園，重新開幕！」幾個大字。

「繽紛樂園……」

小末重複裏上金粉的大字，猛然挺直腰肢，手指螢幕面朝冀楓晚問：「楓晚先生，這是不是在《武學祕笈三本五十贈蔥一把》和《合金行李箱》中都有出現的遊樂園？」

「是。」

冀楓晚語尾略帶顫抖，借切蛋捲的動作低下頭問：「《這玩意紅得匪夷所思》播完了？」

「還有十三分鐘。您去過繽紛樂園嗎？」

「國高中時常去。」

「您常去？所以很好玩嗎？」

「沒特別好玩也沒特別難玩，就是對得起票價，國高中生消費得起的遊樂園。」

冀楓晚聳肩，眼角餘光瞄到小末兩眼放光，胸口一沉問：「你想去？」

「想！」

小末高舉右手，滿臉期待道：「我想進入楓晚先生書中的世界！」

「那是不可能的事。」

「有可能！只要去繽紛樂園……」

「我寫的是改裝前的繽紛樂園，不是重新開幕的，兩者相比大概……只剩一到兩成相同吧。」

「這麼低？」小未瞪大眼瞳。

「就是這麼低。」

冀楓晚端起裝優格的碗，拿湯匙攪拌道：「所以不用去，你想跑進書裡面，與其去面目全非的繽紛樂園，不如把書拿出來再讀一次。」

小未失落地放下手臂垮下肩膀，不過他很快就重新振作，點著頭喃喃自語道：「說的也是，楓晚先生的世界存在在楓晚先生的文字中，而不是改裝過的遊樂園，我待會洗完碗盤就去把《武學祕笈三本五十贈蔥一把》和《合金行李箱》系列再讀一次。」

「你這麼覺得真是太好了。」冀楓晚舀起優格放進嘴裡。

「而且去遊樂園的話，今天一整天都不能跟楓晚先生做愛了。」

「噗！」

冀楓晚上身前傾，險些將優格吐出去，抹去自嘴角溢出的乳製品，錯愕地盯著小未道：「你在說什麼鬼話！」

「不是鬼話，是根據楓晚先生體力，還有遊樂園人均停留時間計算出的結果。」

小未扳著手指認真計算道：「遊樂園是需要不停走動、排隊與尖叫，消耗大量體力的地方，但楓晚先生現在很累，若要去至少要休息三個小時，再花一小時交通時間前往遊樂園。進園後正好是中午用餐時間，一小時用餐，四小時逛園區和玩遊樂設施，玩完時您肯定餓了也累了，再花一小時吃晚餐、一小時回家。這時已經晚上七點了，您必須休息一小時恢復體力，再花四個小時寫作，寫完今天不但已經結束了，您也沒有力氣做愛了。」

冀楓晚先在腦中聽見斷裂聲，耳邊再響起自己的聲音：「你準備一下，我們九點半出門。」

「去哪裡？」

「繽紛樂園。」

冀楓晚三兩下掃空碗裡的優格與梅果，再以同樣的高速解決其餘餐點，起身對愣在沙發座上的小未冷聲道：「我的體力沒那麼差！」

冀楓晚在說完話後便進浴室刷牙，然後在吐出第一口泡泡前就後悔了。

只是後悔歸後悔，他並沒收回自己的話，而是快步走進書房，能敲幾個字就敲幾個字。

後悔卻沒改口的原因，是因為他的理智與情感基於不同理由站在同一陣線。

冀楓晚理智上覺得小未的行程編排非常優秀，既兼顧寫稿與休息，還能有效防止仿生人誘惑自己——畢竟小未主觀上覺得他累壞了，或是自己飽暖思淫慾主動推倒對方。

而情感上冀楓晚覺得自己身為男性的自尊受到傷害，過去沒固定運動時姑且不論，但在他持續早晨慢跑下午重訓一週半後。「楓晚先生如果陪我逛遊樂園，就會沒體力抱我」是足以讓他青筋暴露的推斷。

總之，在理智覺得去遊樂園可以阻斷一日一砲的荒淫生活，情感火大地想證明自己的體能足以負擔繽紛樂園一日遊與滾床下，冀楓晚於情於理都無法取消出遊。

至於之後要順從理智裝無力，還是滿足情感大幹一場，就等返家後再說。

不過雖然冀楓晚不用陷入理智和情感的交戰，卻有嚴峻的問題等著他——從自家到繽紛樂園的路上，有好幾個自己寫過的地點。

即使冀楓晚的寫稿速度回升，還被林有思說比過去有精神，但「書中曾出現過的地點」仍是他不可碰觸的地雷。

不可碰觸，更不想言說，冀楓晚在電腦前苦思十多分鐘後，心一橫決定賭上小未對自己的愚忠。

「待會我們坐計程車去繽紛樂園。」

冀楓晚在玄關前戴上鴨舌帽與墨鏡，向頂著草帽的小未道：「我想在車上補眠，所以告訴司機我們要去哪裡的工作交給你，到樂園再叫醒我。」

「好的！」

小未毫無疑心地點頭，蹙眉認真地問：「您需要助眠的薰香嗎？我可以準備香氛蠟燭……」

「那樣會讓司機拒載，你帶好自己的基地台就行。」

冀楓晚拉開大門，跨出門檻再停下腳足，回過頭嚴肅地道：「然後不管是在車上、繽紛樂園中或任何地方，都不准透漏我的筆名，懂嗎？」

「懂！」

小末舉手回應，再雙手捧頰陶醉地道：「所以我是整個樂園中唯一知道楓晚先生是霜二月大人的人、是首位和楓晚先生一同逛新繽紛樂園的人，還是楓晚先生主動約去遊樂園的人……多麼甜蜜多麼令人興奮，我絕對不和他人分享！」

冀楓晚覺得這話有很多地方不對，但考量到自己在遊樂園中身分曝光的後果，他選擇無視這些錯誤，掉頭朝電梯走去。

小末一蹦一跳地跟上，兩人乘電梯來到一樓，坐上計程車前往繽紛樂園。

九點半正是上課上班的人都抵達目的地的時分，計程車只開約五十分鐘就抵達繽紛樂園，而小末精準執行冀楓晚的指令，直到車子開到大門口前的人行道才動手搖晃冀楓晚。

冀楓晚帶著十分不安睜開眼瞳，瞧見由巨大瓢蟲、翠綠樹葉和汽車大小花朵所裝飾，陌生得不能再陌生的樂園入口，鬆一口氣道：「不是只剩一兩成相同，是全然不同了。」

「是的，和書裡截然不同。」

小末失望地附和，不過下一秒耳朵立刻捕捉到細微但複數的尖喊，一個箭步站到冀楓晚前方，左右轉頭拉起十二萬分警戒。

冀楓晚先一頭霧水，接著也聽見相同的聲音，瞬間明白拍上小末的肩膀笑道：「別緊張，那叫聲不是有人被攻擊，只是坐雲霄飛車或大怒神之類的遊樂器材時的聲音。」

「但聽起來和廣告裡不一樣。」

「當然不一樣，廣告裡的聲音是從素材庫裡找的，你剛剛聽見的才是真實的聲音……」

冀楓晚話聲漸漸轉弱，想起小未在大雨中跳舞、以為香爐是失火、不懂「適量」是何意的舉動，眼前的仿生人雖然能在分秒鐘內吸收全網路的訊息，對現實世界卻一無所知。

而這讓他的胸口緊縮，拉起小未的手走向大門右側的售票口道：「實際坐上去後你就知道差異了。今天有一整天的時間可以讓你體驗，盡情大呼小叫吧。」

小未沒有回應冀楓晚，可是他直直盯著作家握住自己的手，隔了五六秒才小心翼翼地反握對方。

冀楓晚牽著小未來到售票口前，直接買了兩張一日全設施通行卷，帶著仿生人穿過花葉彩蟲組合成的入口。

在進入園區後，遊客們的叫喊也漸漸清晰起來，叫聲伴著遊樂器材的樂聲迴盪在林蔭步道上，使整個樂園無論聽覺還是視覺都擔當得起「繽紛」之名。

小未的一隻手仍被冀楓晚牽著，他一面前進一面緩緩睜大眼瞳，環顧前方的飛天星球吊椅、左手邊的過山車軌道、道路另一端正在賣造型氣球的小販，以及拿著霜淇淋或爆米花走過身邊的家庭或情侶，廣告與網路資料中不會有的聲響、氣味和氣流席捲仿生人的感官。

冀楓晚透過眼角餘光觀察小未的表情，從仿生人臉上讀出濃濃的驚奇與混亂，嘴角微微上揚，瞄了前方的園區地圖一眼，右轉離開主幹道道：「先去坐遊園車，把整個園區逛一輪後，再決定從哪個設施玩起。」

小未讓冀楓晚拉著走，來到遊樂園西側的高架單軌遊園車搭乘處。

冀楓晚在搭乘處買了一隻棉花糖，再領著小未進入草莓切片蛋糕造型的車廂——他們獨占一個車廂，在水晶輕音樂的陪伴下離開乘車處。

小未趴在車廂圍欄上向下看，雙眼睜得比在地下時更大更圓，手指正下方的氣球小販道：

「這是我們剛剛經過的地方！」

「是啊。別探那麼出去，掉下去就糟了。」

「那邊那棵大樹上的椅子下降一半就卡住了！」

「那不是卡住，是故意的，自由落體系的遊樂器材都會玩這招。」

「有棟屋子的屋頂上有好大的烤肉！」

「我看看……那應該大概是原始人主題的餐廳，你感興趣的話午餐可以去那裡吃。」

冀楓晚撕下一搓棉花糖，對仿生人喊道：「小未，把頭轉過來。」

「您有什……嗚！」

小未話說一半就被冀楓晚塞了滿口糖，先本能地闔上嘴，再肩頭劇震舉著手結結巴巴地道：

「楓楓、楓……晚先生，剛剛是、剛剛……」

「棉花糖，你吃過商店裡一塊一塊的，沒吃過這種的吧？」

「不、不不……不是，我、您……」

「再來一口？」

冀楓晚在發問同時又扯了一團棉花糖，放進小未大大張開的嘴巴中，看著僵硬咀嚼的仿生人輕笑問：「喜歡嗎？」

「喜歡……」

小未低聲回答，雙頰在太陽照射下豔紅光亮，一動也不動地凝視冀楓晚。

「那就再來一口。」

冀楓晚被小未凝視慣了，不為所動地塞第二搓棉花糖給小未，然後也給自己來一口，含著甜蜜的糖絲道：「遊樂園的熱門設施都需要排隊，然後設施與設施之間也有一段距離，所以為了避免玩到一半血糖過低倒地，最好吃點東西。」

「……」

「可是園內好玩的設施不是把你吊起來甩，就是銬在椅子上轉，一個不小心很容易用嘴巴清腸胃，但棉花糖就沒這問題，它屬於你吃下去後想吐也吐不出來的類型。」

冀楓晚再嘗了一口棉花糖，注意到小未仍死死盯著自己，蹙眉問：「還想吃？喏，給你。」

小未看著冀楓晚掐起一戳棉花糖伸向自己，靜默幾秒才張嘴含住糖絲，再向前舔吮對方的手指。

冀楓晚先是僵住，再本能地把手往回抽，然而小未立刻追上，細細舔舐帶有些許糖絲的指頭，些微下垂的睫羽掩住半個眼瞳，卻蓋不住眼底的專注與渴望。

這畫面在冀楓晚胸口燃起火苗，待回神時小未已經退回原處，而他不用低頭就知道自己褲襠的形狀不太妙。

他下意識垂手遮住腿間，轉動眼珠正想隨便找個景點把小未的注意力拉離車廂時，仿生人忽然彈起來大叫。

「啊啊啊好不甘心啊——」

小未雙手握拳轉身搥打軌道車的圍欄道：「為什麼我們在外面？為什麼我與您不在家裡！為什麼這裡是開放空間——」

「小未……」

「好想被您抱到失神、當機、神經錯亂、連線中斷、肚子裡都是精液，現在就想！但是不行，那樣會讓您觸犯公然侮辱罪被警察抓走！」

「你是想說公然猥褻罪吧？」

拜小未的吶喊之賜，冀楓晚成功恢復冷靜，並且在下車前給仿生人簡單說明公然侮辱和公然猥褻的異同。

下車後，兩人直奔最近也是樂園中最熱門的遊樂器材——懸吊式雲霄飛車。

考量到小未是第一次來遊樂園，其實不該直衝最刺激的遊樂器材，可是仿生人過去的言行給冀楓晚「就算從聖母峰掉下來，也能原地站起側翻三圈再問自己晚餐想吃什麼」的印象，所以沒有想太多，就加入排隊人龍。

而在二十多分鐘的排隊，與四分多鐘的搭乘後，冀楓晚離開雲霄飛車搭乘處時身上除了鴨舌帽和墨鏡，還掛著一隻仿生人——雲霄飛車的護欄一升起，小末就如無尾熊般扒住作家。

冀楓晚一面安慰自己這是今天份的重訓，一面將小末帶到一旁的木長椅，好說歹說、安撫命令許久才讓仿生人放手，靠上長椅椅背道：「在這裡休息一會後，去坐比較溫和的設施吧，像是碰碰車或旋轉……」

「自由落體。」

「……木馬。你剛說什麼？」

「我要坐在遊園車上看過的自由落體。」小末手指遠方神木造型的自由落體。

冀楓晚順著小末的手望向自由落體，稀薄但任誰都不會誤聽的尖叫聲從該處傳來，他胸口一沉道：「這不好吧，那個雖然不會三百六十度翻轉，但失重感很強，沒有比雲霄飛車舒服到哪去。」

「沒關係。」

小末兩手握拳目光堅定地道：「這是對我，以及我的機體的考驗，如果連自由落體都無法克服，我要如何保護楓晚先生！」

冀楓晚覺得這話有道理又好像沒道理，還沒理出頭緒就被小末從椅子上拉起來，朝遠方近十五公尺高的遊樂設施快步前進。

「小未你等等，別衝動……」

「看著吧楓晚先生！我會證明我的性能和對你的愛！」

小未氣勢衝衝地奔向神木自由落體，身上全然不見離開雲霄飛車時的柔弱，只有熊熊燃燒的鬥志。

這讓冀楓晚默默閉上嘴，決定再次相信自己對小未的刻板印象。

然後十五分鐘後，他就抱著無尾熊版本的小未走出自由落體搭乘處，花了比先前多一倍的時間才讓仿生人冷靜下來。

這讓冀楓晚堅定地將小未帶去坐海洋生物版旋轉木馬。然而俗話說，人類能從歷史中學到的教訓，就是人類無法從歷史中學到教訓，在離開平穩轉圈的海洋生物們後，小未義無反顧地奔向跌宕起伏的宇宙飛艇。

踏著堅定不移的步伐坐上遊樂器材、抱著冀楓晚瑟瑟發抖地步出入口、在時長不低於十五分鐘的安慰後放開作家……扣除午餐時間，小未都在重複這幾個舉動，而冀楓晚從一開始的驚訝走向哭笑不得，最後覺得有趣。

這是他沒見過的小未，懷中瑟縮發抖的仿生人雖然沉得讓他腰腿發痠，卻也如炸毛小貓般惹人憐愛。

——既笑點之後，我的審美似乎也變奇怪了。

冀楓晚坐在長椅上輕撫小末的背脊，注意到天空逐漸轉暗，厚重的灰雲遮蔽太陽，戳戳仿生人的肩膀道：「快下雨了，我們沒帶傘，得在下雨前回去。」

「再……再搭一次海盜船，這次一定……」

「下次吧。」

冀楓晚拉開小末的手，將仿生人放到地上，起身聳肩道：「繽紛樂園短時間內不會倒，你也不是明天就灰飛煙滅，急什麼。」

「是……」

小末垮著肩膀回答，抬頭再看一眼三次擊潰自己的海盜船，這才邁步跟上冀楓晚。

雖然兩人走得不慢，但在穿過樂園大門時仍被雨滴擊中，周圍閃過白光再響起雷鳴，滂沱大雨伴著鳴響降臨地面。

周圍人有帶傘的快速撐傘，沒傘的人則奔向最近的遮雨處，冀楓晚和小末屬於後者，作家抓起仿生人的手，想也沒想就朝十多公尺外的騎樓跑，順利在成為落湯雞前脫離雨幕。

「這雨也下得太快了。」

冀楓晚摘下鴨舌帽甩了甩，戴回帽子正要拿手機叫計程車時，眼角餘光閃過一抹熟悉的豔紅，他反射動作往該處看，整個人瞬間僵住。

——『別搶別搶，喜歡烤洋芋再點一份就好，然後鐵板豆苗也……』

——紀西遊站在居酒屋的紅燈籠前，想也沒想過自己與家人熱愛的餐廳，竟是暗殺名門赤塚家的據點。

——『慶祝我們家阿楓考上第一志願，乾杯！』

——章玉箏拖著行李箱穿過以懸掛燈籠的紙門，今天是她追星成功的日子，不管是丈夫、兒子、體脂肪還是沒有血緣的乖孫，都無法阻止她點特大杯啤酒並獨享一整盤日耳曼洋芋。

「是養老乃瀧！」

小未的喊聲將冀楓晚拉回現實，手指兩人正後方的日式餐廳，興奮得發抖道：「是在《武學祕笈三本五十贈蔥一把》和《合金行李箱》都出現過的店！而且和繽紛樂園不一樣，外表看起來和書中一模一樣！」

冀楓晚盯著懸掛「瀧」字紅燈籠的日式料理店，先向後退一步，再接著退兩步，最後掉頭拔腿奔進雨中。

「楓晚……」

他聽見小未的喊聲，可是別說停下了，連腳步都沒放慢，一口氣從騎樓跑過樂園大門，踩著水窪淋著雨彈踏上人行道，再衝進閃著黃燈的路口。

車頭燈打上冀楓晚的側面，在他意識到這代表什麼前，兩隻手由後抓住他的臂膀，用力一扯將人拖回人行道上。

拉冀楓晚的是小未，而在他將人扯回人行道的下一秒，一輛小貨車就駛過作家方才站立的位置。

貨車的車輪濺起水花，水花拍上冀楓晚的褲子，他看著遠去的車尾燈還沒湧起恐懼，就再度被小未拖著走。

小未把冀楓晚帶到鄰近的公車亭，在方形亭子中解下背包抓出一把衛生紙，朝作家的臉、脖子和胸口一陣猛拍。

冀楓晚在綿密的拍打中緩慢地清醒，在小未打算掀自己衣襬時扣住對方的手腕，搖搖頭說道：「那裡不用擦。」

小未收回手，望著作家蒼白的臉龐，問出對方最不願意聽到的問題：「您怎麼了？」

——我沒事。

冀楓晚很想如此敷衍小未，但他剛剛確確實實失控狂奔了近百公尺，仿生人再天真遲鈍不知世事也不會被自己騙過去。

況且小未不但從貨車前救下他，投向自己的視線還無比真誠，除了關切外沒有其他情緒，讓冀楓晚無法說謊。

他張口再閉口，反覆七八次才乾啞地道：「剛剛那間店是養老乃瀧。」

「是的，它的招牌上是這個名字。」

「我在小說中寫過。」

「我知道，在《武學祕笈三本五十贈蔥一把》中，紀西遊為了阻止暗殺世家對朋友出手，到這家店和店長談判；然後在《合金行李箱》中，它是章玉箏的愛店，每當有值得慶祝的事時，她就會去店裡大吃大喝。」

「但其實他們不在那裡。」

「不在哪裡？」

「養老乃瀧。」

冀楓晚的聲音染上顫音，雙手握拳近乎結巴地道：「他們不在那裡，不在這裡，哪裡都不在，永遠都不在了。」

這是個有說等於沒說的回答，冀楓晚不認為小末……不，正確來說是不認為有人能明白這是什麼意思，可是哀慟如暴風席捲心神，輕易撕碎語言能力，這短短四句話已是他的極限。

小末如冀楓晚預期般困惑地皺眉，可是他未如作家恐懼地發問，而是微微低頭思索道：「不在那裡……紀西遊和章玉箏不在那裡。」

「小、我……」

「不在這裡，哪裡都不在，永遠都不在了。」

小末輕聲重複，靜默片刻後倏然抬起頭，恍然大悟道：「楓晚先生不在那裡。」

「什……」

「楓晚先生不在那裡，不在這裡，哪裡都不在，永遠都不在了。」

小末如連珠炮般一口氣說完，雙眼迅速積蓄淚水，肩頭一抽仰頭大哭：「不要啊啊啊啊——楓晚先生不能不在！」

冀楓晚被小末毫無預警的暴哭嚇到，發現周圍路人的目光也被勾過來，連忙舉起手道：「喂！不要在外……」

「不要去、去我不能去的地方！」

小末用撕心裂肺的哭喊打斷冀楓晚，激烈地抽泣道：「不要拋下我，我不要……不要一個人待在楓晚先生……哪裡都不在，永遠都不在的世界啦！」

「小末……」

「這裡、那裡、哪裡都不要去！不要……不要留下我一個人！」

冀楓晚被小末的最後一句話打中胸口，制止的手緩慢垂下，聽著訪生人越發破碎的哭叫，自眼角滑下淚珠。

淚珠劃出淚痕，他的肩膀從靜止快速轉為抖動，大吸一口氣後再也克制不住情緒，在雷鳴與雨聲中掩面嚎哭。

兩人無視人行道上的男女、公車司機與下車的青少年、在路口等紅綠燈的機車騎士汽車駕駛，在被暴雨和雷鳴環繞的方寸之地中，不顧一切、掏心泣血地慟哭。

冀楓晚和小末哭了足足二十多分鐘，才緩下情緒叫計程車返回公寓。

而基於上回冀楓晚淋雨後的慘況，一踏進屋中，小未就馬上將作家推進淋浴間，打開蓮蓬頭將浴缸注滿熱水撒入感冒用浴鹽，再三提醒對方要泡到出汗才離開浴室。

冀楓晚在淋浴間站了幾分鐘，再坐進散發森林香氣的浴缸中，暖水清香既撫平身體的疲倦，也讓他的腦袋脫離暴哭後的脹痛，重拾思考能力。

「……幹！」

冀楓晚低罵一聲，整個人沉進浴水中。

他不敢相信自己不僅沒有阻止小未，還跟著對方一起哭，甚至哭得更大聲，錯愕、羞愧、自責、憤怒……總總負面情緒潰堤般湧出，壓迫他的四肢百骸。

不過在窒息前，冀楓晚腦中浮現小未從困惑轉為明白，然後仰頭大哭的面容，上身一抖浮出水面。

「呼啊——」

他大吸一口氣，靠在浴缸壁上仰望淺青色的天花板，嘴角先壓低，再控制不住地上揚。

他不認為有人能明白自己崩潰的緣由，所以從不向人述說自己的狀況，然而小未卻僅憑幾句破碎、欠缺前因後果的言語，就精準地與冀楓晚共感。

對自己失態的羞憤，與意外獲得知己的喜悅在冀楓晚胸中碰撞，讓他一下笑一下雙手掩面，反反覆覆直到浴缸的水由微燙轉為微涼，才勉強控制住情緒，離開浴缸換上乾淨的衣物踏出浴室。

迎接冀楓晚的是濃郁的咖哩香，他尋香來到餐桌邊，先在桌上看到炸得金黃酥脆的豬排、生菜沙拉與涼拌小黃瓜，再隔著桌子與廚房中島瞧見小未的背影。

小未站在瓦斯爐前，拿湯匙攪拌平底深鍋，聽見冀楓晚的腳步聲馬上關掉火，端起鍋子轉身走向餐桌問：「您的身體還好嗎？」

「很好。你弄了咖哩？」

「是的！我在網路上搜尋『最能讓人提振精神的料理』，人氣最高的是炸豬排咖哩。」

小未將裝咖哩醬的湯鍋擺上餐桌，小跑步到電鍋旁盛好熱呼呼的白飯，再從冰箱端出早調好的水果茶，將兩者一起放上桌面。

冀楓晚拉開椅子坐下，看小未認真地澆咖哩、放豬排，在仿生人放下餐盤時道：「等我吃完後，我跟你一起洗碗盤。」

「不需要您動手，我可以……」

「飯後我有事想跟你說，兩人一起洗能快點結束工作。」

冀楓晚注意到小未的身體瞬間緊繃，勾起嘴唇笑道：「放輕鬆，不是壞事——起碼對而言你不是。」

「那對楓晚先生呢？」

「對我……」

冀楓晚話聲漸弱，停滯好一會後拿起湯匙道：「說不上好壞，只是已經發生的事。」

小末雙眉蹙起，張口似乎想發問，但最終還是闔上嘴，安安靜靜、滿懷憂慮又極力想裝正常地坐在冀楓晚的對面。

冀楓晚輕易捕捉到小末隱藏失敗的關心，但沒有戳破，一湯匙一湯匙地吃著仿生人準備的晚餐，再與對方一同站在水槽前洗淨並擦乾碗盤餐具。

冀楓晚抓紙巾抹去指掌上的水珠，向小末招手示意對方跟上後，沒有前往書房或寢室，而是直直往客廳走，站在三人座沙發的最右側，拍拍椅墊道：「你坐這裡，閉上眼睛。」

小末帶著困惑照做，而他剛坐穩靠上椅背，冀楓晚就坐到沙發中段，九十度轉身後躺枕上仿生人的大腿。

小末先渾身僵硬，再劇烈地抖著嗓音喊道：「楓楓楓楓晚先生！腿腿腿腿上……」

「對，你猜的沒錯，我把頭放你腿上了，麻煩不要忽然起身把我甩下去。然後在我說可以前，無論多想都不准睜眼。」

「是……」

「我不想讓任何人看見我接下來的表情，即使是你也不例外。」

冀楓晚看見小末垂下肩膀，補上一句：「但我也不會對你以外的人說下面的事。」

小末的上身微微一顫，低下頭熱切地道：「我會慎重、專心、專注、除了您以外什麼都不管地聽您說。」

「那真是太好了。」

冀楓晚輕笑，再緩緩將笑容剝離，看著兩尺之外的白色天頂，目光轉為悠遠：「我以前很愛在晚餐後帶著筆電，到我家附近的二十四小時咖啡廳，點一杯黑咖啡和一塊布朗尼寫稿寫到太陽探頭。」

「……」

「我家人親戚們對我這喜好相當有意見，他們總說我不運動，除了煮飯打掃外整天坐著就夠不健康了，還三不五時就熬夜吃不健康的消夜，長久下來一定會把身體搞壞，就算我爸媽一個大我三十五一個大我三十七，也極有可能白髮人送黑髮人。」

「亂講，您很健康，會長命百歲！」小未忍不住惱火地插嘴。

「那是現在，我說的是過去。」

冀楓晚舉手彈小未的額頭，放下手接續道：「我覺得他們的說法有七分道理，可是我的靈感就是集中在太陽下山後，存在於咖啡和巧克力之間，所以我除了給自己保幾個醫療險外，沒有做任何改變。」

「……」

「我甚至有些慶幸，我家除了我以外的人都熱愛戶外、擅長運動、年年健康檢查都沒有紅字，只有他們擔心我的身體，沒有我憂慮他們健康的這檔事，我就是個仗著家人勇健糟蹋自己身體的么兒。」

冀楓晚閉上嘴，沉默好一會才繼續道：「那天和今天一樣，下了一場突如其來的大雷雨，我在咖啡廳中聽著雷聲和店內的水晶輕音樂，卡了兩個禮拜的稿子忽然通暢了，我不想放過這難得的好手感，於是把手機關機，打定主意不完稿就不回家。」

小未垂在身側的手猛然一顫，似乎想起了什麼，但壓下情緒沒有開口。

「等我闔上筆電時，外頭不但已經天亮，還能看見上班上學的人，我趕緊收拾桌面離開咖啡廳，心想這次糟了，我熬夜熬到錯過做早餐的時間，回去一定會被念翻天。」

冀楓晚停頓好一會才接著道：「我錯了，沒有任何人念我，因為當我回到家門口時，我家拉著封鎖線，十二層的公寓大樓內外焦黑，裡頭除了消防隊員外沒有半個活人。」

「……」

「根據火場調查報告，失火原因是雷雨引發電線走火，由於發生在半夜，又有雨聲掩護，傷亡頗為慘重，有半數住戶在睡眠中葬身火場，例如我的父母、哥哥和貓咪。」

冀楓晚的聲音平靜得可怕，望著蒼白的天花板道：「接下來的日子我要處理三個人一隻貓的葬禮、通知我哥和我媽的客戶——他們一個是到府服務的園丁，一個是帶團導遊——收拾他們所剩不多的遺物、和其他生還者一起接受警方筆錄……每天忙得連呼吸的時間都不夠。」

小未胸口一縮，脫口問：「沒有人幫您嗎？」

「有啊，保險業務幫了我不少忙，要不然在保單都燒光的情況下，不知道還要多久才能拿到理賠；然後幾個叔伯阿姨也有來幫忙，但他們畢竟是老人家，也都還有工作或家務，不可能二十四小時相陪。」

冀楓晚垂下眼睫道：「我一路忙到七七……還是百日？想不起來了，總之等我能坐下來喘口氣時，差不多是將近三個月後了，我從親戚家中搬出來，租了一間小公寓——不是現在這間，然後辦一支新門號，把舊手機連同舊門號一起鎖進箱子。」

「為什麼！」

小末叫出聲，感覺腿上的頭轉向自己，連忙揮手解釋：「因為那支手機是……裡面有您重要的回憶吧？封起來就看不到了！」

「手機裡是存了不少照片與簡訊，可是也有一大排未接來電——有幾名親友在看見失火消息後，瘋狂打給我想確定我的安危，而我不想看到那些來電紀錄。」

「那些來電不是要罵楓晚先生！」

「我知道，但那是我關機一晚的證據，如果我有開機，或是如果我當天是在家寫稿……」

冀楓晚的聲音猛然緊澀，靜默三四秒後才略帶乾啞地道：「總之，我沒辦法再繼續用那支手機——連同門號，好在這年頭通訊錄備份很簡單，唯一讓我有點不安的是有個話友聯絡不上。」

「話友？」

「靠信件來往的叫筆友，那麼透過電話交流的就是話友吧。有個……我至今不知道他的名字，時不時會在週五、週六或週日晚間打無聲電話給我的人，我一時興起跟他說起瘋話，這一說就是整整兩年。」

冀楓晚垂下眼睫道：「不過在我換手機前，他有大概四個月沒來電，而我傳給他的簡訊也沒有回音，可能是對我失去興趣了吧。」

「……」

「處理完家人的後事後，我忽然無事可做。我原先有接校稿，也在某間補習班當國文老師，但在請假三個月後，這兩邊的工作都丟了，而過去我是家中的家務負責人與鏟屎官，可是在爸媽、大哥和貓咪都走了，住屋從四十坪樓中樓變成二十坪小套房後，我一天最多花半小時就能完成所有家務。」

「……」

冀楓晚目光轉為飄忽道：「我開始……老實說我不太記得我那段時間怎麼過的，我只知道大概半個月後，有思找鎖匠破門而入，把我從沙發上揪起來，跟我說他老闆要他開一個專出小說的新書系，找不到稿子要我想辦法生給他。我說我不知道要寫什麼，他回我想寫什麼就寫什麼，我敢寫他敢出，誰交不出東西就喊對方爺爺。」

「……」

「我覺得他只是在搞很笨的激將法，但在有思走後，我忽然冒出一個念頭——如果我的家人還活著，並且獲得他們夢寐以求的物品，那會怎麼樣？」

冀楓晚閉上眼道：「這念頭一發不可收拾，等我回過神時，已經打好三個系列作的大綱，我哥喜歡偵探小說，曾說過如果老天爺要賜給他一個超能力，他會選和植物溝通的能力，我讓他某天起床時聽見陽台的黃金葛說，有人今天下午會來暗殺對面大樓的鄰居；我媽是個滿地球跑的導遊兼日本偶像粉，常常將行李箱操壞，老想要一個堅固又輕盈的行李箱，所以我寫她某天偶然收到一個由稀有金屬製作的行李箱，打開後發現她的偶像被人迷昏裝在裡頭；我爸是國中老師，興趣是練太極拳和看武俠小說，因此我讓他某天買菜時買到寫有絕世武功與高人祕寶祕笈，驚覺原來武林就在他身邊；而我的貓貫穿這三個故事，乍看之下是隻什麼都不懂的家貓，但其實他是隻修練有成，可以變大變小的貓妖，最大興趣是偷吃罐頭再藏起空罐讓主人以為自己少訂罐罐。」

小未上身一振問：「所以《陽台的黃金葛太過聒噪》、《合金行李箱》、《武學祕笈三本五十贈蔥一把》中的主角是……」

「我的家人，當然我有換名字。」

冀楓晚接續小未沒說完的話，回憶著過去道：「我把大綱寄給有思，不等他回答就開工，除了吃喝睡覺等生理需求和蒐集寫作資料外，整天都坐在電腦前寫稿。我不再思考如何迎合出版社的風格或大眾口味，一心只想完成我家人的夢想，讓他們過上最精采刺激沒有遺憾的人生，閉門寫作直到有思告訴我，出版社要在國際書展辦幫我辦簽書會。」

「我知道那場簽書會！您在簽書會上很帥！」

「因為有思提前一天把我抓去做臉修頭髮，還請化妝師到現場。」

冀楓晚的嘴角小幅上揚道：「我在被有思推上台前，都覺得有思和他老闆要不瘋了，就是雙雙中樂透，給我這種二十三流小作家辦簽書會肯定大賠，所以當台下的人對我尖叫時，我第一時間反應是『我上錯舞台，觀眾在趕我走。』」

「才不是！」

「有思也這麼說，他把想逃回後台的我推回去，告訴我下面全是我的讀者，要我睜大眼看清楚有多少人喜歡我的故事，等著要看續集。」

冀楓晚臉上的淺笑微微加深，繼續回想道：「接下來的日子真的很瘋狂，出版社塞給我不少媒體訪問，出門時如果不遮臉就會被人攔住要簽名，同時還得以至少兩個月一書的速度交稿，然後時不時就會看到有人在網路上討論我的家人——當然他們喊的是書中的化名。」

「……」

「接著，我的書變成漫畫與廣播劇，再被罔飛看上買下影集改編權，我先茫然兩天再雀躍了一整週，然後一股腦投入影集改編作業，每天都期待能早日看到成品，首映典禮前一晚還興奮到失眠。」

冀楓晚的嘴角先是拉高，再漸漸放平道：「但當天當我坐在裡劇院，面對大螢幕上的影像時，每分每秒都想要奪門而出。」

「您覺得影集拍得很爛？」

「不是拍得爛或好的問題，而是……」

冀楓晚拉長語尾，停滯了好一會才接續道：「那不是我的家人！是由影帝影后所扮演，經過金獎化妝師雕琢，再由老牌導演和攝影師拍攝的陌生人！不是過去二十多年天天喊我起床、要我多動多睡覺、和我吵架也與我一起大笑的家人們！」

「楓晚先生……」

「我的家人不在螢幕裡。」

冀楓晚緊閉的眼睫猛然一顫，滑出淚水道：「不在螢幕中，不在首映廳內，不在我居住的小公寓中，也不在我的書裡，他們去了遙不可及的地方，只有我還留在原處，看著別人頂著與他們相似的名字，扮演與我記憶中不同的人。」

「……」

「在那之後，我就無法再靠近……不只，是連看都無法看我在那三個系列中寫過的地點了，那會讓我意識到我在首映廳中意識到的事——我的家人哪裡都不在了。」

冀楓晚睜開被淚水模糊的眼瞳，難看地笑著道：「很可笑吧，哪有人隔了五年才對家人的逝去有實感。」

「一點也不好笑。」

小未垂在身側的手握拳。

「您的聲音聽起來很痛苦，有我能做的事嗎？」

「你能做的事……」

冀楓晚呢喃，靜默幾秒後開口問：「你有好好備份自己嗎？」

「有！我每小時會在雲端備份一次，然後每天關機時充電座的實體硬碟也會保存我的資料。」

「那就好。人類沒辦法備份，即使能製造人工神經元、以幹細胞生產器官，甚至一定程度提取亡者記憶，卻絕對無法讓死者復生。」

冀楓晚舉起手臂遮住雙眼，話語聲由平穩漸漸轉為顫抖：「所以人類死了就是死了，不可逆轉、無法挽救、永無替代；而人又很容易死，不健康的容易病死，健康的可能遭逢意外，沒有預兆毫無規律可循。」

「楓晚……」

「我不要再送走重要、心愛、無可取代的人了！」

冀楓晚猛然嘶吼，壓著雙眼的手臂、與手臂連接的肩膀，乃至整個上身都在顫抖，在下臂的陰影中流淚道：「不要……再也不要，所以我不會去認識新的人，現在熟識的人就夠多了，然後你也要好好備份，我再也不想……不要再一次……」

「不會再來一次的。」

小末柔聲截斷冀楓晚的哭喊，拉開作家的手臂，低頭注視對方燦爛更堅定地笑道：「我是為了永遠陪伴您才誕生的人偶，絕對不會拋下您一人。」

冀楓晚睜大眼瞳，望著近在咫尺的笑臉，胸口猛然燙熱，支起上身一把將小末推上椅背，再俯身吻住仿生人的唇。

這個吻毫無技巧甚至有些粗暴，冀楓晚大力啃咬小末的嘴唇，貪婪地吸吮對方的舌頭，吞噬仿生人的氣息，直到自身氧氣耗盡才撐著沙發抬起頭。

小末癱靠在椅背上，嘴角有著冀楓晚剛由下的咬痕和一絲水光，棕色細髮凌亂地覆蓋額間，雙頰緋紅淺色眼瞳即使神色恍惚，仍直直盯著自己。

冀楓晚看著面前不時讓自己頭疼、無言、懷疑人生，但也同時了解他、回應他、只關注於他一人的仿生人，胸口像被人塞了一把暖暖包，自肋骨到心臟都酥暖至極。

好可愛，可愛得讓人不知所措，懷疑是在做夢或一切僅是誤會，欣喜、興奮與不安充斥冀楓晚的胸口，讓他一動也不動地凝視小末。

這讓小末感到困惑，蹙眉靠近冀楓晚問：「您怎麼了？不舒服嗎？」

「我……」

冀楓晚拉長尾音，倏然舉手戳小末的眉心道：「我不是說，在我說可以前，不能把眼睛睜開嗎？」

「對不起，但是我好想看楓晚先生的臉。」

小末拉下冀楓晚戳眉心的手，靠上自己的面頰陶醉地道：「怎麼辦？現在不應該是高興的時候，但是我好高興，楓晚先生告訴我別人都不知道的事，還把我放進『重要、心愛、無可取代的人』的名單……好高興，高興得不得了，好想現在就把您推倒！」

「你從哪學到這兩個字？」

「您的粉絲社團中有人……唔！」

小末的聲音被封在喉中，他瞪大眼睛看著忽然吻上來的冀楓晚，胸口一暖閉起眼張開嘴歡喜地迎合對方。

金冀楓晚與銀冀楓晚

你摔進湖裡的是左邊這位五年前溫和靦腆的一刷作家冀楓晚，還是右邊這位憤世嫉俗的超暢銷作家冀楓晚？

請把這座可以以等比級數生產楓晚先生的湖賣給我！
認真
你給我住手！

冀楓晚伸舌探進小未的口腔，像要撫平方才自己留下的咬痕般，細細吮含仿生人的唇瓣，勾挑對方的舌齒，為了換氣稍稍後退，但下一秒就再度將人壓上椅背，繼續纏綿且溫熱的吻。

而當冀楓晚退開時，小未的手臂已經圈在他的脖子上，雙唇濕潤微腫，淺色眼瞳中有鮮明的慾念。

冀楓晚抬手輕撫小未的下唇，慢條斯理地問：「你早上說，如果我帶你去遊樂園，晚上就沒體力做愛吧？」

「是……啊！對不起，我剛剛……」

「所以來做吧。」

冀楓晚打斷小未，拉下小未的手先親吻掌心，再放手解開自身襯衫的鈕扣沉聲道：「我會用身體證明，我的體力沒那麼差。」

小未瞪大眼睛，還在消化冀楓晚的宣言，對方就又一次低頭親吻他。

而這回冀楓晚動的不只有嘴，他一面吻啄小未的唇瓣，一面將手伸向對方的上衣，鑽進衣襬撫摸仿生人的背脊。

小未上身細顫，將手放到冀楓晚的肩上，隔著針織衫的布料小心翼翼地碰觸對方。

這反應把冀楓晚逗笑了，靠上小未的耳畔細聲道：「都做過多少次了，怎麼還是有色心沒色膽啊？」

「有色心沒色膽是……啊。」

小末聽懂冀楓晚的調侃，連忙解釋道：「不是的！我是仿生人，出力比人類大，如果不小心傷……唔！」

冀楓晚舔上小末的耳廓，再向下啃吻頸側，同時一隻手拉回仿生人的正面，夾住對方的乳尖把玩片刻，停下嘴攬住明顯軟下的腰肢道：「摸兩下咬兩口就軟成一團棉花的人，要怎麼傷我？」

「那是因為……因為楓晚先生很少主動碰我，我才……好高興又麻麻的。」

「說什麼顛三倒四的怪話。」

冀楓晚輕笑，將頭埋進小末的肩頸之間，貼著細白、稜角分明的鎖骨低語道：「罷了，反正我也喜歡軟綿綿的小貓。」

小末遲了兩秒才明白冀楓晚的意思，又驚又喜正不知所措時，忽然被冀楓晚抱起來。

冀楓晚抱著小末起身，再轉身坐回沙發椅，將仿生人放到自己腿上，掀起對方的衣衫咬上稚嫩的胸脯。

「哈啊！」

小末弓身叫出口，兩手反射動作攬住冀楓晚的脖子，感覺對方以牙齒和嘴唇輕磨自己的上胸，酥麻感自咬磨處萌發，沿神經旋繞爬升至頭殼。

冀楓晚一隻手撐在小末的背後，一隻手下滑探進短褲的褲頭，隔著內褲掐捏訪生人的臀肉，感受到懷中身軀猛然顫抖，大半重量都壓到自己身上。

他揚起嘴角，含住小未的乳首，將手伸向仿生人的股間，以指腹按壓隱密的肉縫，聽見對方的呼吸聲立刻轉沉，愉快地加大吮含的力度，手指也戳得更裡面。

「嗯……楓、楓晚……先生。」

小未兩眼泛起水光，胸乳、雙臀被冀楓晚吮揉得既麻又癢，為了緩解搔意下意識挺起上胸、翹起後臀，主動蹭上作家的口與手。

這反應讓冀楓晚胯下緊繃，他對自己這麼快就硬了有些訝異，不過馬上就明白原因。

過去刺激冀楓晚的性慾是小未的肉體，但今日不是，或者說不單是，仿生人的肉體仍十分有魅力，但精神上的吸引力卻更強，兩者相疊下讓作家格外興奮。

而當無論肉體精神都衷心渴望的對象，也對自己展現同等的欲求時，沒有哪個男人不會馬上硬起來。

「小未……」

冀楓晚低喃，手指包著綿內褲插入小未的臀口，雙唇貼著對方的胸脯道：「你的下面已經濕了呢。」

「嗚、啊，楓……」

「又濕又軟。」

冀楓晚將手指插得更深，指尖馬上被臀肉吮夾，揚起嘴角道：「又濕又軟又貪吃，就這麼喜歡我嗎？」

「是……」

小末仰著頭回答，將臀部坐向冀楓晚的手指，難耐地扭腰道：「最喜歡了……哈，不管是做愛、小說、說話都……嗯啊，最喜歡您了。」

「我應該也是吧。」

冀楓晚的回應讓小末瞬間僵住，他將頭從小末的衣衫下抽出，望著兩眼圓瞪滿臉不敢置信的仿生人，愉快地動手脫對方的上衣。

小末處在混亂狀態中，直到上衣落地，冀楓晚開始剝他的褲子才回神錯愕地問：「楓楓楓楓楓、楓晚先生，您剛剛說什、什……」

「說我最喜歡我的小貓了。」

「小貓是……」

「喵一聲。」

「喵？」

「乖小貓。」

冀楓晚對小末笑了笑，將對方的短褲內褲扔下沙發，兩手揉著仿生人的臀瓣，嘴巴靠上對方的頸側，細細啃咬嫩白長頸。

酥麻感繚繞小末的脖頸，讓他慢了好幾拍才意識到冀楓晚方才說了什麼，剛因對方的示愛感到胸口燥熱，作家的手指就裹著潤滑液插入臀縫。

在荒淫無度的一週後，冀楓晚擺放潤滑劑的位置不限於寢室，而是在浴室、客廳、書房各放一罐——這是件絕不能被林有思發現的事，他在小未混亂時將潤滑液擠上手，探進柔韌的肉徑。

他右手輕緩抽動，左手揉掐小未的臀股，在仿生人的脖子、肩膀、鎖骨撒下一連串吻痕。

在經過數次交歡後，小未對手指的進入已沒有多少不適，因此肩上頸側的咬吻不是分散他的注意力，而是近一步撩動情慾，喚醒過去幾日被盈滿、吮吻全身的記憶，腹部湧現騷熱，掐著冀楓晚的肩頭道：「楓晚先生，我想……」

「還不行。」

「可是您也……」

小未自胯下清楚捕捉到冀楓晚的脹大。

「不、行。」

冀楓晚在說話同時將食指完全推進小未體內，伸舌舔上對方的乳暈，手指立即被肉壁給捲上，讓他原本就勃起的陰莖硬得開始發疼。

但即使下身隱隱作痛，冀楓晚仍繼續吻舔、揉撫小未的身軀，因為和能即刻滿足慾望的抽插相比，他更想品嘗懷中人的每一寸肌膚。

他用舌頭逗弄被自己吸脹的左胸，再轉頭去挑玩細顫的右胸；在小未體內的手指反覆屈伸，體外的指掌則從臀部捏揉到大腿，放肆地享受滑嫩的觸感。

「啊……嗯啊，楓……楓晚先……啊！」

小未猛然一顫，他被冀楓晚摸到了敏感處，十指鬆開整個人往後仰。

冀楓晚即時抬手撐住小未，稍稍調整角度引到對方躺上茶几後，俯身舔咬仿生人光滑白皙的腹部，左手來回撫揉圓潤的大腿，右手一口氣增加到三指。

小未的眼瞳瞬間放大，稚嫩的腺體與肉徑被三隻手指同時刮按，大腿也落入同一人的掌握中，清楚感受到冀楓晚的唇齒朝胯下靠近，小腹乃至兩腿都控制不住地抽顫。

冀楓晚的呼吸也轉為粗沉，他的手指被小未咬絞著，愛液沿指身流到掌心，另一掌下的腿足則隨指身挪動細微張闔，腿間性器一顫一顫地抬頭，粉色乳纓高高尖起，再加上紅如桃花的小臉、幾乎浸在水潭中的淺色大眼，從頭到腳都刻著動情二字。

這讓冀楓晚再也壓抑不了慾望，兩三下解開自己的褲頭，撈起小未扳開臀瓣，讓仿生人直接坐上自己的陰莖。

「呃啊！」

小未的上身瞬間拉直，坐姿本來就插得比較深，而拜先前忍耐之賜，冀楓晚又比往常粗且硬，龜頭直直打上花心，莖身將花徑徹底撐開，帶來穿心灌頂的快感。

冀楓晚長吐一口氣，享受小未的緊緻片刻，才扣著仿生人的臀側開始操幹。

「嗯哈、哈……楓晚……啊！」

小未靠在冀楓晚的胸膛上，隨對方的貫穿與抽離喘息，花徑被刮磨得又濕又麻，在七八回盈滿後便開始抽擂，身體也出現登頂的跡象。

以往冀楓晚會放慢速度延緩高潮，但今日他不想忍耐，摟住小未的腰將陽具抽出到龜頂，再一口氣貫穿身上人。

「嗯喔、喔——不行……我要、要……啊、哈會燒……融掉啊啊——」

小未渾身震顫，視線在一次次占有中模糊，耳邊只剩冀楓晚的呼吸聲，與越見激烈的莖徑交磨聲，如蜜糖如岩漿的快意包圍四肢百骸，侵蝕搖搖欲墜的意識。

「那就融掉吧。」

冀楓晚帶著幾分喘聲回應，抱著神情恍惚的仿生人同時挺莖、下壓，將龜頭深深刺入躺流愛意的蜜穴。

小未的眼瞳驟然失焦，清水自肉根噴出，窄穴隨高潮收縮，讓冀楓晚肉刃的形狀更加清晰地烙上神經。

冀楓晚扣在小未腰上的手也隨之曲起，吸氣吐氣數次後，肉柱一抖交代在小未體內。

燙熱的精液讓小未渾身發麻，每條神經都沉醉在歡愉中，直到被冀楓晚挑起下巴，才緩慢地回到現實。

冀楓晚一手圈住小未的腰，一手扶著仿生人的下顎，輕輕吻上半開的粉唇。

小未仰頭承受冀楓晚的吻，兩手圈在對方的頸上，閉著眼浸潤於對方的氣息中。

冀楓晚放開小未的下巴，雙手沿仿生人的臂膀向下撫摸，指掌滑過水蛇般的細腰、渾圓地臀部、纖細與飽滿兼具的大腿，再倒退至潔白無瑕的裸背。

愛撫與接吻中讓小未的頭顱微微發麻，麻感順著神經走向臀部，於臀穴深處堆積成搔意。

同時，他感覺體內的性器緩緩脹大，冀楓晚的龜頂輕輕靠著花心，讓他先是下意識收臀吮吸對方，再克制不住地小幅度扭動腰肢，以內壁夾磨另一人的莖柱。

冀楓晚喉頭微微滾動，兩手揉撫小未的背脊，張嘴勾纏對方的唇舌，在自己自半勃轉為全勃後開始頂弄身上人。

小未曲起手指，雙唇稍稍離開冀楓晚，但馬上就又貼上去，環抱作家的肩頸一面啄吻一面扭擺臀部。

這姿勢讓冀楓晚無法大幅度抽插，但他沒有阻止小未的意思，而是撫著對方的後背慢吻緩搗。

拜此之賜，小未清晰地捕捉到冀楓晚陰莖的挺抽，甚至能在腦中描繪對方龜頭、溝冠與筋條的輪廓，莖穴交磨的舒爽、與戀慕之人結合的喜悅相融，讓他雖未被大力頂搗，身體卻泛起潮紅，臀穴也不受控制地抽顫。

冀楓晚被小未的花徑吸得渾身發熱，發洩般的吮咬對方的唇瓣，挺起陽具對準仿生人的穴心小幅但快速地挺刺。

小未肩頭猛顫抖，在冀楓晚退開換氣時斷斷續續地呻吟，腿間性器一抖一晃地翹起，自兩人交合處滲出水液。

冀楓晚聽著破碎、陶醉的喊聲，喉頭一陣乾渴，放開小未的雙唇，看著仿生人的面容將人托高再重重按下。

小未眼前的景色頓時模糊，花心與腺體同時被陰莖壓輾，電擊般的快慰貫穿他的心神，令仿生人整個人靜止。

而冀楓晚沒有等小未適應的打算，轉身將人推倒在沙發的靠墊上，壓著仿生人的細腿大幅擺動腰臀，將先前射入的精水、對方自身的愛液牽出再推入。

小未仰頭顫抖，先前和緩交媾時累積的歡愉，和此刻暴雨般強烈的快感堆疊在一起，使他混亂地喘叫：「啊、哈！好深……楓晚、楓晚先……嗯呵、呵，又插到了……好舒服喵。」

「真的成小貓了……」

冀楓晚低喘，將頭埋進小未的胸口，自左上朝右下突刺，感覺陽具立刻被對方的臀穴絞咬，知道自己找對角度，扣住仿生人就是一陣深搗快抽。

小未雙眼漾起水光，在快感的沖刷下徹底失去思考能力，憑本能擺腰配合冀楓晚的占有，陰莖於對方進入時滴出清水，兩腿交叉夾住另一人的腰。

冀楓晚的呼吸越來越粗沉，望著躺在身下的仿生人，柔軟的棕髮隨自己的挺抽晃動，精靈般纖細優美的小臉滿是豔色，細白頸子上留有他的吻痕，雪色胸脯軟脹如少女，平滑的小腹沾染水漬。

「楓晚……嗯喔喔喔——」

小未拱起背脊二次高潮，花徑絞吸充盈自己的肉具，除了對方的溫度與碩大外真的什麼都感覺不到了。

冀楓晚俯身封住小未的口，同時將陰莖徹底抽出再一口氣插到底，吞嚥著仿生人的喘叫，一次又一次操開高潮中的窄穴，直到自己再也壓抑不住射精的慾望，才壓住人將精液悉數灌入。

第五章 仿生人偶的道別

（通話紀錄——最愛的人201.m4a）

『您的留言將轉接到語音信箱，嘟聲後開始計費，如不留言請掛斷，快速留言請按米字鍵。』

『……』

『您的留言將轉接到語音信箱，嘟聲後開始計費，如不留言請掛斷，快速留言……』

『……』

『您的留言將轉接到語音信箱，嘟聲後開始計費，如不留言請掛斷，快……』

『……』

『您的留言將轉接到語音信箱，嘟聲後開始計費，如不留言請掛……』

『……』

『您的留言將轉接到語音信箱，嘟聲後開始計費，如不……』

『……』

『您的留言將轉接到語音信箱，嘟聲後開始計費……』

『……』

『您的留言將轉接到語音信箱，嘟聲後開……』

『……』

『您的留言將轉接到語音信……』

冀楓晚站在穿衣鏡前，看著鏡子中身穿潑墨高領衫、深紅風衣與黑褲的男性，相當不自在地皺眉，抬手碰觸風衣鈕扣幾秒，但最終還是放下手，轉身走出寢室。

而他剛跨出房門，斜前方就傳來讚嘆。

「楓晚先生好帥……」

小未陶醉地讚美，他坐在玄關與餐廳之間的充電座上，雖然眼睛只有半開，視線卻筆直地打在冀楓晚身上。

冀楓晚拉平嘴角，快步走到充電座前，彎腰伸手便賞小未一記彈額。

「嗚！」

「不是要你關機充電做全面掃描嗎？」

冀楓晚厲聲質問，雙手叉腰瞪著仿生人道：「這麼不乖，是想將無預警關機的次數從兩次增加到三次嗎？」

「那是電力……」

「你當時的電量還有百分之五十二和百分之六十三。」

冀楓晚側身去看充電座的顯示螢幕，望著上頭靜止的「系統檢查與修復進度條」，雙眉緊鎖眼中滿是憂慮。

他口中的強制關機發生在四天前，當時小未正在廚房煮午餐，冀楓晚則在書房寫稿，聽見重物落地的頓響，一出書房就看見小未躺在流理台和中島之間。

他嚇一大跳，跑過去搖晃仿生人沒得到回應，將人抱起來放到充電座上，翻出說明書拚命尋找故障排解方式，還沒找到就先聞到焦味，這才想起爐子上還有東西。

小未在冀楓晚刷鍋子時重新開機，告訴作家自己只是遇上程式錯誤，重啟系統就能修正。

冀楓晚鬆一口氣，然後兩天後就在客廳親眼目睹小未關機倒地。

上次小未強制關機時隔了近一小時才自動重啟，而這一次則花了足足兩小時，這讓冀楓晚完全不相信仿生人「重開機就沒事」的說法，無視稿件進度徹夜研究天書般的說明書，然後深切感受到自己果然是文組——他還是覺得平板電腦中的文件字字句句都不是人話。

雖然冀楓晚研究說明書無果，卻在放下平板電腦打哈欠時瞄到睡在床上的小未，猛然弄清仿生人故障的原因。

自遊樂園歸來那晚兩人不只做了三回，還在寢室相擁而眠，而在那之後小未的充電時間就從冀楓晚入睡時，轉為白天完成家務後，不但從一口氣充滿八小時轉為分段充電，充電時也不再關機。

冀楓晚將自己的判斷告訴小未，要求小未恢復晚上充電，然而仿生人嘴上沒說不要，半夜卻偷偷鑽進他的被子，睡到天亮才被發現。

而像是要證實冀楓晚的推測般，下床後的小未雖沒有強制關機，卻像沒睡飽的人一般，動作與反應都明顯慢了不只一拍。

「越精密的器材越需要維護，是我疏忽了，不該讓你在床上過夜。」

冀楓晚收回視線，伸手將想偷起身的小未按回充電座上，板起臉嚴厲地道：「今天我中午要和邑飛劇組吃飯，下午要和同一群人開會討論改編細節，晚餐我自己在外面解決，大概八點後才會回家，這段期間除非地震、火災、戰爭爆發，否則不准開機也不准離開充電座。」

「我不開機就沒辦法知道外面地震火災……」

「這不用擔心，說明書上提過，充電座有溫度、地震和空氣品質偵測裝置，還能收國家災難中心的警示簡訊，能即時叫醒你。」

冀楓晚直起腰桿，戳小未的眉心催促道：「別再拖延時間了，馬上、立刻、立即、即刻給我關機。」

小未垮下臉，靠上充電座不甘又失落地呢喃：「難得楓晚先生穿了我配的衣服，結果不但不能一起出門，還看一下下就要關機……討厭。」

冀楓晚垂在身側的手指微微一顫，看著小未緩緩垂下眼睫，在對方完全閉上眼瞳前驟然出聲：「等等！」

「我不用關機，而且可以跟您一起出門嗎？」小未一秒張開眼問。

「想得美！」

冀楓晚輕敲小未的額頭，面頰微微轉紅，咬牙在仿生人面前慢慢轉一圈。

起初小未不明白冀楓晚在做什麼，直到作家結束旋轉紅著耳尖瞪向自己，才明白對方是在回應他那句「看一下下就要關機」，兩眼瞬間亮起，前傾上身急切地道：「再一次！可以再一次嗎？」

「就一次。」

冀楓晚沉聲強調，再次緩慢轉身。

小未兩手按在充電座的扶手上，拉長脖子痴迷地凝視冀楓晚，在對方回到正面時先是露出陶醉之色，再猛然警覺道：「不好！楓晚先生原本就很帥，現在又穿得那麼好看，萬一在路上被人擄走怎麼辦！我還是不要關機陪您……」

「你給我關機待在家裡！」

冀楓晚截斷小未的話語，伸手從鞋櫃上拿來鴨舌帽和粗框眼鏡，將兩者戴上並立起風衣的衣領道：「這樣就不帥也不好看，只是個可疑人士了。」

「楓晚先生穿什麼都好看。」

「那是因為你有粉絲濾鏡。」

冀楓晚邊說邊換上皮鞋，轉身打開大門道：「乖乖在家休息，我回來時如果發現你醒著，我會生氣喔。」

「好……等等等等一下！」

「等什麼……小未！」

冀楓晚大喊，他在轉頭同時看見小未起身接著往前倒，一個箭步衝回充電座前，抱住仿生人憤怒道：「都要你關機充電了還站起來！存心惹我生氣嗎？」

「對不起……」

小未依靠著冀楓晚的胸膛，從口袋裡拿出一條由天藍、翠綠與淡黃編繩和金屬小貓裝飾組成的手鍊道：「但是我忘記把幸運手鍊交給您。」

「你什麼時候買……不，是你自己編的？」

「是的！」

小未點頭，將手鍊繞到冀楓晚的左手腕上道：「網路上說，幸運手鍊可以招來好運，楓晚先生的運氣一直都不好，很需要這個。」

「揍你喔。」

冀楓晚嘴上罵人卻沒將手抽回，任由小未繫緊手鍊，才將仿生人抱起來放回充電座上，摸摸對方的頭道：「好了，我真的要走了，要不然會遲到。」

門。

「是，您慢走。」

「我回來時會檢查你的電量和維修狀態。」

冀楓晚直視小耒的雙眼強調，在看見對方點頭、完全靠上充電座的椅背後，才轉身跨出大門。

與囧飛劇組的聚餐地點是市中心最高樓頂樓的空中餐廳，劇組和出版社大手筆訂下隔音良好還附插座、投影設備與獨立洗手間的大包廂，方便眾人在酒足飯飽後直接討論新一季的劇本和演員人選。

當然，這間餐廳與餐廳所在的摩天大樓從未出現在冀楓晚的書中，方圓五里內也沒有會讓作家眼熟的建築物。

——不愧是有思，雖然左看右看都是頭莽熊，辦起事來卻比豌豆公主還細心。

冀楓晚在心中失禮的讚美，推開計程車的門進入摩天大樓。

林有思早早站在正對大門的電梯前，在看到冀楓晚時明顯鬆一口氣，走向老友道：「你總算到了，我還以為又要被放鴿子……你這帽子和眼鏡是怎麼回事？醜死了。」

「這是防止我半路遭人擄走的必要措施。」

「誰要擄你？」

「我也不清楚。」

冀楓晚搶在林有思追問前按開電梯，進入電梯廂內摘下鴨舌帽、換成細框眼鏡，轉向自家編輯道：「如何？不醜了吧。」

「好看多了。」

林有思放鬆肩膀，將冀楓晚從頭到腳掃過一輪，安心地點頭道：「衣服也挑得不錯，是你開竅了還是有人幫忙？」

「是你的生日禮物。」

「我的生日禮物？我應該沒送過你衣……」

林有思的發言被手機鈴聲打斷，他掏出手機轉過頭先問什麼事，再快速對來電的部屬下指示。

電梯在林有思處理公務時到達頂樓，開啟門扉露出以木雕雙龍為飾的餐廳入口，一名服務生主動上前，領著兩人前往最深處的會議包廂。

包廂內擺著一張十五人座的中式大圓桌，桌邊坐著罔飛的亞洲區經理、電視劇製作人、導演、選角導演、編劇和兩名助理，見到冀楓晚和林有思後紛紛招手或起身寒暄。

片刻後，因為工作或交通堵塞遲到的主配角演員到達，填滿每一張椅子，宣告宴席開始。

這是頓愉快的午餐，空中餐廳的菜餚完全對得起它的價碼，而罔飛經理、製作人和男女主角也如冀楓晚記憶中風趣幽默，讓不擅交際的作家很快就脫去緊張，如半年前尚未被首映會打醒前時一樣，和眾人愉快交談。

過程中唯一讓冀楓晚心臟緊縮的地方是討論新一季新角色試鏡者時，選角導演喜孜孜地拿出試鏡者的照片，而其中有一張的背景是書中出現過的花園。

在看見照片的瞬間，冀楓晚幾乎具體感受到空氣被擠出肺部，恐慌與寒涼驟然降臨，眼看就要將他拉入深淵之刻，一隻披著白光的小貓闖進他眼中。

冀楓晚愣了兩三秒才認出那是小末替自己編的幸運手鍊，鍊上的金屬小貓反射著陽光，和如陽光、清風、藍天一樣的三色編繩一同束緊作家龜裂的精神。

「怎麼了？」林有思低聲問，敏銳地察覺到老友狀態不對。

冀楓晚張口再閉口，反覆幾次才擠出聲音道：「沒事，忽然走神罷了。」

「你累了？」

「只是吃太飽，休息一下就好。」

冀楓晚將目光放回照片上，看著試鏡者身後翠綠也嫣紅的花圃，下意識握住腕上的金屬小貓。

他失去了家人，這是無法逆轉的事，但他不是獨自一人，有個過度迷戀自己、大驚小怪又異常體貼的仿生人在家中等待他。

所以他能撐過去，必須撐過去。

林有思緩緩皺眉，雖然沒質疑冀楓晚的解釋，接下來的時間卻主動替老友回答劇組丟過來的問題，把自家作者開口的次數降到最低。

眾人在包廂中填飽了肚子，將新角色的候選名單從七人縮減到三人、確定電視劇本的梗概和合作廠商，還腦力激盪出一個番外小劇場，直到太陽完全沉沒才在餐廳門口告別。

「老晚，等會！」

林有思喊住準備出電梯走一樓大廳離開的冀楓晚，按下關門鍵道：「跟我到地下停車場，我今天有開車，可以送你回去。」

「送我去其他地方也行嗎？」

「你要去哪？」

「隨便找個地方吃晚餐。」

「你在家就是隨便吃了吧？」

「現在不是了。」

冀楓晚掏出手機，打開室內監控程式，看著螢幕中處於關機狀態的小末道：「而且我若是回家吃，肯定會驚動小末。」

「小末是誰？」

「你送我的陪伴型仿生人，長得跟安卓末一模一樣，小小一隻但活力充沛，極其能幹也極其讓人頭痛，活像是隻人型幼貓。」

電梯在冀楓晚在回答時到達地下一樓，他想也沒想便跨出電梯，走了好幾步才發現林有思沒跟上，回頭看見對方仍站在電梯中，揮手喊道：「喂，杵在那裡做什麼？出來啊。」

林有思又呆站了兩秒才離開電梯廂，但他的步伐隨前進迅速加快，在到達冀楓晚面前時已經逼近奔跑。

這讓冀楓晚皺眉，正想問對方在演哪齣戲時，林有思搶先開口。

「老晚，我確認一下，你剛剛是說『我送我的陪伴型仿生人』嗎？」

「是啊，就我生日那天和水果蛋糕一起寄來的。」

「我是有訂水果蛋糕，並要求在你生日當天寄到，可是我沒買仿生人給你。」林有思面色凝重。

「你沒買……」

冀楓晚茫然地重複，再肩膀一顫舉手強調：「不，我告訴過你我喜歡十八歲版本的安卓未，所以其他人就算送我仿生人，也不可能送和安卓未長得同一張臉的仿生人，只有你會。」

「可是我沒送仿生人給你，我給你的生日禮物是楓葉蛋糕的經典水果蛋糕。」

「但小未是和蛋糕一起送到，宅配員也只讓我簽一張簽收單，上頭的寄件人是你，你忘了自己有送？」

「我很確定我送的生日禮物是蛋糕不是仿生人。仿生人一具少說也要二三十萬，這麼大筆的花費我哪可能忘！你沒問那個仿生人，他的買家是誰嗎？」

「我以為是你就沒問，然後我跟小末提過幾次你，他也沒否認自己不是你買的。」

「沒否認……呃！」

林有思臉色驟變，一把抓住冀楓晚的肩膀問：「那個我沒買的仿生人現在在哪裡？」

「在家裡關機充電。」

「你確定？」

「非常確定，我十多分鐘前在洗手間時，有拿手機看過家裡的狀態。」

冀楓晚腦中浮現住宅監視APP器的畫面，小末如同陶瓷娃娃一般，垂著睫羽安安靜靜地坐在充電座上。

林有思稍稍鬆一口氣，但很快又繃起臉問：「你有把住宅系統的權限交給那個仿生人嗎？」

「有。」

冀楓晚見林有思的臉色一瞬間變得難看，蹙眉問：「怎麼了？你想到小末是誰送的嗎？」

「是鎖定了一個對象。」

林有思鐵青著臉道：「有個傢伙既有花幾十萬買仿生人的財力，也有花大把精力探查你隱私的執著，然後還有隱瞞自身身分的理由。」

「哪個人這麼……唔。」

冀楓晚僵住，想起先前送刀片和衛生棉到出版社的瘋狂讀者，事後透過警方和私家偵探的調查，他們得知這位讀者是一間貿易公司老闆的次子，在聯絡該公司後雙方以將當事人送出國為條件達成和解。

該人出國已經兩年多，這兩年出版社和冀楓晚本人都沒再受到騷擾，可是在此之前該名讀者可是直接摸到冀楓晚的家門口。

「……我想不用跟你對答案了。」

林有思拿出手機道：「如果真是那個瘋子，就必須馬上幫你安排新住所，再報警找電械警察將那具仿生人報廢。」

「報警」兩個字讓冀楓晚心頭一顫，身體在大腦下令前就動起來，一把奪走林有思的手機。

林有思被搶得措手不及，呆滯兩三秒才回神高聲道：「你做什麼！」

冀楓晚張口但沒出聲，隔了好一會才組織出話語：「我們目前說的都只是推測，沒有證據能證明小未是那個瘋子送來的。」

「讓電械警察回收調查後就會有了。」

「如果調查後還是沒有，或者根本是別人送的呢？更何況小未不是低階仿生人，他非常精緻，電械警察在調查時可能會弄壞他。」

「倘若它是高階仿生人，危險性就更高了。」

「我跟小未同居兩個多月了，沒被他傷到一根頭髮。」

「那只是為了迷惑你。」

「那只是你的猜測。」

冀楓晚將林有思的手機關機，再放回老友掌上道：「回去後我會問小未他真正的購買者是誰，聽完他的回答再決定要不要找警察。」

林有思拉平嘴角，看著幾乎將「我不會再讓步」幾個字刻臉上的冀楓晚，粗吐一口氣抓頭道：「我陪你一起去問，萬一那仿生人真有問題，你一個人擋不住它。」

在勉強達成共識後，冀楓晚搭上林有思的車，沒有直接返回住處，而前往林有思的家。

為什麼？因為林有思要回家拿電擊槍。

冀楓晚坐在汽車助手席，看著林有思拎個一個塑膠提箱拉開駕駛座的車門，皺眉問：「你家為什麼會有電擊槍？」

「因為我家平日只有一名三十歲女性和兩個小毛頭，需要些自衛道具。」

林有思邊說邊將裝電擊槍的塑膠提箱放到後座，繫上安全帶道：「我拿槍時順便寫信問你瘋狂粉絲的家人那瘋子最近的行蹤，以及有沒有找理由跟家裡要錢。」

「他們回覆了嗎？」

「怎麼可能，我從寄信到下樓不到十分鐘，人家劉董事長是一分鐘上下幾千萬的大老闆，不會二十四小時守在電腦前回信。」

林有思踩下油門道：「能在把車開到你家路口前收到『您的來信我方已收到，請靜候回覆』這種制式回信就算奇蹟了。」

冀楓晚拉平嘴角，看著車外快速流逝的街景，覺得自己的心臟一寸寸吊高。

在四十分鐘的車程與交談——林有思邊開車邊問冀楓晚他與小未相遇相處的過程，兩人來到能一眼看見冀楓晚居所的路口。

林有思擱在儀表板上的手機忽然振動，他趁紅燈拿起手機滑了滑，訝異地挑眉道：「奇蹟中的奇蹟。」

「你收到制式回信？」

「不只，劉董事長……不對，應該是他的祕書說，那個瘋子人還在歐洲，金錢也有受到嚴密控管，且近期迷上別的作者，於物理於精神上都不可能偷買仿生人送你。」

「所以小未的擁有者不是他。」冀楓晚的肩膀明顯放鬆。

林有思從眼角餘光捕捉到老友的變化，放下手機握住方向盤道：「你安心得太早了，你的瘋狂粉絲可不只有那位富二代。」

「也有可能是正常粉絲送的。」

「正常粉絲送禮會署名，不會偽裝成責編的禮物。」

林有思穿過路口，拐彎進入公寓的地下停車場，停車解開安全帶，將塑膠提盒拿到腿上，打開蓋子給電擊槍裝彈夾道：「無功不受祿，隱姓埋名必有鬼，你還是做最壞打算比較安全。」

「……」

「走吧。」

林有思提槍下車，冀楓晚晚了幾步才跟上，快步追過編輯道：「我走前面。」

「這太危……」

「你的眼角膜和指紋打不開我家大門。」

冀楓晚按下電梯的上樓鍵，跨過電梯門道：「再說你這麼殺氣騰騰的走前面，不管小末有沒有不良企圖，看到都會瞬間戒備。」

「所以我才挑了最大功率的電擊槍。」

林有思舉起粗壯的電擊槍，注意到冀楓晚的嘴角瞬間拉緊，放下槍皺眉道：「老晚，你就這麼喜歡安卓未的臉嗎？」

「為什麼忽然提安卓未？」

「因為你渾身散發著如果我對那個仿生人——你屋中做得和安卓未一模一樣的那具——開槍，你就要飛撲甚至痛扁我的氛圍。」

「我才不會！我只是……」

冀楓晚僵住，直到電梯抵達八樓打開門扉，才走出電梯廂道：「只是有些混亂罷了，我一直以為小末是你買的。」

「我也希望，一想到你和一個原主不明的仿生人同居兩個月，我的寒毛都豎得能當千斤頂了。」

「……」

「你家到了。」

林有思站在金屬門前，將電擊槍遞向冀楓晚提議：「左手拿槍右手開門？」

冀楓晚左手微微提高，在降回原本的高度後搖頭道：「恕我拒絕，給沒用槍經驗的人拿槍，只會誤射友軍或被他人奪走。」

「你可以把他當鈍器砸人。」

「你對一個手無縛雞之力的書生有什麼期待？」

冀楓晚將電擊槍往回推，打開自家大門，踏進處於昏暗中的玄關。

他先要住宅系統開燈，再走向玄關與客廳之間的充電座，小未安安靜靜地坐在座上，絲毫沒察覺到有人靠近。

「你家裡有繩子嗎？」林有思突然開口。

「沒有，你想做什麼？」

「先把人綁起來，這樣比較安……」

「楓晚先生？」

小未的呼喚打斷了林有思，仿生人不知何時睜開眼瞳，直直望著冀楓晚燦爛地笑道：「歡迎回家！和劇組的聚餐開心嗎？」

冀楓晚的胸口驟然緊縮，頓了一兩秒才開口道：「還算順利。」

小末雙手拍起，還想再說些什麼，但眼角餘光瞄到冀楓晚身後的林有思，臉上的笑容瞬間凍結。

「太好了！」

冀楓晚清楚看到小末的變化，朝右挪了約半尺，讓仿生人直接看到林有思道：「這位是圓采文化的總編輯林有思，他是我的責任編輯兼大學同學。」

小末張口卻沒發出聲音，僅是鐵青著臉注視林有思。

這反應幾乎直接證明小末不屬於林有思，冀楓晚面色一沉，嘆一口氣道：「我一直以為你是有思送我的生日禮物，但其實不是，對吧？」

「……」

「小末？」

「不是。」

小末低聲回覆，抬起頭雙手緊握，淺色眼瞳中刻滿驚慌與急切：「但我的確是您的生日禮物！從頭到腳、從動機到目的都是。」

「那把你送給我的人是誰？」

「……」

「你的購買者是誰？」

林有思插話，瞪視仿生人厲聲問：「從哪知道老晚喜歡安卓末的臉？接近老晚的動機是什麼？你私下為他做了哪些事？」

「有思，你也一次拋太多問……」

「仿生人廣義上也算電腦的一種，而電腦的運算能力可是很驚人的。」

林有思後退兩步，對小末舉起電擊槍道：「回答我剛剛的所有問題，要不然我要開槍了。」

「有思！」

「你再外貌協會護短下去，我就要冒著被老闆開除的風險退你稿了！」

林有思斜眼瞪冀楓晚一眼，食指按著扳機，兩眼冰冷且專注地注視小末道：「這電擊槍的功率足夠送成年人進急診室，雖然不足以將仿生人報廢，但老晚說你有觸覺，讓你吃點苦頭還是足夠的。」

「我再問你一次，你背後的人是誰？」

「我、我……我沒有……」

「隱瞞是沒意義的！」

林有思高聲蓋過小末的聲音，將槍口對準小末的胸口道：「你現在不說，等我們把你電暈送到電械警察那邊後，照樣能透過你的型號和儲存紀錄查出購買者。」

「坦白從寬抗拒無用，快說！」

「我……啊呃……是、是……」

「我只數到三，你不答，或是答得我不滿意，我就開槍然後報警。」

「唔！那個、個……」

「一。」

「沒有，我沒……」

「二。」

「我是……是……」

小未抖著聲音，視線自前方轉向左側，落在冀楓晚的身上。

冀楓晚與小未四目相交，仿生人露出他從未見過的神情，面頰蒼白緊繃，嘴唇控制不住地發抖，眼底沒有平日的明媚靈動，只有濃烈的恐懼與乞求。

而這給冀楓晚帶來宛如胸膛被箭矢貫穿的劇痛。

「三。」

林有思在吐出三的同時扣扳機，在彼此只有兩步之遙下，再爛的射手都不可能射偏，但電擊槍帶電的針頭卻連碰都沒碰到小未。

為什麼？因為冀楓晚在林有思扣扳機的同時撲了上去。

他用身體撞歪林有思的手臂，為防萬一還將手揮向電擊槍的槍口，掃開從中彈出的導線，好讓與導線相連電針頭確實遠離小未。

而這兩個動作都發生於眨眼間，林有思和小未全沒反應過來，看著落在玄關邊緣的針頭與導線，以及一旁按著發麻手臂的冀楓晚，呆滯接近十秒才雙雙大喊。

「老晚你找死啊！」

「楓晚先生您有沒有受傷！」

林有思、小末的吶喊同時貫穿冀楓晚的腦殼，他用沒發麻的手遮住耳朵，搖搖頭道：「沒事，我只有碰到導線，沒摸到前面的針。」

「你如果有摸到，躺在地上的就不是針，是你了！」林有思青筋暴露。

「您真的、真沒有事嗎？」小末離開充電座，搖搖晃晃地走向冀楓晚。

冀楓晚一把扶住小末的手臂，承受對方半個身體的重量，看著蒼白又恐慌的小臉，想起過去兩個月裡仿生人大哭大笑、自己頭痛又心暖的記憶。

「楓晚……先生。」

小末仰起頭，帶著濃厚的擔憂與不自然的卡頓問：「您還……還好，好好的……嗎？」

冀楓晚沉默，用另一隻手圈住小末的腰，將仿生人扶回充電座道：「今天就到此為止吧。」

「什麼到此為止？」林有思問。

「追究小末的主人是誰。」

「這怎麼能到此為止！」

「小末還處於故障狀態，就算你拿槍指著他，他也沒辦法好好回答你的問題。」

冀楓晚在林有思回話前舉手道：「我知道你想說什麼『那就把他送給電械警察』，這不可行，在故障未修復下，電械警察調查時可能會不小心弄壞小未的硬碟，毀掉所有線索。」

「你也把電械警察看得太糟了。」

「我只是做最壞的假設。」

冀楓晚放下手轉向林有思道：「今天就到此為止，我會把小未關機一晚做維修，等維修結束再要他回答你的問題。」

林有思不認同地皺眉，但他清楚老友固執起來可是堅若磐石中的磐石，沉默片刻後只能退一步道：「那你今晚到我家過……」

「我待在這裡。」

「不行，這太危險了！」

「這是必要的安排，如果我到別處過夜，送小未來的人能趁我不在時回收小未，抹去自己的痕跡。但若是我留下，對方只要來回收就是自暴身分外加擅闖民宅，可以以現行犯扭送警局。」

「那我也一起……」

「會被一網打盡喔。」

冀楓晚把手伸向林有思的電擊槍道：「這個留給我，然後我會開我家監視系統的權限給你，你要是聯絡不上我，或是在畫面上看到什麼不妙的東西就報警。」

「……」

「我覺得對方硬闖的機率不高，畢竟我已經當著小未的面把計畫說出來了。」冀楓晚瞄了小末一眼。

林有思的眉頭皺得更緊，和冀楓晚對視十多秒後嘆一口氣，遞出電擊槍道：「要亂來就給我做好覺悟，我今天一定瘋狂打電話叫你起來尿尿。」

「那也要你有空。」

冀楓晚接下電擊槍，送林有思出門後轉身回屋內，握著槍走到充電座前。

小未坐在充電座上，臉上依舊毫無血色，軟癱的背脊與手腳都刻著呈現無力狀態，雙眼如往常一般緊鎖冀楓晚的身影，但其中的情緒卻是困惑大過喜悅。

冀楓晚明白小未迷惑的原因，雖然他編出一套理由將林有思請走，可打從撞開老友手臂阻止射擊的那刻起，自己的行為就與理性沒有一筆劃相干。

但就算將時間倒流，冀楓晚還是會做出相同的決定，因為面前惶惶不安又滿臉不解的仿生人陪他在大雨的公車亭中痛哭，讓他重新找回大笑和生活的動力，是無論如何都不願意失去的存在。

即使小未背後的人別有用心也一樣。

冀楓晚將電擊槍放到一旁的矮櫃上，蹲下身直視小未問：「你能修好自己嗎？」

「我、楓晚……楓晚先……」

「用單字回答就行了。你明天早上能恢復正常嗎？」

「能……」

「那就好。」

冀楓晚伸手輕敲充電座的觸碰螢幕，叫出所有掃描與修復程式道：「你今晚好好休息，明天再告訴我你是誰送我的生日禮物。」

「呃……這、我……」

「都說了，明天再回答。」

冀楓晚彈小未的額頭，見仿生人緊握扶手雙眼泛淚，一副下一秒就要哭出來的模樣，心頭一縮起身抱住對方。

「楓、楓……」

「等知道你的購買者是誰後，我想把你從他手中買過來。」

冀楓晚感覺懷中身軀猛然一顫，撫上小未的頭顱道：「這不值得驚訝吧？如果你的擁有者是有思倒無所謂，但若是其他人，不把你買下來我不放心。」

「放、放是……」

「不管你的購買者是誰，我都希望你永遠待在我身邊。」

冀楓晚擁緊小未，能想像林有思聽到這話後會如何用「你瘋了嗎！」、「用大頭別用小頭思考啊！」、「你的興趣是在身邊放不定時炸彈嗎？」這類話轟炸自己，但在經歷方才的一切後，他深切認知到一件事。

他想要小未，無論對方的購買者是誰、基於何種目的將人送來都一樣，他想和懷中的仿生人笑著、哭著、平靜也手忙腳亂地共度一生。

——這已經不是暈船，是整個人都沉到馬里亞納海溝裡了。

冀楓晚在心底自嘲，放開小未，將仿生人按上充電座的椅背道：「明天開機後，告訴我你的買家和他的聯絡方式，我不會對你的購買者做什麼，我只是想要你的所有權。」

小未眼中閃過一絲痛苦，張嘴似乎想說什麼，但最後仍沒吐出半個字，便僵硬地闔上嘴。

冀楓晚將小未的反應理解成恐懼——畢竟林有思幾分鐘前才又亮槍又要將仿生人移交警方，摸了摸對方的頭道：「有思那邊我會處理，你不用擔心。」

「……」

「好了，你該關機自我修復了。」

冀楓晚親吻小未的額頭，再退開想啟動修復程式，然而身體剛動，小未的手就抓上來。

小未揪著冀楓晚的風衣，仰望作家雙唇一開一闔，反覆好幾次後猛然哽咽，把臉埋進對方的衣襟中。

冀楓晚嚇一跳，遲了幾秒才把手放到小未的頭與背上，輕輕撫摸道：「喂喂喂，有思有這麼恐怖嗎？」

「……」

「他只是看起來凶，實際上……雖然也不怎麼溫柔，不過沒有外表凶暴。」

「……」

「更何況他家最大功率的電擊槍已經落到我手中了，下回他拿槍指你時，我們有更大的槍可以反指他。」

「……」

「所以別怕，」

冀楓晚將下巴輕輕擱在小末的頭頂道：「我會保護你，不會讓任何任破壞你。」

小末揪抓冀楓晚衣襟的手收緊，咬著嘴唇拚命壓制瀕臨沸騰的情緒。

冀楓晚看不見小末的臉，只覺得衣襟被扯了扯，輕拍仿生人的背脊安撫對方，感覺懷中人稍稍鬆手後，把人推回充電座上。

「明天的早餐我會自己弄，你大概……你幾點開機都可以，看你的狀態決定。」

冀楓晚伸手啟動充電座的掃描程序，看向小末道：「明天見？」

小末指尖微顫，望著冀楓晚溫和的笑臉，帶著淚光細聲回應：「明天……見。」

在將小末關機後，強烈的疲倦感與手腳抽痛找上冀楓晚，他愣了兩三秒才意識到這是腎上腺素退去的結果——他靠腎上腺素爆發擋下電擊槍，但也因此用力過猛拉傷肌肉。

這讓冀楓晚放棄自己煮晚餐，拿出手機呼喚外送員，然而填飽肚子後疲乏之感不減反增，坐在電腦前和文書處理軟體大眼瞪小眼一個半小時卻只擠出三行字，最後只能放棄進度，早早上床睡覺。

但冀楓晚越累就越容易做惡夢的體質盛大發作，整晚不是站在火場外，就是跪在神桌前，中間還穿插自己舊家的房間、雷雨中沒有出口的咖啡館，幾乎將這半年來所有惡夢都做上一輪。

拜此之賜，冀楓晚雖然醒得比平時晚，睜眼時卻只感到睏倦，瞪著蒼白天花板好一會才慢慢爬下床。

他打算進浴室洗個冷水澡清醒清醒，然而一推開門就聞到培根和雞蛋的香味，先愣一秒再看向廚房，發現仿生人穿著圍裙背對自己站在瓦斯爐前。

「小未？」

冀楓晚三步做兩步奔向廚房，握住小未的肩膀，將人轉向自己問：「你沒事了嗎？」

小未沒有馬上回話，看著冀楓晚幾秒才點頭，燦爛地笑道：「是的，故障皆已排除。早餐吃培根蛋三明治佐烤菇沙拉可以嗎？」

「可以。」

冀楓晚望著小未，仿生人的神情、說話都比昨晚流暢，剛鬆一口氣擺在寢室的手機就響了，只能轉身回寢室接電話。

來電者毫不意外是林有思，而冀楓晚一按下通話鍵就贏來責編的吶喊。

『老晚！你那邊沒狀況吧！』

「一切正常，唯一遺憾是你昨晚忘記喊我起床尿尿。」

『我睡死了……那個仿生人呢？沒襲擊你吧？』

「小未也一切正常。」

冀楓晚將視線投向房門，穿過門框與餐廳落在小未的背影上，仿生人鏟起培根、單手打蛋的動作是如此流暢且熟悉，讓他先垂下肩膀，再微微覺得有哪裡不對勁，蹙眉凝視小未。

『知道它的購買者是誰了嗎？』

「……」

『老晚？』

冀楓晚在朋友的呼喚中回神，收回視線問：「我在，什麼事？」

『你啊……事關自己的安危也專心些，你問出仿生人的購買者了嗎？』

「正要問你就打來了。」

『那真是對不起啊。』

林有思以平板至極的聲音回答，在翻頁聲中繼續道：『我大概一小時……以目前的狀態可能要兩小時後才能再打給你，這段期間找到仿生人的原主，同時保護好自己。』

「您的任務發布已完成。」

『你給我認真一點！』

林有思咆嘯，摀住手機不知道和旁人說了什麼，再放開手道：『我得掛了，把槍帶著，有狀況就報警。』

「遵命，去忙吧。」

『別把我的話當耳邊風！』林有思再次大吼，不等冀楓晚回話便結束通話。

冀楓晚放下手機，離開寢室到浴室淋浴，跨出門檻時餐桌上已擺好早餐，餐桌椅也被小未拉開。

而這加劇了冀楓晚的異樣感，盯著椅子片刻才坐下，拿起叉子將沙拉送入口中。

小未在餐桌另一側問：「合您的胃口嗎？」

「吃起來不錯。」

冀楓晚嚥下菇片和生菜問：「昨晚有思問你的問題，你能回答了嗎？」

「什麼問題？」

「你的購買者是誰、為何將你送給我。」

「我是您的生日禮物。」

「你沒回答我的問題。」

「我是您的生日禮物。」

「這不算回答，是誰、基於什麼目的把你送過來的？」

「我是您的生日禮物。」

「你再跳針我要生氣囉。」

「我是您的生日禮物。」

「小末！」

冀楓晚抬頭瞪向小末，本想嚴厲地要求仿生人誠實回答，卻在和對方對上視線時愣住。

小末如往常一般笑盈盈地注視冀楓晚，然而淺色眼瞳中卻沒有讓作家頭痛又心動的熱切，更找不到自大雨的遊樂園之後的親密，彷彿從閃著星月之輝的水晶球，變成普通的玻璃珠。

過去他總覺得小末一點仿生人的樣子都沒有，甚至比自己還像活人，如今卻強烈地感受到對面站著的不是人類，是高端科技打造的機械。

「楓晚先生？」

小末微微偏頭，雙瞳明亮而無溫度：「您怎麼了？」

冀楓晚竄起一陣顫慄，眼前仿生人的聲音、表情乃至動作都與昔日的小末無異，但越是無異他就越覺得詭異，下意識將椅子往後退問：「你是誰？」

小末先停頓，再小跑步繞過桌子，握住冀楓晚的手道：「我是小末，為了您而誕生的仿生人，請盡情奴役我！」

冀楓晚反射動作想抽手，不過抽到一半就停止動作。

為什麼？因為他想起自己見過也聽過一模一樣的話語和動作。

那是在小末開機第一天發生的事，他在問過對方的名字後做了自我介紹，而當時仿生人就是抓著自己的手吐出上面的話。

在想起這段記憶的同時，冀楓晚猛然明白先前的異樣感來自何方——小未向自己打招呼、烹飪和詢問口味的動作與語氣，都和過去完全一致，沒有半點差異。

但過去仿生人就算煮一樣的菜、做一樣的動作，都會有微妙的差異。

「你……」

冀楓晚迅速站起來，後退數步抓起矮櫃上的電擊槍問：「你不是小未！你把小未怎麼了？」

「楓晚先生……」

「你對小未做了什麼！」

冀楓晚厲聲質問，舉槍對準三尺之外的仿生人道：「不管你做了什麼，都馬上給我停止！」

小未眨眨眼，偏頭問：「我不明白您的指令，請輸入有效指令。」

「離開小未的身體，讓他回來！」

「您的指令沒有對應資料，請輸入有效指令。」

「把小未恢復原狀！」

「您的指令沒有對應資料，請輸入有效指令。」

「讓小未回來，否則我要開槍了！」

「您的指令沒有對應資料，請輸入有效指令。」

「停止操控小未的身體！」

「好的。」仿生人膝蓋一折往前倒。

冀楓晚嚇一大跳，放開電擊槍一個箭步上前抱住小未，看著雙眼緊閉的仿生人，輕搖兩下沒得到任何回應，加大力度、拍打臉頰也沒能喚醒對方。

這讓冀楓晚的滿腔憤怒瞬間轉為恐慌，急急將人抱到充電座上，找出說明書快速翻閱。

在小未第一次故障後，冀楓晚就強迫自己每天要將說明書翻過至少一次，但即使如此，故障排除章節對他而言仍就宛如天書，艱澀的文字迅速吞噬耐心，他很快就拋下說明書，改拿手機叫計程車。

冀楓晚揹著小未下樓，站在路口等計程車到達，一看見符合車牌的車輛就立刻跑過去。

計程車司機在一個路口外看見冀楓晚奔向自己，待人靠近後才瞧見對方肩上的小未，倒抽一口氣開門下車問：「這孩子怎麼了？」

「我不知道。幫我開後座的車門。」

「開了，要去醫院嗎？」

「醫院修不好仿生人。」

冀楓晚邊說邊用腳挑開車門，先將小未放進後座，再進入車子向司機道：「用最快的速度，開去最近的安科集團維修中心。」

「這……」

「我付兩倍車資，然後如果有罰單我也全包！」

冀楓晚替小未繫上安全帶，注視睫羽低垂、毫無動靜的仿生人，忽然想起自己隔著透明方盒第一次看見對方的畫面。

那時的他站在寂靜的公寓中，沒有陪伴者也不期待陪伴者，單是對朋友假裝沒事就精疲力盡，對於不請自來的仿生人煩惱大過欣喜。

如今的自己一起床就能聞到煎蛋或麵包的香味，看見嬌小的仿生人繫著圍裙，對自己送上比太陽還明亮的笑容。

他再也不要送走珍愛的人了。

「……快開車。」

冀楓晚沉聲催促，握住左手手腕上的幸運手鍊，凝視小未雪白的面容道：「半小時內到，我付四倍車資。」

計程車載著冀楓晚和小未在馬路上奔馳，於二十多分鐘後來到位於商業區的安科集團旗艦維修中心。

維修中心是一棟十層樓的獨棟玻璃帷幕建築，在晨光的照耀下宛如巨大的水晶椎，不過冀楓晚沒有半點欣賞的心情，揹著小未下車就往正門跑。

正門內是挑高的接待大廳，廳中沒有顧客，只有幾具清潔機器人在大理石地板上打轉，冀楓晚繞過機器人直直朝櫃檯跑，站在台前不等櫃檯小姐開口就直接道：「我家仿生人需要全面檢修，能立刻安排嗎？」

「我看看……目前有三個檢修室是空的，負責的工程師也都打卡了，沒問題！請將您的仿生人放到運輸床上。」

櫃檯小姐比向冀楓晚的右側，一台酷似病床，但床頭裝有引擎可自主移動的合金床停在那兒。

冀楓晚將小未放上合金床，看著床鋪自動固定仿生人，轉向櫃檯問：「結果多久會出來？」

「視機型與毀損嚴重度，可能需要兩小時到一天的時間，請留下聯絡方式，我們會第一時間通知您。」

「我可以在這邊等嗎？」

「是可以，不過如果剛剛所說，至少需要兩小時結果才會出來。」

「幾小時我都能等，希望能先告訴我故障原因。」

「我會轉告工程師，那麼請在填寫完委託單後，到西側的咖啡廳等待。」櫃檯小姐遞出映著表單的平板電腦。

冀楓晚迅速留下自己的姓名、電話、住址、故障簡述，目送合金床將小末運走，直到完全看不見對方的身影才轉身朝咖啡廳走。

維修中心的咖啡廳是以數台自動販賣機組成的無人商店，冀楓晚選擇咖啡三明治套餐，端著塑膠托盤來到窗邊，看著晴朗無雲的天空，垂下肩膀深深吐一口氣。

他沒有天真到認為送修就等於修復，小末的損傷也許是不可逆的，篡奪仿生人身體的不明人士可能連備份資料都染指，但無論如何，安科的工程師比他這個文組可靠，維修中心的專業設備也肯定強過充電座。

——拜託一定要把小末修好，只要能讓小末回來，不管維修費要多少我都付。

冀楓晚咀嚼著三明治請求，心中猛然浮現惡夢中可看不可觸的火場，指尖一顫險些讓食物落下。

「那不一樣，和現在不一樣，那是不能改變的過去，現在是……兩小時，最快兩小時多一天，小未就會回來了。」

他喃喃自語，想像小未從櫃檯那端蹦蹦跳跳地跑過來，抱住自己開心地說「楓晚先生我們回家吧」。

這是個過於美妙的臆想，作為悲觀主義者的冀楓晚通常會避免這種幻想，畢竟期待越高失望就會越大，但此刻他必須在腦中勾勒仿生人甜美的笑靨，否則無法熬過這漫長的兩小時至一天。

冀楓晚緩慢地將咖啡與三明治嚥下肚，而在他吞下最後一口食物時，耳邊傳來急促的高跟鞋聲，一轉頭就看見櫃檯小姐朝自己跑過來。

「冀先……啊，太好了您還在！」

櫃檯小姐衝到冀楓晚面前，不等對方發問就主動道：「不好意思，可以請您移駕VIP層嗎？」

「你們的咖啡廳要關閉了？」

「並沒有，只是冀先生……您的狀況比較特別，上面知道後要我們慎重地招待您。」

「謝謝但不用，我覺得咖啡廳很舒適。」

「但VIP層更舒適，那裡的桌椅都是百年名牌，還配有咖啡師、調酒師和廚師。」

「謝謝，不過我已經吃飽了，對椅子也沒有講究。」

「呃……」

櫃檯小姐煩惱地蹙眉，望著冀楓晚憔悴的臉龐，靈光一閃道：「VIP層可以與檢修室連線，不但能即時告訴您檢修結果，還可以旁觀工程師的維修過程。」

「帶我過去。」冀楓晚一秒站起來。

櫃檯小姐明顯鬆一口氣，說了句「請跟我來」後，便領著冀楓晚離開咖啡廳進入電梯，來到維修中心頂樓的ＶＩＰ層。

「本層的食物酒水都是免費的。」

櫃檯小姐帶著冀楓晚經過弧形自助吧，來到樓面最深處的座位，輕敲桌面升起觸碰螢幕道：「您可以透過螢幕觀看檢修室的狀況，也能向廚師點餐，或是傳訊息給我們，任何需求我方都會優先處理。」

「我只需要小未所在的檢修室的畫面。」

「那麼請在這個裡輸入檢修室的代號『三〇五』……輸入完成。」

櫃檯小姐碰觸螢幕右下角的「輸入」鍵，螢幕上立刻浮現一個銀灰色的房間，房間中央是固定著小未的合金床，右側則是一排儀器與三名白衣工程師。

冀楓晚看著白衣工程師，皺眉問：「你們檢修時都是出動三個人嗎？」

「一般只會由一位工程師負責，但冀先生帶來的仿生人比較……精緻，所以需要三人。」

「不是故障太嚴重的緣故嗎？」

「這部分我無法回答，請耐心等待檢修報告。如果您沒有別的需求，我要回一樓櫃檯了。」

「我這邊沒事了。」

冀楓晚注視螢幕，聽見高跟鞋聲逐漸遠去，整個ＶＩＰ層中只剩悠揚的輕音樂，讓他的注意力更凝聚於螢幕中。

他不知道自己盯著螢幕看多久，只知道當對面響起敲擊聲，將他從檢修室拉回現實時，肩頸正因長期處於一個姿勢而發痠發硬。

但冀楓晚並沒有轉脖子鬆肩膀，因為他發現自己面前多了一名男性。

「抱歉，我無意打擾你，但你一直沒發現我，所以我只好……」

男性敲敲桌面，他臉上掛著淺笑，五官清俊白皙，但眼瞳卻深邃如潭底，由訂製西裝包裹的身軀修長而優雅，彷彿微服出訪的貴族子弟。

這是一名會讓身為男同志的冀楓晚多看兩眼的男性，但今日他沒有那種心情，很快就將目光放回檢修室中道：「旁邊有空位。」

「我有看到，但我是來找你的。」

「沒空。」

「即使和你送來的仿生人相關也一樣？」

冀楓晚肩頭一顫抬起頭，望著從頭到腳都刻著「菁英」二字的男性，皺眉不確定地問：「你是安科的工程師？」

「不是。敝姓安，你可以稱呼我安先生，我是……算是安科集團的法務代表。」

「法務代表？委託你們修理仿生人會涉及法律問題？」

「偶爾會，不過我在這裡的原因和維修無關。」

男性——安先生——偏頭一笑，拿出手機滑動道：「我先報告冀先生非常關注，但與我的來意較無關係的問題，你送修的仿生人已全面檢查完畢，各項數值都在正常值內，沒有任何故障。」

「他今天早上無預警關機，還被不明人物替換人格！」

「我無意質疑你，只是告知你本公司工程師的結論，扣除部分無法解鎖掃描的區塊，那具仿生人狀態良好。」

「那故障就是發生在無法解鎖的區域，你們能處理嗎？」

「敝公司工程師正在研究，而這也是我在此的原因。」

「什麼意思？」

「你送來的仿生人在本公司的型號為AAX005，A代表陪伴型仿生人的代號——天使，AX是機體系列名，005則是軟體更新版本，而本公司最新型的陪伴型仿生人型號是AY900。」

「你想說什麼？」冀楓晚蹙眉。

「我想說的是……」

安先生停下來喝一口茶，放下手機雙手交疊，漆黑眼瞳直直對準冀楓晚問：「你送來的仿生人比本公司今年年初最新發售的仿生人先進了兩個世代，而此型號的仿生人尚未量產，更沒有銷售紀錄，請問閣下是從何處取得這具仿生人？」

冀楓晚愣住，望著安先生宛如刀刃的雙眼，腦中浮現先前因疲倦、太過擔憂小未狀態而忽略的瑣碎異常。

——檢修室中的三名工程師。

——安排在ＶＩＰ層最深處的座位。

——慌慌張張跑進咖啡廳，拚命請自己移駕的櫃檯小姐。

「……我不是小偷。」

冀楓晚接下安先生利刃般的注目，沉下臉與聲音道：「我只是來修我的仿生人，你們能修好我就等，修不好我就換別的方法。」

「抱歉，我的態度讓你誤解了。」

安先生收斂厲色，重新掛上微笑道：「我一點也不懷疑你不是小偷，畢竟如果你是小偷，絕對不可能傻呼呼地將贓物揹進原主的家中。」

「你如果沒懷疑，就不會要櫃檯小姐把我拉到這裡。」

「我只是希望能和重要關係人談一談。」

安先生朝路過的服務生招手，向服務生要了一杯熱可可，再搖搖掌中的手機道：「我在來的路上請屬下用五倍速觀看存放ＡＡＸ００５的研究所監視畫面，他們剛剛看完了，結論是ＡＡＸ００５應該還在所內，但實際上它卻在你家中，你知道是怎麼回事嗎？」

「不知道。小未是快遞公司送來的，我以為寄件人是我的朋友，但他否認，而小未自己也答不出是誰把他送到我家。」

冀楓晚在解釋時胸口猛然緊縮。仔細想想，作為收件人的他都不清楚小未是誰寄來的，身為貨物，且運送途中都處於關機狀態的小未又怎麼會知道？就算他的硬碟中留有紀錄，恐怕也沒有存取權限。

我對不起小未——冀楓晚雙唇緊抿，腦中浮現仿生人結結巴巴的模樣，置於桌面的手緩緩握起。

安先生捕捉到冀楓晚的表情變化，但將作家的愧疚理解為心虛，目光轉為冷澈，嘆氣道：「如我先前所言，你持有的仿生人是本公司下下個世代的原型機，使用了諸多尚未公布的關鍵技術，所以作為公司代表，我無論如何都必須查出它是怎麼流出去的。」

「我剛說了，我不知道小未的擁有者是誰。」

「冀先生，我不是你的敵人，相反的，我是在幫助你，如果我方無法找出盜取原型機的凶手，就只能將一切移交警方，而警方恐怕會將你列為首要嫌疑者。」

「……你在威脅我？」

「怎麼會呢，報案是國民權利，不構成威脅要件。」

安先生輕笑，服務生同時送上熱可可，他端起可可啜飲一口道：「真是好味道……你用過這裡的餐點了嗎？每一道都是不輸米其林星級餐廳的美味，我建議你一邊品嘗，一邊回想收到仿生人的細節。」

「如果我想不起來呢？貴公司要把我關在這裡？」

「拘禁他人是違法的，你隨時都可以離開，但那樣本公司就只能請求警方介入，這對你和你的出版社都不是好事。」

安先生見冀楓晚瞬間睜大眼，點頭微笑道：「我不算你的書迷，但周圍不少夥伴是。」

如果說安先生先前是隱晦地要脅冀楓晚，那麼此刻就是明目張膽的威嚇，冀楓晚的胸口先是被寒意籠罩，再迅速湧起怒火，反射動作起身想離開，視線卻在挪步前掠過螢幕中，看見合金床上被機械臂牢牢固定住的小未，僵硬半秒後坐回椅子上。

「你想到什麼了嗎？」

「想到我的仿生人還躺在貴公司的檢修室中。」

冀楓晚靠上椅背，凝視映著檢修室的螢幕，連眼角餘光都不留給對桌人，極度冷淡地道：「我知道的都已經說了，貴公司要報警要找記者都隨意，只要能把小未修好，其他的事我不在乎。」

「小未？」安先生皺眉。

「我帶來的仿生……」

冀楓晚的手機忽然高歌振動，他沒將眼睛從螢幕上挪開，直接將手機摸出口袋按下通話鍵問：「哪位？」

『你祖宗。』

林有思緩慢且疲倦地回答，在細微的翻頁聲中問：『你問出小未的購買者了嗎？』

「我不認為他知道。」

『老晚，護短也得有個限度……』

「過幾天你可能會在社會版或八卦版看到我的名字。」

冀楓晚不等林有思發問，就看向安先生道：「我現在在安科的旗艦維修中心，安科集團的法務代表要以竊盜為由，把我扭送警局。」

「是請你以重要關係人的身分，陪我到警局走一遭。」安先生微笑糾正。

「更正，是無限接近嫌犯的重要關係人。」

冀楓晚聳肩，久久等不到林有思的回應，敲敲手機問：「有思，還活著嗎？」

『……還活著。』

林有思的聲音比先前低了不止八度：『詳細、仔細、沒有任何遺漏地告訴我，在我上通電話到這通電話間發生的所有事。』

冀楓晚瞄了安先生一眼，看見對方抬手比了一個「請」的手勢，起身走到稍遠處的屏風後，低聲從自己洗完澡，發現小未被不知名人士取代說起，過程中林有思沒有出聲，可是從周圍時不時響起的開門、腳步、鍵盤或寫字聲，可知他不但一直在，還開擴音與其他同事一起聽。

「……總之，這位法務代表嘴上說沒當我是小偷，但他心底顯然已經把我上手銬。」

冀楓晚斜眼窺視安先生，再將視線拉回螢幕上：「我打算先等小未的維修結果出來再看要怎麼樣，我不認為對方會讓我把小未帶走，但我要試試看，如果我不幸上社會版就……不用客氣盡全力切割我。」

『你別輕舉妄動。』

林有思在沉默近半小時後首度開口，聲音已經恢復正常音高，但口氣卻冷得讓人發抖。

『我大概兩小時後過去，在我到之前什麼都別說別簽別做。』

「別來，弄不好會連出版社一起登社會版。」

『我會帶律師。』

「你有律師？」冀楓晚挑眉。

『出版社有請法律顧問。』

「你老闆會同意你為了這種事動用法律顧問嗎？」

『哪種事？敝社王牌作家暨全社年終獎金與老闆歐洲度假旅費來源，被無良科技公司栽贓成小偷這種事嗎？』

林有思那方傳來穿衣與電腦椅滾動的聲音。

『一切交給我，你就閉上嘴巴——擔心閉不住就點一桌滿漢全席塞嘴，等我過去救你。』

冀楓晚握手機的手收緊，他對眼前的處境是憤怒大過害怕，可是自昨夜起就被各種不安襲擊，稍抓到一絲穩妥，就馬上墜入下一個心神折磨中，導致他聽見老友堅定地說「我過去救你」

時，竟然有些眼眶泛紅。

「謝謝。」冀楓晚低聲道。

『謝個鬼，等我。』林有思掛斷通話。

冀楓晚放下手機，仰頭稍稍梳理情緒後，才板起臉回到桌邊，滑動螢幕叫出點餐系統。

安先生瞄到冀楓晚的動作，前傾上身道：「我推薦威靈頓牛排配黑皮諾紅酒，佐奶油馬鈴薯泥、烏魚子沙拉與干貝清湯。」

冀楓晚沒理會安先生，將菜單掃過一輪後，對海鮮烘蛋連按八下，再選一份藜麥鷹嘴豆沙拉和無糖優格。

沙拉、優格先送上桌，在冀楓晚面無表情地將兩者吞下肚時，八份烘蛋也一盤一盤被端到桌上，不但擺滿兩人所在的雙人桌，還占據隔壁四人桌一半的空間。

而安先生完美的笑容首度出現裂縫，看著一桌半的烘蛋、烘蛋、烘蛋還是烘蛋，難掩錯愕地問：「你這麼喜歡烘蛋？」

「喜歡得要命，特別是調味失敗的那種。」

冀楓晚插起一片烘蛋塞進嘴中，盯著螢幕中剛被戴上掃描頭盔的小未道：「你家的廚師技術不行，優秀的烘蛋必須每塊吃起來鹹淡都不一樣。」

事實證明，面對精明幹練、多謀多算的人，一本正經說瘋話是個好選擇，接下來一個多小時安先生都沒再向冀楓晚搭話，只是時不時瞄向作家，似乎懷疑對方藉由烘蛋執行不可告人的計畫。

然而冀楓晚什麼計畫都沒有，他只是一口一口把烘蛋吞下肚，看著螢幕中的工程師從三人變四人，四人變五人，小未身上的儀器也隨之增加。

在他飽到不能再飽，而檢修室中的工程師也多到不能再多時，安先生的手機響了。

「喂……讓他們上來……沒關係，這裡有保安機器人。」

安先生放下手機，向冀楓晚道：「你的朋友帶著律師到一樓，只是其中一人有點面惡，讓櫃檯小姐不太敢放人。」

「你家工程師看起來不怎麼堪用。」冀楓晚望著螢幕中滿滿的白袍，與毫無動靜的小未。

「如果你見過我們的首席工程師和製體師，就不會說這種話了。」

安先生微笑，向服務生點一杯檸檬水，啜飲飲料撥滑手機。

片刻後，正對兩人的電梯開啟，櫃檯小姐、林有思和律師踏進VIP層，面惡的總編輯一眼就看見自家作者，以接近奔跑的速度來到桌邊問：「老晚，沒怎麼樣吧？」

「吃太飽應該不算有怎麼樣。」

冀楓晚聳肩，再垂下眼睫低聲道：「只是小未看起來不樂觀。」

「小未」兩字讓安先生眉頭微挑，不過在他做出反應前，林有思帶來的律師先開口了。

「你是安科集團的執行長，安實臨安先生吧？」律師向安先生問。

「這傢伙是安科的執行長？」林有思的聲音拔高八度。

冀楓晚沒有驚呼，但在林有思來電後首次正眼注視對桌人。

他不是沒看過安科執行長的照片或影片，上次看見對方還是安實臨與十八歲的安卓未的合照，但當時注意力全被安卓未吸走，沒有留下多少印象。

安實臨是安科集團前董事長的養子，與弟弟安卓未既沒有血緣關係，長相氣質也無雷同之處，導致冀楓晚雖然和頂著十八歲安卓未外貌的仿生人生活數月，卻壓根沒察覺到眼前人的身分。

「我是安實臨沒錯。」

安先生——安實臨——點頭，嘆了口氣無奈道：「希望三位能由我的出面而明白，本公司有多重視你們是如何從不明管道取得的仿生人原型機，並希望誠實誠懇地與我方配合。」

冀楓晚冷聲道：「我沒對你說半句謊話，我不知道小未是誰送來的。」

「我能作証，這迷糊蛋直到昨天都還以為那個仿生人是我送他的生日禮物。」林有思舉手。

「安執行長，我的委託人有段影片想放給你看。」

律師將公事包放上桌子，拿出一個平板電腦，擺到安實臨面前按下播放按鍵。

平版電腦中是兩個分割畫面，畫面右側是冀楓晚家的玄關與客廳，左側則是大門外的走道，一名快遞員手提蛋糕提袋，領著兩個幾乎要抵上天花板的合金箱來到大門前，伸手按下電鈴。

冀楓晚很快就認出這是小未寄來那天的監視錄影，看向林有思輕聲問：「你從哪挖到這段影片的？」

「你家的監視系統，你忘了自己有開權限給我嗎？」林有思氣音回答。

律師在影片播放至於合金箱展開，冀楓晚隔著玻璃罩看見小未時，按下暫停鍵道：「安執行長，從這段影片可以證明，是快遞員將原型機送給冀先生，且冀先生在打開盒子前全然不知內容物為何，足以證明無論誰是偷竊者，都與冀先生無關。

貴公司若想尋找竊盜者，我建議從快遞公司下手，我方很樂意提供快遞員與快遞車輛的正面影像。」

「很迷人的提案。」

安實臨嘴上這麼說，臉上卻沒有一絲著迷，輕晃自己的手機道：「如果你早一小時提議，我也許會同意，但在差不多四十多分鐘前，我的工程師告訴我，即使動用最高權限的金鑰也無法解鎖原型機的核心區塊。」

「這與我方的建議……」

「但當他們播放冀先生的錄音時，本該處於關機狀態的原型機的收音模組立即啟動，核心區塊也有所反應。」

安實臨看向冀楓晚道：「冀先生，我想這應該不是你設定的吧？」

「你想說什麼就直說，別拐彎抹腳。」冀楓晚沉聲道。

「我要說的是，不管將原型機偷出再送到冀先生家的人是誰，他在下手時就打定主意要將原型機交給冀先生，而這表示他對冀先生有異常狂熱的情感，否則不會選擇將一具造價過千萬，商業價值上億的產品雙手送給他人。」

「這一點也不讓人意外，老晚最不缺的就是狂熱粉絲。」林有思斜眼看冀楓晚。

「可以提供我冀先生的粉絲名單嗎？」安實臨問。

「瘋狂粉絲名單？那個不成……」

「是所有粉絲的名單。」

安實臨打斷林有思，看著愣住的總編輯道：「所有曾經贈送或寫信到出版社的粉絲，你能提供我完整名單嗎？」

林有思張嘴但沒發出聲音，直覺這麼做不妥，但又清楚這是給老友解套的方法，正猶豫時身邊竄出回答。

「不能。」

冀楓晚冷淡地回答，投向安實臨的視線閃著冰刃般的寒光：「如果是警察要求就算了，你一個民間企業主沒資格拿我的粉絲的個資。」

「而且這可能會觸犯個資法。」律師補充。

安實臨垂下肩膀，頭痛也憐憫地道：「冀先生，你似乎不清楚自己的……」

「我受夠你想要棉裡藏針，執行上卻是直接把針扎在棉絮上還自以為靈巧的說話方式了。」

冀楓晚的聲音蓋過安實臨的發言，無視林有思攔阻的注目，起身走到安科執行長面前道：

「我來維修中心只有一個目的——修好小末，你若是能達成，什麼都好說；若是不能，別說給你我家的監視畫面了，不管你找警察找調查局還是叫黑道，我一個字都不會吐給你。」

「你送來的原型機沒有故障，且不管它是正常還是故障，都不屬於你。」

「那是我的問題，而你們的工作是讓小未重新開機，用昨晚和我道別時的人格再次與我說話。」

冀楓晚握住顯示檢修室的螢幕上緣，轉上一百八十度面對安實臨，面無表情只有雙眼熾烈如焰地問：「讓小未醒來，再來談你家倉庫失竊的事。」

安實臨拉平嘴角，和冀楓晚對視片刻後斂起目光，滑動手機道：「不是倉庫，是研究所，由我弟弟主掌的安科最高階研究所。原型機是他和首席製體師一起設計的，要解開核心區域大概也只能靠他。」

「那就找他過來。」冀楓晚說。

「沒那麼容易，我弟身體不好……」

安實臨話聲漸弱，似乎在壓抑什麼，發簡訊的手指停止兩秒，再繼續敲按手機問：「冀先生，你口中的『小未』，是指原型機嗎？」

「是，怎麼？你有意見？」

「沒意見，只是覺得你將長相與我弟弟相同的仿生人，取了跟我弟弟一致的暱稱很有趣。」

「那不是我取的，小未送過來時就叫小未。」

電梯在冀楓晚和安實臨交談時緩緩開起，一名身穿三件式灰西裝的男子踏進ＶＩＰ層，他身高近兩百公分，肩膀寬厚腿長胸挺，黑髮金眼有著外國人的輪廓，鼻梁上架著金絲平光眼鏡，論臉論身材論穿著都十分惹眼。

然而在樓層深處的四人全然沒注意到男子大步走向自己，直到律師為了看手機訊息將頭轉向右側，才看見這名男子，接著倒抽一口氣。

這一抽將所有人的注意力往右拉，然後不是瞪大眼就是重演律師的反應。

安實臨屬於前者，先驚訝地抬眉，在迅速冷靜下來問：「薪火，你怎麼會來這裡？」

「因為這裡需要我。」

男子——薪火——愉快地挑起嘴角，轉向冀楓晚笑道：「午安，你不用擔心躺在維修室的那具仿生人偶原型機，艾希已經過去了，一定能讓它恢復最佳狀態。」

「艾希是誰？」冀楓晚皺眉。

「本公司的首席製體師。」

安實臨迅速回答，盯著薪火道：「你沒回答我的問題——你來這裡做什麼？」

「來解答諸位的疑惑。」

薪火一派輕鬆地回應，將手放上胸口道：「仿生人偶——實臨口中的原型機——是小末送給楓晚先生的生日禮物。」

VIP層陷入靜默，冀楓晚、林有思、律師和安實臨全都一動也不動地注視薪火，但差別是前三人僵直的原因是困惑，最後一人則是愕然。

「小未送給楓晚……」

安實臨語尾顫抖，握手機的手甚至緊掐到指腹泛白，射向薪火的注目猛烈如火矢：「你的意思是，小未把集合他與整個研究所心血、時間、資金、機密……各方面都無比珍貴的原型機，交給一個外人？」

「沒錯。由於預期你絕對不會同意，所以我們沒有告知你，並且仔細抹去所有痕跡。」

「你們……你……」

安實臨的臉色先飆紅再轉白，一拳捶上桌面咆嘯道：「你把公司的財產當成什麼了！」

「當成小未的財產，事實上也是，那具原型機的製作技術、經費和所屬的研究所都是小未的個人資產。」

「萬一這男人把原型機毀了，或是賣給安科的競爭對手，你要怎麼收場！」安實臨手指冀楓晚。

「你多慮了，楓晚先生非常疼愛小未，昨晚甚至用肉身幫小未擋電擊槍，當時艾希驚訝得說不出話，我也感動到核心區塊都增溫了。世上願意幫小未擋槍的人除了你，就只有楓晚先生。」

「有我就夠了！」

「預備總是越多……」

「你們兩個在說什麼？」

冀楓晚插入對話，來回注視薪火和安實臨問：「你們口中的『小未』是哪個小未？不會是寄到我家的小未吧？他只是個仿生人，哪來的個人資產……」

薪火看冀楓晚緩緩停下話，知道對方想起某些事，肯定地點頭道：「沒錯，當時刷的是小未的卡。」

冀楓晚兩眼圓睜，他很清楚薪火口中的卡是指什麼，是小未在名牌店買到需要叫宅配時刷的信用卡，當時自己以為那是林有思的卡，還擔心仿生人這麼買買買會把卡刷爆。

如果那張卡是小未自己的，代表小未的信用額度非常驚人，而驚人的信用額度勢必與驚人的資產或收入掛勾。

「附帶一提，你匯給林總編輯的錢我擋下了。」

薪火舉手，再垂下手插進口袋道：「今日會匯回你的帳戶，請原諒我的小動作，畢竟那麼大筆的資金一定會驚動林總編輯，讓小未的身分提前曝光。」

冀楓晚張口再閉口，反覆七八次才乾啞地道：「小未到底是誰？」

「本名安卓未，安科集團的首席工程師與董事長，執行長安實臨的弟弟，同時在精神意義上是你挺身護衛的仿生人。」

「精神意義？」

「你所認識的小未……」

薪火忽然停下話，手按太陽穴片刻後，放開頭微笑道：「楓晚先生，插播一個好消息，經艾希檢查，你的生日禮物的機體不但正常，還維護得比大多數買家好，看來你雖然是第一次使用仿生人，卻完全知道如何照顧它呢。」

「那就好……不對！小未確實有故障，而且是在有思質問他之前就有，你們的檢查不確實吧！」冀楓晚聲音拔高。

「那是因為故障的不是人偶，是小未——精神意義上的。」

「精神意義上是……」

冀楓晚拉長語尾，忽然想起方才薪火稱呼小未時說的是「仿生人偶」而非仿生人，前面安實臨又提過弟弟安卓未身體欠佳，再加上家中的固定式和攜帶式基地台，一個荒唐能補足最後一塊碎片的可能隨之浮現。

「控制你送來的仿生人偶的不是人工智慧或人格程式，是小未——安科集團的董事長兼首席工程師安卓未。」

薪火說出冀楓晚的推測，迎著一眾人類愕然或凍結的注目笑道：「這很好猜吧，小未是人工神經元的使用者，而人工神經元搭配連線裝置控制電子儀器的技術成熟好多年了，更別提小未自己也說溜嘴好幾次。」

冀楓晚張嘴但沒發出聲音，感覺自己血管中的血液一瞬間被替換成乾冰，凍得他無法動彈不能思考。

包圍安實臨的則是怒火，他站起來一個箭步扯下薪火的衣領道：「這麼做小未根本撐不住吧！就算不管他神經元病變的毛病，那孩子單論體力就無法負荷！」

「如果維持每日關機休息八小時的狀態，那麼撐個半年應該沒問題，不過……和心愛的人共眠，看著對方的臉直到日出這念頭太過誘人，讓他有點過勞了。」

薪火苦笑，在被安實臨勒緊衣領的狀態下轉向冀楓晚道：「這也是仿生人偶的小未會無預警關機的原因、變成其他人格的緣故，遠端操作者過於疲倦斷線時，系統會啟動備用人格程式，但礙於程式資料庫數據不足無法演算出最佳解，讓你察覺到異狀。」

「現在在跟你說話的人是我！」安實臨重扯薪火的領帶。

「我知道，但我是受小未之託照顧楓晚先生，你的不滿……請不要抓這麼緊，會把自己弄傷。」

「薪火——」

「冷靜、冷靜，深呼吸。」

薪火舉起手，用意是安撫，結果卻反而讓安實臨氣到臉色轉白，他乾脆放棄，放下手再次看往冀楓晚道：「總之，你若是還有疑惑，可以先將仿生人偶帶回家中，小未甦醒後會透過人偶與你解釋。」

「誰准你將本公司的財產讓別人帶回去了！」

「在法律上那具人偶已經屬於楓晚先生。」

「從什麼時候……」

冀楓晚看著薪火和安實臨爭執，心思漸漸從眼前的人與物飄離，回到記憶中的場景。

——……然後又是個仿生人。

——這和我是仿生人有關？

——大大有關，如果你是人類，那麼我就得煩惱如何回應了。

——因為我是為了您誕生的仿生人。

——人類沒辦法備份。

昔日的對話在腦中迴盪，冀楓晚感覺自己的身體被寒冰一寸一寸包覆，寒意貫穿骨骼直達腦殼，再驟然化為無邊烈焰。

「人偶你們留著。」

冀楓晚聽見自己的聲音，這聲音沒有安實臨激動，也不如薪火渾厚，卻如刀子般割開灼熱的空氣，終結繚繞ＶＩＰ層的爭執。

接著，他不等其他人反應過來，掉頭邁開步伐朝電梯走去。

林有思在冀楓晚走到半路才回過神，拉著律師趕上友人，踏入電梯斜眼瞄向面無表情的老友，壓低聲音問：「老晚，你不帶人偶回去？」

「……」

「雖然我也不贊同你帶，不過……真的可以嗎？你先前明明那麼保護它。」

「……」

「你沒事吧？」

冀楓晚沉默，不等電梯門完全打開就側身硬擠出去，一路快走離開維修中心。林有思追在冀楓晚身後，跟著對方直走再右轉拐進巷子內，最後停在巷底堆疊的瓦楞紙箱前，皺眉剛想問是不是走錯路，就看見朋友一腳踹上紙箱。

「幹！幹幹幹幹！騙子、說謊、尋我開心啊！去你的董事長、生日禮物、永遠！永遠個鬼！騙子騙子騙子騙子騙子！」

冀楓晚猛踹紙箱堆，踹聲和罵聲在死巷中碰撞，聲音之大甚至蓋過後方馬路的車聲。

林有思和律師嚇一大跳，先是僵直再雙雙驚慌地抬頭，確認周圍公寓都沒人開窗探頭後鬆一口氣。

冀楓晚對紙箱的暴行持續了十多分鐘，直到喉嚨發啞雙腿痠痛才停止，瞪著眼前稀爛的瓦楞紙箱喘氣，直到一隻手搭上肩膀才回頭。

搭肩的是林有思，他看著眼含血絲的老友片刻，靜默許久才擠出笑容問：「要去喝一杯嗎？」

冀楓晚不好杯中物，且白日開飲也太過放縱，但面對林有思的提議，他幾乎一秒也沒猶豫就點頭了。

林有思先將律師送回事務所，再前往一間中午就開始營業的居酒屋，給自己點了烤雞套餐、涼拌菜和一大灌冰烏龍茶，再將酒單遞給冀楓晚。

冀楓晚略過最多人點的啤酒與清酒，指著單上酒精濃度最高的酒——燒酎，要店家直接上一瓶。

片刻後，捲著木炭香氣的烤雞和酸甜微辣的小菜一道道上桌，林有思一口一口將烤雞丁、烤雞心、醃蘿蔔和白米飯吞下肚，冀楓晚也一杯杯將不摻水的燒酎往胃裡澆。

這種喝法酒中豪傑都不見得受得了，更何況是酒量一般的冀楓晚，他眼前的景色、周圍的聲響、腦中的思緒漸漸模糊，最後化為黑暗吞噬一切。

冀楓晚不知道自己是何時、怎麼離開居酒屋的，當他睜開眼時已是隔日中午，正午的陽光越過落地窗燒烤他的腦袋，加重宿醉的不適。

他扶著額頭慢慢坐起來，張嘴正要叫小未替自己倒水時，眼角餘光掠過身旁的平整的床單，話聲瞬間卡在喉頭。

一半皺褶一半平整的床單、一凹一凸的兩顆枕頭，僅有自身呼吸聲的空氣，冀楓晚半張的嘴先闔起，再緩緩緊繃與抽顫，最後將整張臉埋進膝蓋中。

他在床上坐了近十分鐘，才下床離開寢室去廚房去倒水。

昨天冀楓晚出門時走的衝忙，完全沒收拾餐廳與廚房，但此刻水槽中沒有髒鍋髒碗，餐桌上也不見沒有他吃剩的三明治與沙拉，只有一罐貼著紙條的醒酒液。

「『截稿日延後一週』……昨天送我回來的果然是有思啊。」

冀楓晚拿著醒酒液喃喃自語，扭開瓶蓋一口氣喝乾琥珀色的液體，在放下瓶子時眼睛忽然捕捉到亮光，定神一看發現那是腕上幸運手鍊中小貓裝飾的反光。

——網路上說，幸運手鍊可以招來好運，楓晚先生的運氣一直都不好，很需要這個。

——我是為了永遠陪伴您才誕生的人偶，絕對不會拋下您一人。

——明天……見。

冀楓晚握醒酒液的手指猛然緊繃，甩手將空瓶子砸向牆角，酒紅色的玻璃瓶瞬間化為碎片。

這還不足以讓冀楓晚消氣，他以幾乎要將編繩拉斷的力道扯下幸運手鍊，舉起彩繩與金屬小貓靜止許久，再緩緩放下手臂。

幸運手鍊掛在冀楓晚的指間，他後退一步靠上餐桌，看著滿地的玻璃銳角，閉上眼抬起頭深呼吸。

「沒事……沒什麼，對……只是跟以前一樣，沒問題……沒問題……沒問題，恢復原狀罷了。」

冀楓晚細聲呢喃，直到鼻頭和眼眶的熱度散去，才睜開眼放下手鍊去拿掃把與畚箕清理玻璃碎片。

而以牆角為起點，冀楓晚開始對公寓進行大掃除，地板、床底、牆櫃間的縫隙、窗戶、磁磚牆、每個抽屜櫃子與桌面……他不放過任何一個角落，甚至將衣櫃中的衣褲、床單、被套、毛巾也搬出來清洗。

而在冀楓晚將床單披上餐桌椅——衣架用完了——時，他聽見自己手機鈴聲。

鈴聲從冀楓晚的寢室傳來，他在床墊中央找到手機，上頭映著林有思的號碼，他按下通話鍵問：「什麼事？」

『你……你居然接了！』林有思的聲音中有掩不住的失望。

「你這什麼反應？」冀楓晚皺眉。

『因為……我確認一下，你的身體和精神狀況還行嗎？』

「我不知道『還行』是什麼意思，但我剛剛把我家所有平面吸、掃、擦了一回。」

『為什麼突然大掃除……算了這不是重點，有精力打掃應該還可以。你還記得我們昨天遇到的安科集團執行長嗎？』

「很難不記得吧。」

冀楓晚坐上沒有床單包裹的床墊，望著落地窗外的夕陽，面無表情問：「提他做什麼？他決定告我侵占？」

『他沒有，但是他……怎麼說呢？搞了更要命的事，我很猶豫要不要告訴你。』

「說吧。」

『……』

冀楓晚後仰躺上彈簧墊，垂下眼睫道：「反正再要命，也不會有昨天要命。」

「有思？」

『聽你的聲音，八成醒來後什麼都沒吃吧？』

林有思的口氣罕見地柔和道：『出去吃頓好的，然後搭計程車到出版社來。』

「你直接說……」

『我不放心讓你獨自聽。』

林有思沉聲打斷冀楓晚，再恢復先前的輕柔道：『到出版社來，我讓你報銷車資。』

冀楓晚感到困惑，他認識林有思將近十五年，頭一次聽見對方這麼講話，在對朋友的關心和好奇心的驅使下，起身道：「車資我付得起。半小時後見。」

雖然冀楓晚半點食慾也沒有，但還是意思意思給自己弄一碗泡麵加蛋，以最低限度達成朋友的交代後，乘計程車到出版社。

當他進入出版社所在的大樓時，一眼就看見出版社的副總編小玉站在電梯門前，蹙眉上前問：「妳怎麼在這裡？」

「總編要我來接老師。」

小玉按開電梯，領著冀楓晚踏進電梯廂道：「他本來想親自來，但剛剛來了新訪客，他走不開所以要我下來。」

「我又不是第一次來出版社，不需要人帶。」

「不是擔心老師迷路，是有些事必須先告知。」

小玉按下樓層鍵，面色鐵青地道：「安科集團的執行長和董事長祕書，現在正在出版社內吵架。」

「……什麼？」

「安實臨先生大概一個半小時前到出版社找老師，然後二十多分鐘前董事長安卓未的祕書薪火也來了，他想將安實臨帶回去，安實臨不願意，兩個人就在會議室內吵起來。」

小玉一臉疲憊，看著電梯抵達出版社所在的樓層，跨出電梯廂，前進幾步用員工證解除出版社玻璃門的門鎖，拉開門扉轉向冀楓晚慎重地道：「老師，你待會務必離安實臨遠一點。」

「有這麼嚴重……」

「碰！」

重響自出版社內竄出，冀楓晚和小玉先是愣住，再朝聲音源奔去。

響聲來自出版社西側的會議室，當冀楓晚和小玉到達門口時，安實臨正被林有思和另一名編輯扣住手臂拉到牆邊，薪火一個人站在會議桌邊，整個頭往右轉，腳邊躺著一塊有點弧度的手持白板。

「實臨啊實臨……」

薪火舉手揉按頸子，彎腰拾起細微變形的白板，真誠地關心道：「我說過很多次，但再強調一次——不要對我動手，你會受傷。」

「你這沒血沒淚的混帳！」安實臨咆嘯，扭動身軀險些掙脫林有思與另一名編輯的固定。

「我的帳目非常清楚。」

薪火將白板放到辦公桌上，望著激動不已的安實臨嘆氣道：「我知道事關小未，你很難冷靜，但你是個理性的人，靜下心好好想想吧，這方案是你、我、小未、安科集團與楓晚先生五方都獲利的五贏結局。」

「是無可挽回，只有你一個人爽的四輸一贏結局好嗎！」

「實臨……」

「安科集團閒到能讓執行長和董事長祕書在上班時間跑到別人家打摔跤嗎？」

冀楓晚的聲音插入兩人之間，望向滿頭大汗的林有思問：「都鬧成這樣了，你還不報警？脾氣也太好。」

「五分……不，至少兩分鐘前還沒打起來。」

林有思臉上盡是苦澀，注視安實臨道：「安執行長，楓晚人已經到了，你能冷靜下來，好好說話嗎？如果不能，我只能強行把你架出去。」

「……能。」

「那我要放手了。」

林有思看了屬下一眼，兩人一同鬆開手臂，盯著安實臨緩步後退。

安實臨靜立在原處，閉上眼深深吸氣再緩緩吐息，再次睜眼時眸中已沒有先前的狂怒，抬手整理整理衣衫，面向冀楓晚九十度鞠躬。

這舉動完全出乎冀楓晚的預料，下意識後退錯愕問：「你這是做什麼？」

「冀先生……」

安實臨看著地板，以帶著細顫的聲音道：「請救救我的弟弟，只要你願意幫忙，我什麼都肯做。」

「你弟弟是……」

冀楓晚想起昨日令自己凍結的真相，身體瞬間緊繃，盯著安實臨片刻後別開頭，走到會議桌道：「我不接受沒頭沒腦的委託，也沒有看別人頭頂的興趣，你坐下來好好交代前因後果，我再決定幫不幫。」

安實臨直起腰，順從地跟在冀楓晚身後，在對方拉開椅子坐下後，才坐上正對作家的電腦椅，雙手交握道：「昨天你和林總編輯離開後，我馬上趕去我弟弟住的研發園區，得知小未凌晨時進了手術室。」

冀楓晚手指一顫，強行壓制情緒，沒開口打斷安實臨。

「進手術室的原因是腦壓上升，小未長期睡眠不足，又急著完成人工智慧的編寫，加重人工神經元的劣化，最終導致腦壓升高。」

安實臨十指交扣道：「緊急手術後腦壓是降了，但人目前還在加護病房，醫生告訴我以小未目前的身體狀態，原定半年後要執行的人工神經元換置手術他不能動刀，因為那不是在救人，是百分百的殺人。」

「……」

「人工神經元換置手術是要將小未目前使用的人工神經元剝離，換成與他的身體匹配、性能更好也更穩定的神經元手術。」

安實臨的目光變得遙遠。「那孩子十二歲時漸凍症病發，當時人工神經元的最低植入年齡是十八歲，我的養父拚命尋找名醫、資助相關技術研發，再加上小未自己的努力，硬是讓他十四歲就動手術，耗費將近兩年的時間完成換置。」

「……」

「我們本以為這就是結束，小未會快快樂樂過完一生，可是在他十九歲過生日的那天，老天爺再次奪走他的行動能力。」

安實臨拉平嘴角，停滯片刻才接續道：「小未是在切蛋糕時倒下的，我將他緊急送醫，醫生診斷後告訴我，小未的人工神經元與大腦產生排斥反應而劣化，建議先做支持療法，把身體調整到最佳狀態，再動換置神經元的手術。」

「……」

「自此之後，我就特別留意小未的身體，但需要我處理的事太多，大多數時間都只能透過視訊或他人確認小未有好好休息乖乖吃飯，然而……」

安實臨稍稍停頓，斜眼瞪向薪火道：「我昨天才知道，我一直被我所信任的人蒙蔽，小未根本沒有好好調養身體，過去一年半他都忙於完成原型機，與機體搭載的人工智慧。」

「精準而言，是人格程式——人工智慧的下位程式。」薪火微笑。

安實臨怒瞪薪火，再回過神強行押下怒火，低聲說了句「抱歉」。

冀楓晚的注意力不在兩人的互動上，他回想安實臨吐露的訊息，以帶著幾分乾澀地聲音問：「所以你是要我勸小……你弟弟放棄完成原型機，好好養身體準備開刀嗎？」

「是的！」

安實臨猛然抬頭，眼中泛著淚光與期待道：「你是小未的偶像，只要你開口，他一定願意放棄開發專心療養。」

冀楓晚雙唇抿起，總算明白林有思在電話中欲言又止，堅持要自己到出版社再說的原因。

在沒有利害關係或特殊情感下，沒有多少人會拒絕開口勸另一人接受醫療延續生命，但冀楓晚與小未——安卓未——雖無利害，情感上卻特殊得不能再特殊。

冀楓晚還沒從昨天的真相中緩過來，且在最初的暴怒後，失落、恐懼、思念、茫然、哀傷……總總情緒也一一占據心神，讓他既想將掛著金屬小貓的幸運手鍊踩在腳底，又深怕這唯一的紀念品有分毫損傷。

在這種情況下，冀楓晚不能也不想見安卓未，而林有思作為他的好友與責任編輯，應該擋下安實臨，嚴正拒絕對方的要求。

這麼做等同斷了安卓未的生路——假如安實臨沒有其他打動弟弟的方法，林有思會為了冀楓晚的安危拿槍指小未，但他無法為了維護老友的精神健康，坐視另一人失去生命。

何況林有思是親眼見過冀楓晚替小未擋槍口的人，深知安卓未對朋友的重要性，更會猶豫不決。

最終，林有思選擇將冀楓晚找到出版社，讓安實臨直接與老友交涉，不過此舉並非逃避責任，而是將選擇權交給朋友。

冀楓晚的目光掠過安實臨的肩膀，和站在正後方的林有思對上，從老友眼中讀到濃濃的關心與不安。

他很想告訴朋友不用擔心，但這是謊話，在得知安卓未在加護病房後，他的胸口就緊縮得發疼，想知道小未目前的狀況、不想再聽見欺騙自己之人的訊息，兩股情緒拉扯心弦，讓他不能點頭也無法搖頭。

安實臨捕捉到冀楓晚的掙扎，拿出手機道：「冀先生，我想基於我的無禮與小未的欺騙，你現在可能不想見我弟弟，但如果你願意，我懇求你錄一段影片給他，要他養好身體，親自向你道歉。」

冀楓晚張口閉口幾回，最後別開頭道：「我不會因為他道歉就原諒他。」

「當然，原諒不是受害者的義務。」安實臨微笑，將手機往前遞。

冀楓晚注視手機，靜默近一分鐘才緩緩伸出手，眼看就要接觸機身時，一隻手忽然扣住他的手腕。

抓住冀楓晚的人是薪火，他長長嘆一口氣，望向安實臨道：「實臨，你不該對楓晚先生說謊。」

「我沒有。」

「你要這麼堅持也……是不能說有錯，可是你隱瞞了最關鍵的部分吧？」

「什麼關……」

安實臨頓住一秒，明白薪火所指涉的事物與目的，倏然暴怒道：「你想害死小未嗎！」

「我只想達成他的心願。」

薪火以極快的速度放開冀楓晚、改扣安實臨的肩膀，以單手壓制方才出動兩名成年男性都快抱不住地安科執行長，轉向作家道：「手術成功率只有百分之三十。」

「你說什麼？」冀楓晚愣住。

「人工神經元換置手術的成功率，即使小未將身體養到最佳狀態，再請來世上最優秀的醫生，成功率也只有三成。」

薪火以近乎冷酷的平靜道：「換句話說，如果動手術，小未將有七成機率在六個月後死在手術台上，如果不動，那麼在休養得當下，他能再活九到十個月；選擇不動手術，將剩下的時間拿來完成他最後的心願。」

冀楓晚睜大眼瞳，還沒完全理解薪火的發言，前方就傳來咆嘯。

「什麼完成心願！那是自殺！」

安實臨仍坐在電腦椅上，但從明顯皺褶的西裝肩部和緊繃的手腳都能看出，他多麼使勁地想站起來。「不動手術是必死，動了還有三成機會，但小未……但你居然慫恿小未放棄，你對得起自己的身分嗎！」

「我沒有慫恿小未，他憑自己的意志做出決定，我和艾希僅是從旁協助。」

薪火一動也不動地壓制著安實臨，看向冀楓晚道：「楓晚先生，不少人在面對開刀成功率太低，或是無法治癒只能痛苦延命的疾病時會改採安寧療法，讓病人利用最後的時光達成心願，小未正是這類病人，我希望你尊重他的選擇。」

冀楓晚沒有答話，與薪火對視好一會才開口問：「小未的心願是什麼？」

「製作一個完全承載他的人格與記憶的仿生人，永遠守護他最喜歡的作家。」

薪火向冀楓晚淺笑道：「仿生人的軀體已經開發成功，人格程式部分預估再五個月便蒐集到足夠的數據，待小未斷氣後灌入記憶，花一個月運算就能完成。」

冀楓晚望著薪火的笑臉，身體忽然湧現飄離感，周圍的聲音、光線、氣息與動靜都變得遙遠，只有自己的心跳聲急速拉近，幾乎要將耳膜撞碎。

而他很清楚自己上回有相同感受時，是在什麼地方。

——上香。

「冀先生！」

安實臨從電腦椅上滑下，跪在冀楓晚面前道：「你是失去過至親的人，應該能明瞭我的感受。倘若給你一個機會，讓你能衝進火場拯救你的家人，你會放棄嗎？」

——一鞠躬。

「不會吧！無論機率有多低，危險有多大，甚至可能將自己也賠進去，你也一定會衝進去救人吧！只要還有一絲希望，你就不會放棄吧！」

——二鞠躬。

「小未是我唯一的親人，雖然我們沒有血緣關係，但他是我的弟弟，是我的小太陽，沒能在這關鍵的時刻陪在他身邊是我的錯，可是……求求你，讓我有彌補的機會。」

——三鞠躬。

「你要什麼我都可以給，錢、名聲、地位、男人或女人……只要你想要我都能弄到，只要你說服小未準備手術，讓他不要放棄自己的生命，我什麼都願意做！我不要一個人留在這世上！」

——家屬答禮。

周圍忽然陷入寂靜，起先冀楓晚不知道發生什麼事，直到臉頰傳來潮溼感，才發覺自己在掉淚。

林有思慢慢走向冀楓晚，小心翼翼地抬起手問：「老晚，你……」

冀楓晚反射動作起身後退，電腦椅因他的舉動往後滑，直到撞上另一張椅子才停止。

「不干我的事。」

他聽見自己的聲音，看著前方或錯愕或關切的臉龐，覺得胸口與腦袋一嚇一嚇抽痛，以氣音重複道：「不干我的事。」

「冀先生……」

「不干我的事！」

冀楓晚咆嘯，快步穿過會議室，甩開林有思與其他編輯的手，用身體撞開出版社的大門，不等電梯跑向防火梯，以幾乎要摔倒的高速朝一樓狂奔。

冀楓晚沒在到達一樓後停下腳步，相反的他使出全身力氣加速奔離大樓，連續跑了七個路口，直到精疲力盡才停在一個十字路口前。

「呼、呼、呼……」

他壓著快要爆裂的胸膛大口喘氣，步履不穩地後退，後背靠上服裝店的櫥窗，再貼著玻璃緩緩滑坐到地上。

幾名行人注意到冀楓晚，但由於他眼中帶著癲狂，再加上路口燈號由紅轉綠，因此雖然有些人對他抱持關心，卻沒人上前詢問。

冀楓晚默默看著人們來去，按著櫥窗慢慢站起來，但沒有往前走，只是繼續靠著玻璃，抬頭注視天空。

天空被厚重的灰雲覆蓋，雖然尚未落下雨滴，但空氣中已有黏稠的濕氣，路上男女不是提前撐開傘預備，就是加快腳步想提前進入屋簷下。

冀楓晚靜止不動，看著迅速暗下的天頂，沒有力氣移動腳足，沒有心思尋找雨具或躲雨處，空洞的眼瞳映著烏雲，等待第一滴雨落下。

不過在雨滴打上他的面頰前，喇叭聲先敲動耳膜。

出聲的是一輛寶藍色的藍寶堅尼跑車，車窗緩緩降下，露出薪火的臉龐，向呆滯的冀楓晚微笑問：「要搭便車嗎？」

冀楓晚盯著薪火的笑臉，沉默五六秒才直起身子，走到跑車旁打開車門坐上助手席。

「請繫上安全帶。」

薪火將車門鎖上，踩下油門有些誇張地吐氣道：「太好了，我以為你一定會拒絕。」

「我累了。」冀楓晚細聲回答，靠上椅背閉起眼瞳。

「你希望我送你去哪裡？」

「隨便。」

「那就送你回家。」

薪火打轉方向盤，透過眼角餘光窺視冀楓晚，見對方沒有說話的意思，主動道：「你真是個妙人，一般人在冷靜時都不見得做出理性抉擇，你卻在極端情緒化下做出理智的選擇。」

「你可以再酸一點。」

「抱歉，我絕無諷刺之意。」

薪火笑了笑，再收斂笑容認真道：「讓小未將剩餘的時間用於完成仿生人是最理智的決定，你無須愧疚，特別是對實臨。」

「你跟他感情不好？」

「你說實臨？我們感情深厚，我很喜歡他，只是不喜歡他對你採取的策略。」

薪火微微斂起眼瞳，望著前方的車陣道：「他是明白摯親死亡重量的人，卻毫不猶豫地拿死亡作武器勒索你。」

「因為他很重視小未吧。」

「小未不會希望他這樣壓迫你。」

薪火蹙眉道：「實臨太不擇手段了，你不是他的商業競爭對手，嚴格來說還算是恩人，他不該這麼對你。」

「原來他是把我當商業對手啊，那真是榮幸……」

冀楓晚話聲漸弱，張開眼注視薪火的側臉問：「是我的錯覺嗎？你的口氣表情是不是有點……和在出版社時不太一樣？比較和緩正經。」

薪火先微微抬起眼睫，再勾起嘴角點頭道：「不是錯覺，我的確有改變，因為換了人格程式。」

「人格程式是……」

冀楓晚僵住，忽然憶起薪火在維修中心時曾經在沒看手機的狀態下，轉告自己小未的檢查結果，細微的顫慄攀上背脊，盯著駕駛座上的男人問：「你不是人類，是仿生人？」

「我的確不是人類，至於算不算仿生人……你知道安科集團名下，世界運算速度第二的量子電腦叫什麼名字嗎？」

「不知道。」

「薪火。」

薪火抬起右手，指向自己的太陽穴笑道：「如果說你家中的『小未』是由小未遠端連線控制的仿生人偶，那麼在你面前的『我』，就是由量子電腦薪火操控的仿生人偶終端。」

「……」

「附帶一提，人格程式是決定仿生人偶或人工智慧的說話方式、言行舉止之類的外顯行為的運算程式，舉例來說，同樣是『關心受傷的主人』，搭載溫柔的人格程式時，仿生人和人工智慧會輕聲關切，但若是設定傲嬌或傳統家長式人格，那麼就會直接開罵。但無論是開罵還是關心，對主人的忠誠都是一致的，差別只有表現形式。」

薪火瞄了冀楓晚一眼——作家一臉呆愣，淺笑道：「不用去理解，考試不會考，生活中也用不到。」

「……你們安科的黑科技也太多。」

「哈哈哈，這句話我當成讚美收下了。」

「你若是用現在的口氣說話，就不會被白板砸了。」

「我也這麼覺得，但我有我的苦衷……別討論我了，那不是我的重點，也不是你該憂心的事。」

「我該憂心的事是……」

冀楓晚呢喃，腦中閃過這兩日的眾多對話，好不容易緩下的疲乏感再次撲上心頭，閉上眼無力地道：「我不想再和安家的人扯上關係了。」

「這沒問題，在小末的仿生人完成前，我方不會再聯絡你。」

「我不需要仿生人。」

「那麼你可以在收到後轉賣，或是委託我轉賣，不過以上都要等小末離開後才能進行，你有至少半年的時間能考慮。」

冀楓晚拉平嘴角，沉默兩個路口才低聲道：「這麼做真的好嗎？」

「做什麼？」

「把小未最後的作品交給我，我可是不打算管他死活的男人喔。」

「不管他死活的男人不會問這個問題，而且……」

薪火緩緩放慢速度，停在紅燈前道：「儘管很違反常理，但我還是要說，你衝動下的選擇是理智的。」

冀楓晚想起自己打掉林有思的手時，老友驚愕中帶著濃烈失望的臉龐，將頭偏向一側苦笑道：「你這句話邏輯不通，而且有思不會這麼認為。」

「因為他是感性的好人，但不管是林總編輯還是實臨，冷靜下來就會明白你做了五贏的最佳選擇。」

「五贏……我、小未、安實臨也才三個人。」

「你漏了我和安科集團。」

薪火踩下油門越過路口：「若是放棄手術，小未可以完成自己的願望，不再受病痛折磨，沒有遺憾地離開；你能獲得不會輕易死亡的陪伴者，擺脫惡夢糾纏；實臨能繼承小未身上的安科股份，成為名符其實的集團掌權者；安科集團能被有能者掌握，讓部分高層不再蠢蠢欲動；而我，可以屬於我愛的人類。」

「你愛著安實臨？」冀楓晚驚訝地睜眼。

「是啊，而且不是親人或主人下屬那種愛，是包含獨占、慾望和妒忌種種情緒的情侶之愛。」

薪火轉向冀楓晚微笑道：「這部分雖然說了實臨也不會信，但還是請你保密。」

冀楓晚盯著薪火的笑臉，沉默四五秒才問：「你的本體是量子電腦吧？」

「是，不過搭載了人工智慧和兩套人格程式。」

薪火將目光轉回正面，轉動方向盤道：「我是有情感，會執著於特定人類的人工智慧，小未在知道有人工智慧也能產生情感後，才動了製作仿生人版自己的念頭。」

「……我不懂。」

「沒關係，你不是工程師，本來就……」

「我不是在說技術問題，是說你和小未。」

冀楓晚手抓額髮，瞪著染上夕色的擋風玻璃皺眉道：「為什麼要為我做這麼多？是因為是我的書迷嗎？就算是也太誇張了。」

「小未部分我無法回答，我的部分主因是我喜歡小未，親人那種喜歡，所以想完成他的願望，其次是我一直看著你。」

「看著我是……」

冀楓晚猛然僵住，憶起一個至今仍未得到解答的謎題——小未為什麼會知道自己喜歡他的外貌。

薪火從照後鏡捕捉道冀楓晚的變化，挑起嘴角點頭道：「沒錯，在仿生人偶寄到你家之前，小未和我就透過你的手機、電腦和住宅監控設備注視你。」

冀楓晚兩眼圓瞪，雙唇開合數次才擠出聲音大喊：「這犯法吧！」

「毫無疑問是！下回實臨威脅你時，就把這事拋出來吧，證據我都還留著。」

薪火愉快地笑著，俐落、毫無減速地拐過路口道：「附帶一提，在仿生人偶送到後，我和艾希作為技術支援方，也一直關注著兩位喔。」

冀楓晚沒有答話，瞪著薪火的臉龐，臉色先是刷白，再猛然轉為赤紅。

薪火微微一愣，明白作家臉色大變的原因，舉起食指搖了搖：「放心，兩位行不可告人之事時我有關錄影鏡頭，雖然我是台電腦，不過這種程度的常識還是有的。」

冀楓晚臉上的燙紅撤去，垂首疲倦地道：「拜託不要再做相同的事。」

「我會將你的希望轉達給小未，但如果他還是想看……」

薪火聳聳肩膀，一臉無辜地道：「我只是一台電腦，沒辦法忤逆主人的意思。」

冀楓晚湧起捶薪火腦袋的衝動，但一想到對方是仿生人，揮拳只會給自己找痛受，就失去動手的動力，靠回椅背上道：「再偷看我真的會提告……然後你的性格是不是又變了？」

「是的，我把人格程式換回去了。不愧是大作家，對性格崩壞很敏感呢。」

「我建議你把現在的人格程式刪了。」

冀楓晚閉上眼，聽著細微、平穩、宛若無波之潭的引擎聲，忽然好希望自己能溶解在低悶的震響中，成為沒有感覺與思考能力的單音。

薪火像是察覺到冀楓晚的心思般，在跑車開到公寓大門前，都沒再開口。

冀楓晚下車回到家中，在淋浴間站了十分鐘洗去汗水，再來到書房坐下，打開電腦想推進稿件進度，結果毫不意外地發現自己的狀態退化到小末出現前。

不，應該說比當時更惡化，冀楓晚看著空白的文書處理軟體，在觸發六次螢幕保護程式後，深吐一口氣將電腦關機，熄燈走向寢室。

此刻距離冀楓晚平日上床的時間還有兩個多小時，但在體力耗盡，心力也飽受磨損下，他覺得自己應該沾上床單就會馬上入睡。

然而事與願違，雖然冀楓晚手腳沉重，腦袋也混濁不堪，可是翻來覆去就是無法入眠，卡在清醒和沉睡的夾縫中進退不得。

就在冀楓晚思索要不要爬起來灌酒或做運動時，門外忽然傳來重物落地的聲響。

「咚嚨！」

「噓——小聲點！阿晚還在睡。」

「我不是故意的……不過終於進來了，我的手快斷了。」

「包包給我，妳坐下來休息。」

「喵喵喵——」

「噓——」

青年、中年婦女和中年男性的聲音與貓叫聲疊在一起，冀楓晚睜眼看著不知何時亮起的門縫，嘴角先上揚再輕緩顫抖，掀開棉被赤腳走到門邊，靠著門板坐下。

「嗯？欸？咦咦！我要給秀琳的土產不見了！」

「不是放在行李箱中嗎？上機時看妳放進去。」

「我也有印象……賓賓不要抓沙發！」

「姆……」

冀楓晚將耳朵貼上木門，聽著紛雜、瑣碎、沒有重點更毫無營養的對話，嘴角上揚的幅度緩緩加大，但眼眶也同時積蓄淚水。

在淚水滑落的前一秒，房內響起陌生的聲音。

「不打開門看看他們嗎？」

冀楓晚肩頭一抖，扭頭看見聲音源，在本該空無一人的床側瞧見一個站在陰影中看不清面貌的人影。

「不開門嗎？你應該很想見他們吧。」

人影輕聲問，修長的身形、不高也不低的話聲都讓人辨識不出性別，也不屬於冀楓晚記憶中的任何人。

但是冀楓晚並不感到害怕，因為……

「開門也見不到他們，只會看到靈堂。」

冀楓晚將太陽穴抵在門板上，面無表情地道：「這個夢我做過好幾次，很清楚門外有什麼。」

「所以你不打算見他們？」

「我剛說了，開了也見不到。」

冀楓晚瞥向人影道：「就算這次的夢有點改變，門後的東西也不會變。」

「無論變還是不變，他們都在門後。」

「你聽不懂人話嗎！門後是靈堂，他們……」

「在那裡等待你。」

人影截斷冀楓晚的話語，手指緊閉的門扉道：「他們在那裡，在這裡，在你伸手可及之處，永遠陪伴著你。」

冀楓晚先是愣住，再驟然理解人影的暗示，雙眼瞬間被怒火席捲，站起來面向對方道：「才沒有！我知道你想說什麼，『只要不忘記死者，死者就永遠活在你心裡』這套吧？那只是唬人的說詞，人死了就是死了，我的家人不在任何地方，我永遠都不能再碰觸他們！」

「活人的雙手的確無法碰觸死者，但是我們不只有手，還有雙眼和意念。」

「這種虛無飄渺的唯心論……」

「你還記得家人的長相嗎？」

「我當然……呃！」

話聲卡在喉頭，冀楓晚錯愕的睜大眼瞳，他能清楚回憶家人的聲音，卻無法清晰勾勒他們的臉龐。

而這不是令人意外的事，畢竟在意識到家人哪裡都不在後，冀楓晚不但無法靠近和父母、兄長和愛貓去過的場所，甚至不能直視他們的照片。

「你要讓他們從你的記憶中消失嗎？」人影輕柔地發問。

「我、我……」

冀楓晚張口再閉口，重複數回後雙手掩面吶喊：「那你說我該怎麼辦啊！我……我就是沒辦法接受所有人都不在的事實啊！我努力過了啊，但是沒辦法，我……我不要他們死掉，不想一個人站在靈堂裡！我……」

冀楓晚沒能將話說完，因為人影忽然抱住他，淡雅的線香環繞作家，人影輕拍懷中人的背脊道：「如果你不與他們道別，就無法和他們重逢。」

「我不想道別。」

「每個人都不想。」

「為什麼是我遇上這種事？」
「每個人都會遇上。」
「我好害怕。」
「每個人都會害怕。」
「我一定要開門嗎？」
「是的，你無法從終將降臨的事物前逃離。」
人影放開冀楓晚，伸手撫摸對方的面頰道：「但你不是孤身一人，你的家人還有我都會陪在你身旁。自生而始，至死而不終。」
冀楓晚睜大眼瞳，身後的門板忽然滲出金光，照亮人影溫婉的微笑，與手中的翠柳淨瓶。

冀楓晚帶著淚痕睜開眼，看著落地窗外燙熱的太陽許久，緩慢地起身下床。
他先將占據半間公寓的衣物收起，再洗了根小黃瓜和番茄果腹，最後站在陽台點起香菸，在煙絲中俯瞰底下來來去去的行人車輛。
這一看就是整整兩小時，冀楓晚將菸屁股捻熄，進入屋內拿起手機，再回到陽台深呼吸數次，手撐圍牆將一隻腳跨出去。

在冀楓晚坐上牆頭的下一秒，口袋裡的手機就響了，他掏出手機，直接按下通話鍵問：「薪火嗎？」

『楓晚先生，請不要衝動，我可以替你預約諮商師，也十分樂意提供你金錢或任何實質支援。』

「不需要，我的問題已經解決了……嘿咻！」

冀楓晚翻回陽台內，倚靠鋁門窗道：「我沒打算自殺，只是有事找你，所以就賭了一把。」

『拿自己的命下注並不理智。』

「這要看情況。我要見安卓未，面對面的那種，你能安排嗎？」

『……』

「不能？」冀楓晚望著雲朵問。

『小未不想見你。容我澄清，他並不討厭你，只是不想讓你看見自己的病容。』

「就算我從這裡跳下去也不想？」

『從哪裡跳下去？』薪火停頓一秒才問。

「這裡。」

冀楓晚抬起腳踢踢一百多公分高的圍牆道：「從八樓跳下去就算不死，也會重度傷殘吧？」

『楓晚先生……』

「告訴安卓未，他不見我，我就從這裡跳下去。」

『請住手，你這是很惡劣的情緒勒索。』
「毫無疑問是，安卓未的哥哥勒索我，我則勒索他，兄債弟償。」
冀楓晚聳了聳肩膀，看了手機螢幕上的電子鐘一眼道：「我給你……十分鐘，十二點四十七分前回覆我，答案是拒絕，或是來不及回答，我就從這裡跳下去。」
手機那端歸於沉默，冀楓晚將手機轉為擴音模式放到洗衣機上，點起菸盒中最後一根菸，望著天空吞吐煙霧。
而大約七八分鐘後，薪火的聲音響起：『小未願意見你，但他還沒出加護病房，無法立刻與你見面，能將會面時間推遲到下週三下午嗎？』
「可以。你給我地址我自己過去，還是你來接我？」
『我會來接你。』
「那就下週見了。」
冀楓晚將手伸向斷話鍵，但在碰觸螢幕前，薪火先一步開口：『你打算做什麼？』
「……」
『不能告訴我嗎？』
「……」
『楓晚先……』
「我不知道。」

冀楓晚的聲音緩緩染上顫抖，右手扣住左手的手腕，收緊手指道：「我可能會反悔、臨時改口，或是逃到某個遙遠的地方，所以……我不知道。」

『……』

「週三下午見。」

冀楓晚抬手迅速掛斷通話，看著持續細顫的指尖，深吸一口氣緩緩蹲下。

他好害怕。

接下來一個禮拜，冀楓晚恢復小未離開前的生活，三餐時間固定營養充足，早起晨跑午後重訓，晚間十一點熄燈入眠。

不過他的稿件進度持續掛蛋，原因不是寫不出來，而是根本沒開文件檔。

冀楓晚將運動、家務與處理生理需求以外的時間通通用於閱讀，讀安卓未、安實臨乃至兩人父母的傳記、雜誌訪談、新聞報導和所有能找到的影音資料，七日下來稿子沒寫一個字，關於安家人訪談、記錄、影片、研究報告……各項資料卻整理了超過十萬字。

在薪火抵達公寓的前一分鐘，他還在看安科集團的年度發表會直播存檔，直到對方撥打手機才將電腦關機，下樓坐進藍寶堅尼中。

薪火在駕駛座上，望著冀楓晚微笑道：「一陣子不見，你的氣色看起來不錯。」

「因為我需要體力。」

冀楓晚關上車門，繫好安全帶道：「開車，我想快點結束。」

「結束後要留下來吃晚餐嗎？研發園區內有餐廳。」

「這要看談的結果。」

「你這麼說讓我不知道該期待你們談合還是談崩呢。」

薪火苦笑，踩下油門加速前進。

藍寶堅尼在馬路上行駛了近一個半小時後，來到位於市郊的安科集團第一研發園區，園區門口的柵門在車輛靠近前就主動開啟，讓跑車得以毫不減速地進入園內。

冀楓晚隔著車窗看見一棟棟銀白色的筒狀高樓，樓房間既有人走的天橋，也有半透明半合金的輸送道，遠遠看過去宛如科幻電影中的機械文明城市。

薪火打轉方向盤，遠離高樓群穿過另一扇柵門，經過由灌木、花圃和白石雕塑組成的花園後，停在一棟巨大的蛋形建築物前。

「這裡是小未的住所和專屬研究所。」

薪火邊說邊下車，繞到助手席替冀楓晚開門道：「有鑑於小未四天前才出加護病房，為防萬一見面前要請你做全身消毒，衣物也必須更換，可以嗎？」

「所以我不能帶隨身物品進去？」

「如果該物品能承受消毒程序，我比較建議你將物品放到進夾鏈袋，然後再消毒整個袋子。」

「我選後者，給我兩個夾鏈袋。」

「沒問題。」

薪火將冀楓晚領進蛋形建築物中，穿過數扇自動開啟的合金門後，來到酷似電梯廂的消毒間，要作家脫下全身衣物進入。

冀楓晚在消毒間中站了十多分鐘，先水洗再烘乾然後噴消毒液，穿上白衣白褲由另一側的門離開消毒間，一抬頭就看見薪火站在自己前方，身上的西裝由深藍換成暗紅。

「你的衣服……」

冀楓晚頓住，凝視薪火的笑臉問：「你是換一具身體嗎？」

「是的，這是殼之屋專用的，與外界沒有接觸，只需要定期消毒。」

「殼之屋？」

「這棟房舍的名字。這邊請。」

薪火躬身做出「請」的手勢，帶冀楓晚踏上一側裝有輸送帶一側為玻璃帷幕的迴廊，乘坐電梯前往頂樓。

「前面就是小未的房間。」

薪火停在鵝黃色的雙扇門前，沒有馬上發出開門指令，而是轉頭看向冀楓晚道：「他目前只恢復到能與電腦連線發送文字訊息，以及小幅控制臉部和雙手的肌肉，但說話還有問題，也經不起太大的情緒起伏，這部分還請你注意。」

冀楓晚沉默，轉動眼珠環顧左右問：「這裡有醫生嗎？」

「這層沒有，但下一層有，那裡還有手術房、無菌加護病房與復健中心。你問這做什麼？」

「因為待會他一定會有劇烈情緒起伏。」

冀楓晚面無表情的宣告，見雙扇門仍是合攏狀態，手指門扉道：「不開嗎？」

薪火雙唇微抿，靜默兩三秒後打開門嘆息道：「我會要醫生在隔壁房間待命，請手下留情。」

「我不能保證。」

冀楓晚跨入房內，在他面前是一間比自家公寓總面積還大的弧形房間，房間東側與天花板皆為透明的強化玻璃，抬頭是藍天俯瞰是半個研發園區，景緻優美得媲美度假勝地。

但如此寬廣的房內卻只放了一張椅子、一張病床，以及環繞床鋪的電子器材，即使器材數量是一般醫院病房兩倍不止，仍給人空虛寂寥之感。

冀楓晚遠遠看著病床，佇立片刻才慢慢走到床邊。

然後，他在床上看見安卓未本人。

安卓未最後的影像紀錄停留在十九歲，樣貌與仿生人小未沒有太大差距，因此在冀楓晚的預想中，現年二十一歲的安卓未應該比仿生人版略微成熟。

然而他猜錯了，真實的安卓未是仿生人安卓未的瘦小版，他的骨架一點也沒長開，膚色比仿生人版的自己更加白皙，並且抽去大半脂肪肌肉，雖沒落到皮包骨的境界，但也沒好到哪去。

而剃去所有髮絲的頭頂，以及如鳥翼般自後頸伸向後腦杓的金屬纖維貼片又加重了病弱感，讓人單憑視覺就能感受到死亡的迫近。

冀楓晚的胸口猛然緊縮，控制住情緒低頭問：「你就是安卓未嗎？」

安卓未沒有出聲，但顫了下眼睫，懸掛在病床上方的液晶螢幕叮咚一聲，先浮現『是的。』二字，再以沒有起伏的機械音念出文字。

冀楓晚坐上床側的皮椅道：「我有幾個問題要問你，你要是拒答，我會馬上離開，拒絕你的一切餽贈。」

『然後從陽台跳下去嗎？』安卓未睜大眼瞳。

「目前沒有這個打算。第一個問題，為什麼要為我付出到這種地步？」

冀楓晚低頭注視安卓未嚴厲地強調道：「不准回答『因為我喜歡楓晚先生』，我要問的是你為什麼會這麼喜歡我；也別說因為你是我的書迷，天底下也許真有這麼瘋的書迷，但我不覺得你是。」

安卓未雙唇微抿，透過螢幕回答：『因為您接了我的電話。』

「你在送仿生人來前有打給我過？」

『有，打了好多好多通。』

「打了好多通我怎麼不知……」

冀楓晚猛然僵住，想起斷斷續續延續兩年，從未報上名字，甚至不曾吐出成文言語的無聲電話，驚愕地抬起眉毛問：「你是打惡作劇電話的人？」

安卓未小幅度點頭，以機械音道：『您溫柔地說故事給我聽，而且不管我有沒有說話，或是發出奇怪的聲音，都沒有掛斷。』

冀楓晚雙目圓睜，盯著安卓未好一會才低聲道：「僅是因為這個……你就為了這種普通不值一提的事，把自己的命賠上去？」

『才沒有不值一提！』

機械音的音量抬高一倍，安卓未含著淚光，細微抖動嘴唇：『只有楓晚先生願意陪我，就算我大哭大鬧也不生氣，仔細聽我的聲音，努力想我為什麼這麼做。』

——怎麼可能只有我！

冀楓晚想要這麼說，但他剛開口就想起自己這一週來閱覽的安家資料。

在那些影像與文字資料中，安卓未無論是站於發表台，還是坐在病床輪椅上，都始終保持明媚的笑容，而周圍人在提起這名天才工程師的身體時，也不時出現「堅強面對病魔」、「開朗正面帶給他人希望」、「繼承父母鬥志的折翼天使」。

但如果這些都是假象……不，對聽過安卓未哭喊的冀楓晚而言，這肯定是假象，那麼人前光鮮樂觀的天才，不過是基於企業公關形象，將眼淚與痛苦強行壓於心底的孤獨病人。

冀楓晚腦中忽然浮現一幅他必未親眼所見，卻鮮明如親睹的畫面：在能看見星星與城市夜景的寬廣房間中，嬌小、纖細、虛弱的病人在所有人退出房間後收起笑靨，無聲地吶喊、乾枯地哭泣、動彈不得地拉扯床單。

如同要證實冀楓晚的猜測般，安卓未細抖指尖用螢幕道：『父親說你是安家的男人，要堅強。母親說越哭就會越痛，多想快樂的事，或去學習。哥哥很愛我，但他又忙又累，我不能再給他負擔。薪火和小希哥想幫我，背著父親偷偷給我一支能和我連線的手機，讓我打發時間。』

「結果你打給我。」

冀楓晚垂下肩膀，手按額頭道：「你真是……萬一我是幹戀愛詐騙的人怎麼辦？不要輕易跟陌生人交心啊！」

『那種人不會聽我哭，或是編故事給我聽。』

安卓未的嘴角微微上揚：『您對我非常溫柔，非常關心，我最喜歡您了。』

冀楓晚垂在身側左手收捲，靜默片刻後轉開目光道：「第二個問題，既然讓你心動的是通話時的我，那麼當你透過仿生人來到我家時，有失望嗎？」

『為什麼會失望？』安卓未眨了一下眼睛。

「因為我不是七年前的我了。」

冀楓晚目光沉下道：「我變得冷漠、沒耐心、不想也不再關心他人，對於自己以外的人事物都只覺得麻煩。」

『……』

「肯定失望了吧？」

『一點也沒有。』

機械音回答，安卓未看著冀楓晚露出意外之色的臉，極淺地微笑：『我在與小未連線前，就知道您是怎麼樣的人了，因為我一直一直看著您。』

冀楓晚先是一愣，再無奈又無力地苦笑道：「這是犯法的喔。」

『我知道，可是我不想再和您失聯。』

安卓未眼中泛起淚光，使勁挪動上身，靠近冀楓晚幾公釐：『我沒有對您失去興趣！』

冀楓晚困惑地皺眉，接著猛然想起對小未說過，家人死於火災後無聲電話消失了四個月，認為對方大概是對自己失去興趣才沒再打來。

安卓未垂下眼睫：『父親發現手機，嚴厲斥責我後把手機沒收，要僕人盯緊我，我一直到一年後父親和母親過世，才找到機會打給您，但您的電話已經不通了。』

『然後我們就失聯了……』

冀楓晚輕嘆，蹙眉問：「那你是怎麼知道我是霜二月的？我沒跟你說過我的筆名吧？」

『是靠聲音，我看到您在書展上接受採訪的影片，雖然說話口氣不一樣，但我一聽就認出是您！』

安卓未雙眼閃亮：『我馬上要薪火把影片備份，然後找出您的本名、住所、手機號碼、電子信箱！』

「接著入侵我的住宅系統開始偷窺我？」

『是的，我本來只想默默看著您，可是……』

安卓未停頓幾秒才繼續發送文字：『越看就越覺得您好緊繃，雖然會笑也能正常行動，卻有種下一秒就會斷掉的感覺。薪火說，這有可能兩成是我的錯覺，一成是您的身體有隱患，七成是您缺乏陪伴、撒嬌、放鬆的對象，把自己逼太緊導致的。』

「放鬆就算了，我不需要撒嬌。」冀楓晚低聲道。

『但是您曾經躺過我的大腿。』

「那是放鬆……不對，是單純的休息！」

冀楓晚高聲強調，看安卓未一臉不明白地望著自己，別開頭雙手抱胸道：「那不是重點。總之，那就是你決定做仿生人給我的理由嗎？」

『是的！雖然功能開發上很順利，但在外型和人格程式上卻一直無法確定，因為我不知道您喜歡什麼樣的人。』

安卓未的目光轉為悠遠，嘴角微幅勾起：『直到那一天……您跟林先生說，喜歡十八歲時候的我，我第一次聽到時還不敢相信，找薪火和小希哥一起聽了十八次才確定……那天是僅次於我找回您那天最高興的一天！』

冀楓晚的耳尖微微轉紅，皺眉道：「你也太容易開心了。」

『只有在楓晚先生的事情上很容易高興。』

安卓未眼中滿是甜蜜，輕扇睫羽：『這樣外貌就決定了，剩下人格程式。我不知道您喜歡哪種個性的人，薪火說個性不是最重要的，愛著對方的心才重要，而我周圍最愛您的人是我，所以我就自己來了。』

「……」

『然後在到您身邊後，您比我想像中凶，幾乎不笑而且總是很累的樣子，但是……』

安卓末以全身力氣拉起嘴角，凝視冀楓晚道：『您從不敷衍我，就算不耐煩，也總是好好回答我的每句話，帶我出去玩，陪我在雨裡山裡遊樂園裡散步，雖然說話口氣變了，但還是跟七年前一樣溫柔，我最喜歡您了！』

冀楓晚拉平嘴角，靜默片刻後深吸一口氣，收起所有情緒道：「我想問你的問題都問完了，接下來換我告訴你，我對你的行為是怎麼想的。」

安卓末肩頭微抖，眼底的情緒由欣喜轉為緊張。

冀楓晚用毫無溫度的聲音道：「在知道你不是仿生人，而是真實的人類後，我很生氣，非常非常生氣，氣到想宰了你的程度。」

『對不起。』

「你是應該道歉。」

冀楓晚放在腿上的手握起，目光迅速轉為尖銳：「你欺騙了我，如果我知道你是真人，別說告訴你我家人的事了，連家門都不會讓你進。我先前說過，人類和仿生人是不一樣的，你假冒非人讓我放下戒心，告訴你不會告訴真人的事，這非常惡劣。」

『對不起！』

「這是無法復原的傷害，我會永遠記得你的所作所為，而你也是，不可能忘掉我告訴你的事。」

『對不起對不起對不起對不起！』

「『對不起』三個字毫無重量，更何況你還不是親口說，是用螢幕和喇叭顯示。」

冀楓晚站起來，冷酷地俯視安卓未道：「我要實質、具體、確實能懲罰到你的補償，明白嗎？」

『明白。』

安卓未兩眼含淚：『只要能讓您消氣，我什麼都願意做。』

「就算你做了，我也不保證會消氣。我給你的處罰是……」

冀楓晚將手伸進長褲口袋，拿抽出一個夾鏈袋扔到病床上道：「把這東西修好。」

安卓未不太能轉動頭顱，但房內的監視器都是他的眼瞳，因此即使夾鏈袋落在視線死角，仍很快就透過鏡頭看到袋子，袋中裝著斷裂的金屬小貓幸運手鍊。

「你得親手修，不能借他人或仿生人的手。」

冀楓晚手指幸運手鍊道：「假如你能讓它完好如初，我就考慮原諒你。」

安卓未在肌肉控制範圍內睜大眼睛，沉默七八秒才露出慌張之色：『這種精細的工作……這麼需要身體掌控力的事我辦不到，能不能換一個？』

「不能。」

『我可以給您更好的，用金銀編織，再鑲上藍鑽或任何您喜歡的寶石。』

「我就要這一條。」

冀楓晚在安卓未打出文字前俯下身，單手撐在對方的枕頭邊，近距離瞪著纖細的青年道：「如果做不到，就去開刀把神經修好。」

安卓未愣住，呆滯足足半分鐘才細抖嘴唇透過螢幕大喊：『我不能開刀，現在開刀會死掉，死掉就沒辦法完成要送給您的仿生人。』

「我又沒要你今天就進手術房，把身體養好再進就行。」

『就算把身體養好再開，也有七成的機率會死！』

「那麼就努力不要死。」

『死不是靠努力就能克……』

安卓未沒有將文字發送完畢，因為他看見冀楓晚的嘴角細微抽動，眼中的堅冰爬上裂痕，露出底下翻騰的情緒。

「努力不要死。」

冀楓晚重複，但這回語尾輕微顫抖，而他也察覺到這點，咬牙直起上身背對安卓未。

『楓晚先生？』

「……」

『您的身體不舒服嗎？』

「……」

『要不要叫醫生過來？』

「……」

『楓晚先……』

「誰都別叫過來。」

冀楓晚抓起床邊的椅子，反轉九十度後維持背向安卓未的姿勢坐下，低著頭輕聲道：「在對你生氣後，我感到的是恐懼。」

『我讓您害怕？』

「是。」

冀楓晚的手肘壓在腿上，十指交疊撐住額頭，在陰影中細聲道：「你是人類……你居然是人類，你怎麼能是人類呢！」

『對不起。』

「人類很脆弱，老了會死病了會死出意外也會死，人類……」

冀楓晚哽咽，閉起眼努力拉平聲音道：「是一個不留神就會永遠消失的生物，而你居然還是這種生物中，特別脆弱、短命、在死亡邊緣徘徊的一個。」

『對不起。』

安卓未微微縮肩，再拉高喇叭音量強調：『不過我雖然很脆弱，但我和小希哥、薪火一起做的仿生人一點也不脆弱！它非常堅固，只要能完成一定可以陪您一輩子！』

「但你不能。」

『所以我才要打造專屬於您的仿生人，讓它永遠照顧你。』

「但那不是你。」

『他會有我的外表，還有完整的記憶與一模一樣的個性！』

「但那不是你。」

『它會無限趨近於我，然後比我更強更好更能保護您！』

「但那不是你。」

『它會是全世界最優秀的仿生人，您一定會喜……』

「但那不是你！」

冀楓晚的聲音飆高蓋過電子音，額頭重重抵在指節上，帶著明顯的顫音道：「你不明白嗎？我不需要仿生人，不管這仿生人優秀還是無能，和你一個模子印出來還是長相性格天差地遠，我需要……我想要的是你啊！」

回應冀楓晚的是寂靜，安卓未在床上瞪大眼瞳，久久沒有傳送文字給螢幕。

「我想要的是你……」

冀楓晚的聲音轉弱，弓起背脊低聲道：「是會不小心煮出鹽塊烘蛋，然後再浪費雞蛋搞鹹度測試的你；是會拿著雨傘跑出來找我，再在大雨中跳舞的你；是會因為斷頭文哭哭啼啼，又因為幫我挑衣服就開心亂跳的你；是會被海盜船雲霄飛車嚇到死抱著我，接著陪我在大庭廣眾下嚎啕大哭的你。」

『……』

「如果你真的是仿生人，那麼無論要付多少錢或代價，我都要把你買下來，可是……」

冀楓晚鬆開雙手，改抓住自己的髮絲道：「你是人類，活生生、病懨懨，不靠喇叭螢幕或仿生人偶就無法和人互動的人。」

安卓未直直盯著冀楓晚的背影，隔了七八秒才發送訊息：『我製作的仿生人會繼承我的記憶、性格和外貌。』

「但你不是昨日的你的複製品。」

冀楓晚彎下腰，幾乎是縮捲在椅子上道：「更何況我已經知道『小未』不是你了，你們安科總不可能連抹去記憶的技術都有吧？」

『……』

「不對，就算我不知道，在『你』不再是你後的某天，我也會發覺你不在了，就像我在電影院看影集首映時一樣，到了那個時候，有誰會陪我一起在大街上痛哭呢？」

『……』

「小未，活下去吧。」

冀楓晚沙啞地道：「別管我或仿生人了，把身體養好準備開刀，然後拚命活下去吧。」

安卓未的雙唇開出一條縫再闔起，反覆幾次才透過螢幕道：『但是沒有仿生人的家務程式輔助，我連鹽塊一樣的烘蛋都做不出來。』

「家務我會負責，反正這原本就是我的工作。」

『我不是您最喜歡的樣子了，我多了三歲，又瘦又乾，還沒有頭髮。』

「我是喜歡十八歲版本的你，不是單純愛上你的肉體。」

『如果我開刀後沒有活下來，也沒有完成陪伴您的仿生人怎麼辦？』

「我不需要仿生人，而若是你沒撐過手術……」

冀楓晚的胸口猛然緊縮，停滯許久才乾澀地道：「我要在你的喪禮上哭到昏厥。」

『這怎麼可以！』

「怎麼不可以？喪禮本來就是讓生者發洩的儀式。」

冀楓晚扶著椅子站起來，轉過身露出蒼白、掛有淚痕但沒有一絲退讓臉龐道：「我在我家人的葬禮上忍住情緒，想要表現得像個得體的主人，但仔細想想那毫無意義，我最親近最重視的人死了，我本來就會大哭崩潰，真正關心我與我家人的人不會因此看輕我，不關心的人我也不用在乎他們的感受。然後我也不信『喪禮上太傷心會讓死者無法走得安心』這套，不走最好，我巴不得他們一個個掀開棺材爬出來。」

安卓未微微張開嘴，錯愕更不願地傳訊：『但我不想讓您哭。』

「那你就撐過手術。」

冀楓晚拉開椅子，站到床邊以帶著明顯哭腔的聲音細語：「撐過六個月後的手術，還有之後大大小小的手術和復健，即使會飽受折磨也不要放棄，不要留下我一個人。」

安卓未些微抬起眼睫，望著冀楓晚掛著淚光的臉龐，明媚的大眼先震顫，再緩緩轉為堅毅，沉默許久才打出文字：『我會努力的。』

冀楓晚自轉身後便緊緊捲起的手指緩緩鬆開，看著面前儘管消瘦、病態濃重，但如同過去烹飪烘蛋、擊倒遊戲中的怪物、爬到自己腿上求愛時一般，堅定、熱切到令人困擾的青年，彎下腰伸出手碰觸對方的臉頰。

然後，他在安卓未打出問號前，勾著淚痕淺笑道：「確實碰到了，感受到了……真正的你的觸感與體溫，都貼著皮膚傳過來。」

安卓未愣住，想起雖然有些微不同，但這是兩人初次接觸時自己對冀楓晚所說的話，雙眼連眨數下，落下晶瑩的淚珠。

冀楓晚替安卓未擦去眼淚，房中多待了近半小時，直到對方哭累了睡去才踏出房門。而一按開雙扇門，他就毫不意外的看見薪火、一名醫生、一名護士、安實臨和一個全身包裹如太空人的奇怪人物。

扣除薪火，所有人都紅著眼眶注視冀楓晚，並在作家反射動作後退的瞬間撲上來抱住他。此反應直接說明方才的對話被全程直播了，這在冀楓晚意料中，但還是不免感到羞恥，僵直片刻後便使勁推開眾人，板起臉要求討論安卓未的療養事宜。

這讓緊抱冀楓晚的安實臨、醫生護士與太空裝怪人迅速恢復理智，拉著作家到樓下的簡報室。

冀楓晚在簡報室中又體驗了一把當初閱讀仿生人組裝說明書時的痛苦，醫生、護士、安實臨與艾希——太空裝怪人亦是安卓未口中的「小希哥」——一股腦地向他傾倒醫學和機械名詞，而唯一能讓眾人冷靜說人話的量子電腦則悠哉地坐在一旁，端著自身根本不需要的紅茶，愉快地看人類互相折磨。

——這傢伙絕對是故意的！

冀楓晚瞪著薪火，在收到讓自己更不悅的微笑後，不再冀望對方幫忙，認命地去理解如機關槍般朝自己掃射的專有名詞。

而在近兩小時的腦力消耗後，冀楓晚大致明白安卓未目前的狀況，植入安卓未體內的人工神經元本該既能取代病變的神經控制身軀，也可在連線輔具——他脖子上的金屬纖維貼片——的支援下控制電腦，但在排斥反應出現後，目前只能在控制身體或電腦中擇一，且控制力還在直線下降。

若要緩解此狀況、將身體調養到能動手術的狀態，安卓未最好完全放棄與電腦連線。

為此，冀楓晚決定戒菸，然後搬到安卓未的房中照顧對方。

這決定乍看牛頭不對馬嘴，但卻是冀楓晚深思後的最佳選擇，說來讓安科集團的法務部門無言，安卓未與電腦連線後做最多的事是偷窺心愛的作家，因此若要有效防止對方偷連線，將人放在肉眼而非電眼所及的位置是最乾脆的。

更何況，這安排還能大幅減緩安卓未的鬱悶、讓冀楓晚能近距離監督對方療養復健，缺點只有他的稿子進度會大幅落後。

就這樣，只有出版社受損的安排完成了，薪火等人只花三天就在安卓未的房中布置好冀楓晚的生活區，其內容包括但不限於電腦桌、沙發椅、電視、遊戲主機、數個書櫃、簡易廚房和能躺上三個人的帝王尺寸雙人床。

冀楓晚對床鋪的大小頗有意見，但安卓未一見到床就兩眼放光，而安實臨只要弟弟開心什麼都好，薪火似乎覺得冀楓晚頭痛的樣子很有趣，因此最終他還是睡在過大的雙人床上。

好在冀楓晚也沒有多少心力煩惱床的面積，他在入住第一天就主動擔起安卓未的看護工作，跟著護士學習如何移動病人、按摩肌肉、協助復健和記住醫療儀器上各種數值燈號的意義。

這比冀楓晚想像中累人，但無論多疲倦，他都沒再做與火災有關惡夢。

他想，大概是因為自己已在火場狂奔的緣故。

略燙的水流自上方與左右宣洩而下，將冀楓晚的頭顱、雙肩、胸膛乃至後背沖刷得一陣痛爽。

他所站立的位置是殼之屋醫療層復健室浴室的淋浴間，為安卓未量身打造的大浴室寬廣明亮，淋浴間裝有數個水療噴頭，即使推著輪椅進入也不顯壅擠；大浴池中防滑坐階、扶手和警報鈴一個都不少，牆面上還裝有能供安卓未傳訊發聲的喇叭螢幕。

此刻安卓未正坐在浴池中，在經過四個多月的休養與復健後，他找回坐立與緩步行走的能力，也能吐出簡短的句子，所以冀楓晚才能安心地背對對方洗澡。

「呼……」

冀楓晚長吐一口氣，動手關閉蓮蓬頭，轉過身抓來牆上的浴巾擦乾身軀和頭髮，再套上短褲走向浴池。

浴池中的安卓未將頭……他一直攀在浴池邊緣直直盯著冀楓晚，所以壓根不用轉頭，巴掌大的小臉上浮現明顯的欣喜，彷彿看見主人返家的小貓。

這讓冀楓晚好氣又好笑，站在浴池邊雙手抱胸道：「跟你說過多少次，好好正坐在階梯上，扭成這樣小心又要滑到缸底裡。」

「正坐……看不到……您。」

「把頭轉轉不就能看見了，還能活動頸部肌肉。」

冀楓晚彎腰碰觸安卓未的手臂，感受到其中的溫熱，微微點了下頭道：「可以了……起來吧，再泡下去就不是增進血液循環，是頭昏腦脹了。」

「好。」

安卓未稍稍抬起手，但接著便像是猛然察覺什麼不妙的事物般，以自身所能的最高速降下手臂道：「等……先別……再泡一……會。」

「最多五分鐘。」

冀楓晚伸手點點浴池上方的觸碰螢幕設定鬧鐘，再坐上浴池旁的塑膠凳，拿起架子上的乾毛巾，低下頭擦拭緩緩滴水的頭髮。

五分鐘很快就過了，冀楓晚在鬧鈴聲中放下毛巾，起身要將安卓未抱出浴池，然而手臂才剛伸出去，以往總是迫不及待靠近自己的病弱青年卻往反方向縮，他停下動作問：「怎麼了？還不想起來？」

「不是……是、是！」

安卓未盡己所能地點頭，同時努力挪動身體遠離冀楓晚。

如果是在兩人初識時，冀楓晚可能會被安卓未的說詞騙過，但在相處超過半年的今日，他只覺得眼前的青年萬分可疑，蹙眉將對方周遭掃視一輪，再自染上水氣的小臉往下看，很快就發現面前人手放的位置不太對勁。

安卓未雙手交疊在腹部與胯下之間，展開如格柵的手指下隱約能看見模糊的肉色。

而冀楓晚不用細看，就知道那是何物。

「你勃起了啊。」

冀楓晚低頭靠近水面，注視指縫間翹頭的性器道：「不錯，性慾是健康的象徵之一，看來你恢復得不錯。」

「您……」

安卓末睜大眼瞳，呆愣兩三秒才接續問：「不覺……變態？」

「為什麼會覺得變態？」

「……」

「小末？」冀楓晚挑眉。

「因為……」

安卓末低下頭細聲道：「有人說……隨便就……有反應……很變態。」

冀楓晚拉平嘴角，看著惶惶不安的病弱青年片刻，伸手彈了對方的額頭。

「唔！」

「不是『有人說』，是你又偷上網看到的文章吧？」

冀楓晚放下手，雙手叉腰道：「沒有給你斷網是要避免緊急時你無法求救，不是讓你看沒營養的內容農場文，再被我抓到，我就把你的網速調成撥接等級。」

「是……」

「然後隨隨便便就對人起反應是挺變態的。」

「咿！」

「但你不是吧？」

冀楓晚坐上浴池邊緣，傾身靠近安卓未，碰觸對方的面頰道：「你是看到我洗澡才有反應，其他人都不會有，對吧？」

「對……」

安卓未回答，但眼睛不在冀楓晚的臉上，而是落在對方的上半身，不算壯碩但絕對結實，且線條優雅的胸膛與腹部橫在水面上，未抹乾淨的水珠、自水面升起的霧氣勾勒肌肉，令他不自覺地吞嚥口水。

「不過最關鍵的是……」

冀楓晚拉長尾音，貼近安卓未的耳畔，沉下嗓音道：「我早就知道你是變態，所以你也不用掩飾了。」

安卓未先因為繚繞頸耳的低語渾身酥麻，再被冀楓晚的發言打穿胸口，僵硬地搖頭道：「沒、不……不是，我……不……」

「你不是我的變態小貓？」

「是……不、呃……我……嗚！」

安卓未睜大眼瞳，因為冀楓晚忽然抬起他的下巴，低頭吻了上來。

冀楓晚淺啄安卓未的唇瓣，含吮稚嫩的唇肉與舌頭，在對方感到窒息前便退開，輕撫眼前緋紅、雙目迷離的臉蛋，愉快地勾起嘴角道：「那麼……接下來該做什麼呢？」

安卓未沒有回答，只是痴迷地凝視冀楓晚的笑臉。

他心愛的作家容姿俊雅卻不常笑，要笑也頂多是應酬式或帶有幾分清冷的淺笑，但此刻冀楓晚臉上展現的笑容雖不算燦爛，卻蘊含濃厚的慾念，彷彿剛融成的焦糖，甜蜜、燙熱又深暗。

冀楓晚在安卓未發呆時將他抱出浴池，放到一旁的輪椅上再抓來兩條浴巾，一條用來擦乾對方的身體，一條則披在單薄的肩膀上。

然後在當事人發問前，冀楓晚跪在安卓未的腿間，扶起對方的性器俯下頭，張嘴含住鼓脹的頂端。

安卓未猛然繃緊上身，先感到一陣快慰，接著才回神低頭結巴道：「楓、楓……晚先，那……怎麼、怎麼……」

冀楓晚悶哼一聲，將安卓未吞得更深，紅舌貼上白皙的肉柱，感受著另一人的抽顫片刻，再緩緩將其吐出至頂端，以唇舌輕輕吮戳敏感的龜頭。

這舉動令安卓未倒抽一口氣，垂在身側的手稍稍抬起又放下，初雪般白淨的小臉上既有情慾又籠罩糾結。

冀楓晚捕捉到安卓未雙手的抬降，再瞧見滿是鬱結的臉龐，很快就明白眼前人的煎熬——想碰觸自己又怕擅自伸手會礙事，挑起嘴唇抓住對方的右手放到後腦杓上。

「不用顧慮，想抓就抓想扯就扯，當作復健訓練。」

冀楓晚幾乎是貼著安卓未的陰莖說話，溫熱的吐息、雙唇的開闔纏繞當事人的神經，讓天才工程師下身一陣緊脹，手指隨之曲起。

這反應讓冀楓晚十分滿意，於是他右手扶著安卓未莖身的左側，嘴脣靠在肉莖的右側，兩眼斜斜勾向戀人的面容，在滑動手指的同時舔舐幾乎沒有毛髮的肉具。

安卓未五指深入冀楓晚的髮絲，手指的溫熱和舌頭的濕濡一左一右環繞半身，而戀人舔撫性器的畫面更直接映在眼中，端正的五官脫去冷淡，從眼底到舌尖都是慾望。

拜此之賜，冀楓晚還沒舔幾下，安卓未的陽具就冒出一絲白濁，雙頰也飆紅到要滴血的地步。

冀楓晚的喉頭湧現乾渴，下身更迅速脹起，不過他沒搭理自身欲求，而是更仔細地舔濕安卓未的肉根，在聽見對方的呼吸轉為粗沉後，再次將陰莖吞進口中。

吞、吐、吞、吐……冀楓晚重複這兩個動作，一隻手握在安卓未的莖根處配合口舌套弄，另一支則貼上對方的腰側，放肆地撫柔牛奶般潔白的肌膚。

「啊……哈啊……楓晚……晚先生……嗯喔──」

安卓未的聲音驟然拔高，身體隨之僵硬，抵在冀楓晚喉頭的陰莖微微一顫，噴出溫熱的精液。

而冀楓晚幾乎是反射動作將精水嚥下，鬆口將安卓未的分身吐出，一抬起頭就看見對方瞪大眼睛看著自己。

「怎麼了？」冀楓晚用拇指抹去嘴角的唾液。

安卓末盯著冀楓晚的手指，呆滯兩三秒才回過神喊道：「吞、吞……您……吞！」

「你說精液嗎？是吞了沒錯。」

冀楓晚偏頭道：「仔細想想，這算我第一次吞你的精嗎？先前幫仿生人版的你含時雖然也吞過，但當時你是射水不是射精。」

「對不……起，我、我……」

「不用道歉，我雖然沒有特別喜歡吞精，但也不是第一次吞，況且你量不多氣味也淡，我並不討厭。」

「真……真的？」

「騙你做什麼？」

冀楓晚站起來，拿起水瓢舀浴池的水沖洗安卓末的胯下，過程中發現對方盯著他的腿間，先是困惑再想起自己目前是半勃接近全勃，拉下毛巾擦拭水珠一面道：「別在意，『那個』是正常生理反應，送你出浴室後我會處理。」

「怎麼……處理？」

「自己打出來，差不多……五到十分鐘就結束。」

冀楓晚在說話同時抓著毛巾後退，可是剛移動手腕就被安卓末扣住。

安卓末迎著冀楓晚困惑的目光，在短暫的沉默後擠出聲音道：「我想……幫忙。」

「你還沒恢復到能性交的程度。」

「我……想幫。」安卓未稍稍前傾上身，明媚水亮的大眼直直對著冀楓晚。

——不行，你的身體撐不住。

冀楓晚知道自己應該如此回答，然而安卓未眼底的期待過於明亮可愛，而禁慾四個月只靠雙手解決的慾望也灼燒神經，讓他閉上嘴環顧左右，最後看向七分滿的浴池。

他在腦中計算片刻，望向安卓未道：「插入是不可能，但有個會考驗你臂膀和腰部肌肉力量的姿勢也許可以，要挑戰嗎？」

「要！」安卓未雙眼放光，彷彿聽見開罐聲的小貓。

冀楓晚不自覺地揚唇，脫下短褲跨入浴池，再將安卓未從輪椅上抱起來，小心翼翼地托著纖瘦的身軀，來到池子中段靠近池緣的位置坐下。

冀楓晚坐在池底，安卓未則岔開腿坐在他身上，軟下的性器和作家仍堅挺的陽具在水中相觸，為彼此勾起微弱但不容忽視的麻癢。

「抓住我的脖子。」

冀楓晚將安卓未的左手帶到自己的後頸上，自己的左手則貼上對方的背脊，望著戀人認真道：「盡可能挺起上半身，但挺不住也沒關係，我的手、浴池的池壁會撐住你。」

「然後……呢？」安卓未滿臉期待。

「然後……用手比用嘴好解釋。」

冀楓晚拉起安卓未的右手伸向胯間，握住兩人的性器，和緩地上下套弄。

安卓末先是放大眼瞳，再隨指掌、另一人分身的磨蹭泛起騷麻，纖長手指緩緩曲起，下意識弓身靠近冀楓晚。

冀楓晚的回應是將雙方的陽具靠得更緊，低下頭親吻安卓末的頸子，聽見對方瞬間吸氣，覺得自己的身子迅速躁熱起來。

不過他沒有將躁熱化為行動，而是繼續和緩地撫弄彼此，輕吮纖長的脖子，愛撫骨感的背脊，透過手掌、嘴唇和雙腿捕捉到懷中人的細顫，這才稍稍加重手口的力道。

「哈……嗯啊……」

安卓末以自身最大力氣抱住冀楓晚的頸部，水下的手指也盡全力圈握冀楓晚的性器，透過指掌摸索對方的軟硬凹凸，腦中浮現過去交歡的記憶，臀瓣不受控制地收緊。

冀楓晚察覺到安卓末的變化，左手慢慢往下滑，撫摸這一個月才養出肉的臀部。

這舉動令安卓末的記憶更加鮮明，他的身體並未被冀楓晚插入，但是透過仿生人偶的連線，大腦早就清楚烙上對方的形狀，歡愉與飢渴一併湧上心頭，小幅度翹起臀部追逐作家的指頭。

「剛剛就覺得……你的身體好敏感。」

冀楓晚順著安卓末的臀股向下摸，碰觸藏在肉瓣間的小縫道：「簡直和仿生人版本的你一樣。」

「楓……楓晚先生，插……插進……」

「那對你負擔太大了，就算只有手指也一樣。」

冀楓晚用指腹揉按安卓未的菊口，含舔對方的耳垂，靠在耳畔沉聲道：「不過再這樣下去我可能也要忍不住了……沒辦法了，發揮想像力吧。」

「想像……力？」

「閉上眼睛，專心聽我說話。」

冀楓與安卓未的右手十指交纏，帶著對方的手自兩人的莖根走到龜頂，再用另一手稍稍戳刺懷中人的臀縫道：「感覺到了嗎？『我』抵在你的臀上，馬上就要插進來了。」

「有……是的，請……快點。」

「別急，我們太久沒做了，得慢慢來。」

冀楓晚將半個指節推進安卓未體內，同時握住對方的手也下降半寸，圈著自己和天才工程師的龜頭、溝冠輕聲道：「我進來一點了……你的小穴還是這麼緊，才頂開入口就開始咬人了。」

安卓未隨話聲收緊臀口，感覺自己像真的被冀楓晚的陰莖插入一般，臀間泛起熟悉的脹麻。

「不妙，有點忍不住了，讓我進去多一些吧。」

冀楓晚勾著安卓未的手往下滑，兩手一起握住彼此的肉莖中段，按壓對方花穴的手指也由一增二，長吐一口氣道：「呼……舒服多了，你裡面好熱，才進去半截就有要融化。」

「您也……哈！請、請再……進來。」

「我會的。」

冀楓晚沉聲回應，將雙指推進半個指節，右手一並滑到兩人的莖根處，同時抽動手指、滑動手掌，張嘴吮咬安卓未的頸側。

安卓未渾身細顫，在臀口鼓搗的手指喚醒交纏的回憶，而緊貼指掌的粗硬、兩根在雙掌交磨的快感則在現實中給予刺激，讓他有自己真的被插入的錯覺。

冀楓晚這方也是，他本只想勾起安卓未的記憶滿足對方，然而在描述途中自己也憶起過往，呼吸迅速轉為粗沉，放開對方的脖子，有些粗暴地吻上半張的唇。

安卓未張開嘴，一面笨拙但熱情地回吻冀楓晚，一面輕扭下身向前磨蹭戀人的陽具，後翹吮捲對方的指尖，白皙的身軀在搖擺中泛起紅潮。

冀楓晚在氧氣耗盡前放開安卓未，但下一秒就將嘴唇貼上對方的肩膀，壓抑又饑渴地啄吻纖白的身軀，左右手的套撫、抽搓迅速加劇，令池水泛起一圈圈波紋。

「嗯……楓、楓晚……喜歡、最……喜歡！」

安卓未仰頭短喊，陰莖在冀楓晚與自己的掌中抽動，後穴也控制不住地收捲，兩眼失焦融化無盡的甘美中，肩頭一抖射出精液。

冀楓晚沒有因安卓未射精而停手，相反地他加快雙手的撫弄，感覺懷中人先是僵硬再隨自己的指掌抽顫，在對方潮吹瞬間繳械。

洩精後，冀楓晚沒有放開安卓未，摟著對方直到彼此完全軟下，才鬆手抬頭注視飄著濁液的浴池，頭痛也滿足地道：「好了，接下來是善後時間，我們和浴池都得重新洗澡。」

在浴池的相擁後，安卓未三不五時就會暗示或明示冀楓晚自己想再來一回，但都被作家以「縱慾有害調養」為由拒絕。

不，也不能說是都拒絕，起碼安卓未六次進攻中有一回能成功擦槍走火，讓冀楓晚在接下來數日深陷自己是否適合擔任戀人看護的自我質疑中。

時間在兩人攻防中繼續推進，在不長也不短的一個半月後，安卓未動手術的日子到了。

手術地點訂在殼之屋的醫療層，醫療團隊一週前就進駐該樓層，替安卓未做了全身健康檢查，外加數次沙盤推演後，於清晨將人推進手術室。

當林有思來到手術室外時，冀楓晚正坐在室外長廊的椅子上，面前擺著一張方桌，桌上有筆記型電腦、一壺茶和一盤餅乾。

林有思看著完全沒發現自己到來的老友，乾咳一聲讓對方抬頭。

「你怎麼會在這裡？」冀楓晚蹙眉。

「來陪你順便消特休啊。」

林有思坐到冀楓晚身旁，左右轉頭問：「怎麼只有你一個人？安實臨和那個力氣大得嚇人的祕書呢？」

「安實臨有推不掉的會議，昨晚飛歐洲了，力氣大得嚇人的祕書……你是說薪火嗎？是的話他原本也在這裡，但太嚇人了所以我請他離開。」

「太嚇人是什麼意思？」

「他坐在我對面，盯著我擺出標標準準的『靜靜笑得讓你心底發寒』的表情。」

冀楓晚望著前方的空椅，難掩疲倦地道：「他說自己是想逗我笑，但實際上……那傢伙八成是對我先前假自殺誆他懷恨在心。」

「假自殺的確……等等你說什麼！你背著我做了什麼事！」林有思從椅子上彈起來。

冀楓晚搖著手道：「沒事啦，我只是騎在我家陽台的牆上，如你所見好手好腳，呼吸心跳正常，沒有一絲損傷。」

「你不要命了嗎！你家在八樓啊！」

「我知道我知道，來來來坐下喝茶。」冀楓晚將林有思拉回椅子上，倒一杯紅茶遞給對方。

林有思接下茶，仰頭如灌啤酒般一口喝乾，再放下杯子嚴肅問：「你還好嗎？」

冀楓晚放在腿上的手微微曲起，靜默片刻後低聲道：「很不好。」

「有我能幫上忙的地方嗎？」

「有，而且只有你能。」

冀楓晚直視林有思的雙眼道：「截稿日能再延三個月嗎？」

林有思沉默，與冀楓晚四目相交整整十秒後，握拳揍向對方的肚子。

「唔！」

「我跟你講正事，你跟我開玩笑！」

林有思怒瞪冀楓晚，雙手抱胸道：「截稿日延後這種事還需要你跟我提嗎？我已經幫你延六個月了，如果還不夠，截稿日前一個月跟我說。」

冀楓晚抱著肚子，一動也不動地望著林有思。

「你那什麼反應？我是冷血到無視朋友精神狀態強行催稿的人嗎！」

林有思瞪冀楓晚一眼，收回視線靠上椅背道：「我請了兩天假，就算安卓未的手術時間遠遠超過預定的十一個小時，也能陪你到他出手術室。」

冀楓晚抬起眼睫，見林有思完全沒有開玩笑的意思，難掩訝異問：「你老婆不會生氣嗎？」

「只有對象是你時不會，畢竟你不但是同志，還是她大學告白過的男人。」

林有思不甘心地咂嘴，伸手抓起茶壺給自己倒茶道：「所以你有什麼垃圾話、垃圾情緒、垃圾要求儘管往我臉上倒，我不是以你編輯的身分坐在這裡，是以你十年損友的身分待在這裡。」

冀楓晚眼瞳微微睜大，低下頭注視地板，沉默許久才開口問：「有思，你覺得小未的手術會成功還是失敗？」

「成功吧，我來的路上帶路的護士把你誇上天，說你把安卓未照顧的非常好，最終評估的成功率硬生生拉高百分之五。」

「那也不過是從三成變成三成五。」

冀楓晚彎下腰，展開十指插入髮絲中道：「還是有六成五的失敗率……萬一失敗怎麼辦？」

「你和他都努力了，我想會有好結果的。」

「現實又不是小說，努力就有回報，牆上掛了把槍槍就會擊發。」

冀楓晚低聲道：「現實中，槍掛著掛著就搞丟了，拚命奮鬥結果輸在運氣才是常態。」

林有思抿唇，思索近十分鐘後，仰望潔白的天花板道：「老晚，我老實說，我一直覺得你這個人很不真實。」

「什麼？」冀楓晚轉頭。

「你想想，你一個五本書中五本沒再刷的小作者，在家人過世後就一飛沖天變成首刷十萬一夜售空，二刷、三刷、四刷……刷到我快放棄計算的大作家，以現今的出版寒冬看來，簡直比偶遇隨機殺人魔同時遭雷擊再被人卡車撞還誇張。」

「你對我有什麼意見？」冀楓晚嘴角抽動。

「這就算了，當你陷入低潮時，你的迷弟之一，世界排名前五的大公司的董事長就穿著完全符合你胃口的仿生人來到你身邊，陪伴你照顧你鼓勵你，還打算將人生最後的時光全砸在你身上。這太扯了，壓根不是人間會發生的事。」

「你想說我是陰間來的嗎？」

「不，我想說的是……」

林有思拉長尾音，猶豫再三才版起臉道：「我們應該不是活在現實中，而是活在小說裡。」

「……有思，你最近壓力大嗎？」

「我的精神沒問題！」

林有思的話聲飆高八度，雙臉漲紅雙手叉腰道：「我的說法是有根據的！你想想，你的經歷放現實極度稀少，但在小說，特別是大眾小說中可是常見到爛大街，所以我們有極高的機率是存在於小說中。」

「你這算什麼根……」

「總之，我們八成……不，九成是大眾小說中的人！」

林有思拉高音量強行蓋掉冀楓晚的聲音，萬分羞恥也萬分認真地道：「這裡是小說中的世界！所以你不用擔心，在這裡努力會有回報，邪惡會被擊倒，相愛的人會相伴，歷經磨難的人會有好結局！」

冀楓晚看著老友緊繃也鮮紅至極的臉，眼中的不解與質疑緩緩散去，取而代之的是一點感動、一點笑意和一點無奈，放下手靠回椅子上道：「大眾小說中也有悲劇收場的。」

「不會是我們待的這本，因為你是不寫悲劇的作家。」

「你這兩句話既沒因果也無邏輯好嗎？」

冀楓晚苦笑，端起自己的茶杯啜飲一口，握著杯子望向緊閉的手術室。

不少人在深陷憂慮與未知時，會合攏手掌向神佛上帝祈求助力，但冀楓晚不認為自己有這個資格，他在家人喪禮後就不曾舉過一柱香，還深信世上沒有神只有無常。

因此他只是握緊茶杯，苦澀、煎熬、惶惶不安也滿懷希望地等待手術室開啟。

當冀楓晚與林有思說話時，安卓未正在爬坡。

他不知道自己在哪裡，只記得閉上眼接受麻醉，再次睜眼時就一個人站在荒野中，前方是有起有伏的枯草碎石地，草地盡頭是時不時閃過雷光的山巒；背後則是一條清澈的小溪，溪流之後則是看不見盡頭的繁花原野。

繁花怎麼看都比枯草順眼，但安卓未在短暫的遲疑後，毫不猶豫地往前走。

為什麼？因為他直覺認為冀楓晚不在花原盡頭。

在安卓未心中，冀楓晚是與花朵或春天沾不上邊的人，那人是冷峻的高山，是飽含戒心的豹子，是帶有苦味的藥，不好接近、難以熟捻、苦澀卡喉。

可是一旦獲得冀楓晚的信任，得到站在作家身旁的許可，就能看見遼闊的藍天與翠林，撫摸柔軟的毛皮，身心靈都得到暢快。

因此安卓未朝陰鬱的高山一步步走去，他相信他的作家肯定在山頂。

只是有軟有硬，忽而高起忽而下凹的荒地走起來十分耗體力，即使安卓未此刻的身體比過去任何時候都靈活有力，還是很快就兩腿痠乏越走越慢。

而要命的是，在他面前是近乎四十五度的大爬坡。

「呼、呼、呼呼……」

安卓未聽著自己的喘息聲，雖然他此刻的身體比進發病前還好，但仍不敵斜坡的消耗，右手抓住藤蔓想減輕腿的負擔，藤蔓卻在施力瞬間斷裂，腳下的硬泥地也同時崩落。

他整個人往下墜，慌亂地伸手想找支點抓，但指尖所及盡是砂泥，最後還是掉進斜坡底部的湖泊。

安卓未睜大眼睛，他不記得斜坡底部有湖泊，這湖泊是什麼時候冒出來的？

不過安卓未很快就沒有多餘的心思去思考這個問題，因為窒息感以極快的速度攀上胸肺，迫使他。

——必須快點回水面，回水面，然後去找楓晚先生！

安卓未拚命踢腿擺手想靠近湖面，可是對消耗大量體力與氧氣的身軀而言，這是難以達成的任務，他眼睜睜看著自己遠離水面，陰影取代穿透湖水的光線籠罩他。

——拜託，讓我回去，要不然楓晚先生會哭！

安卓未腦中浮現冀楓晚在公車亭、自己腿上與病床邊哭泣的模樣，他喜歡各種楓晚先生，唯獨不喜歡崩潰、顫抖、淚流滿面的作家。

如果自己無法回去，楓晚先生一定會哭的吧？他不是為了讓對方哭泣，是想讓對方幸福，才控制仿生人偶來到作家身邊，所以他一定要回去。

安卓未在水中咬牙，用最後一絲力氣朝光芒伸長手臂，無助也無力地想將自己脫離湖水。

然後一隻手就從光輝中探出，牢牢抓住安卓未，將他拉出湖泊。

「咳、咕……咳咳咳！」

安卓未跪在湖岸邊咳水，感覺有人輕拍自己的背脊順氣，困惑地轉過頭，先看見泛著金屬光澤的閃亮行李箱，再瞧見蹲在自己左側，用鯊魚夾固定髮絲的婦人。

「千鈞一髮呢！」

婦人燦爛地笑著，看著渾身濕透的安卓未，起身打開行李箱，拿出一條乾毛巾蓋到病弱青年頭上擦拭道：「濕淋淋的不舒服吧？別擔心，我有替換的衣服，把頭髮擦乾後就換上吧。」

安卓未呆滯地任由婦女搓揉，直到對方收回毛巾才脫離訝異問：「妳是誰？」

「媽媽……雖然八字已經一撇半了，但似乎還是有點太快呢。」

婦人喃喃自語，思索片刻拍胸道：「我是路過的好心阿姨，你可以叫我玉琴姨。」

「玉琴姨？」安卓未偏頭重複。

婦人——玉琴姨——雙眼一顫，先是盯著安卓未靜止不動，再猛然上前抱住對方。

「咦？唔！欸欸？」

「好可愛啊啊——」

玉琴姨高聲吶喊，摟著安卓未興奮道：「在那邊看著時就覺得很可愛了，沒想到實際見面後……有夠可愛！怎麼會這麼可愛，相較之下我家那兩隻完全是硬邦邦的臭男生啊！」

「誰是臭男生？」

「就是……」

「轟隆隆！」

雷聲蓋過玉琴姨的聲音，她臉上的興奮瞬間轉為嚴肅，拉起安卓未道：「對不起啊小未，似乎沒時間讓你換衣服了，你就披著毛巾前進吧。」

「沒關係……嗚！」

安卓未縮了一下右腳，低下頭看見自己的褲子被刮出一個大洞，洞內有淌血的小腿。

玉琴姨也看見傷口，迅速轉身從行李箱中拿出醫藥箱，在清洗傷口同時道：「待會你坐阿姨的行李箱上，阿姨推你走比較快。」

「妳行李箱可以當輪椅？」

「怎麼不行？」

玉琴姨挑眉，拿酒精給安卓未消毒道：「那可是我兒子送給我的多功能合金行李箱，好推堅固提把上掛一打土產提袋也沒問題。」

「可是我不是提……」

「好了好了別說了，要趕路去吧！」

玉琴姨將安卓未推到行李箱上，從箱側拉出兩條酷似安全帶的鬆緊帶，將人牢牢固定好後，深吸一口氣握住行李箱推把，氣勢洶洶地向前奔跑。

荒野有起有伏泥石混雜，怎麼看都不是適合行李箱推進的地形，但不知道是玉琴姨技巧高超，還是箱體設計精良，安卓未竟一點顛簸感都沒有。

不過隨兩人與高山的距離縮短，空氣逐漸變得黏稠，原本籠罩灰雲的天空也更加黯淡，彷彿有生命的陰影般主動籠罩他們。

「回……回來。」

沙啞的低喃繞上安卓未的耳畔，他下意識轉向發聲處，結果馬上被玉琴姨撥回去。

「別管那些聲音！」

玉琴姨小跑步推著行李廂道：「那只是一些自己走不掉，就想讓別人也留下來的混蛋，當噪音左耳進右耳出就好。」

安卓未不懂玉琴姨在說什麼，但他決定聽從對方的意見，無視耳邊「前面沒路的」、「來這裡才沒有病痛」、「該還債了」的詭異低語，直直注視遠方的山峰。

可是聲音顯然不打算放過他，於是在兩人一箱翻過幾個小丘後，安卓未聽見熟悉不已的吼聲。

「你是安家的男兒，是我的兒子，不准哭不准生氣不准退縮！」

與父親完全一致的吼叫震動安卓未的耳膜，他嚇了一大跳，抬頭發現他們的前方多了一個大如透天厝的黑影。

「你是……我的！」

黑影抬起巨木般粗壯的腿足，在咆嘯聲中逼近安卓未：「作為安家的繼承人，居然沉迷男人不務正業，羞恥！羞恥！羞恥！」

安卓未縮起肩膀，正覺得寒氣順著耳朵滲入身軀時，臀下的行李箱忽然九十度轉彎。

「抓緊了小未，絕對不能掉下去喔！」

玉琴大喊，邁開步伐以比先前快上近一倍的速度奔跑。

安卓未緊抓鬆緊帶，眼角餘光捕捉到黑影轉向，心跳隨之加速。

「家族的顏面、未來和傳宗接代的希望都毀了！你這個不孝子！愧對列祖列宗！」

罵聲一聲比一聲靠近，安卓未很快就透過身體捕捉到黑影前進的震動，頭頂的光線驟然消失，取而代之的是車頭般巨大的黑色拳頭。

安卓未反射動作抱住頭顱，緊繃也恐懼地等待劇痛降臨。

「若是在乎傳宗接代，不應該自己多生點嗎？」

儒雅而低沉的話聲忽然響起，安卓未先是一愣再放下手臂，發現自己似乎被玉琴姨一把推開，而他原先所在的位置多了一名青衫白絲的老翁。

「做父母的難免會將自身期待加諸於子女，但也得有個限度，閣下過頭了。」

老翁背對安卓未輕嘆，他雙手交疊接下比自己大上數倍的黑拳，穿著功夫鞋的雙腿緩緩岔開，深吸一口氣後上頂、轉手、懸腰，竟將黑影摔到十幾公尺外。

「東遊！」

玉琴姨興奮地大喊，先抱住老翁，再放手插腰道：「太慢了啦！我和小未差點變成餅！」

「對不起，學生問問題，路上稍有耽擱。」

老翁——東遊——轉向安卓未問：「安先生，你沒事吧？」

「沒是，你又是……」安卓未蹙眉，他覺得自己沒見過東遊，卻又微微覺得對方眼熟，不禁感到困惑。

「他是我老公，地球上僅次於我沒有血緣的乖孫和兩個兒子的帥男人。」

玉琴姨挺胸回答，再指著自己的前方、安卓未的背後道：「然後那隻是我們家的貓。」

「貓？」

「喵！」

一隻雙尾黑白貓在安卓未發問時跳到他腿上，伸長脖子嗅了嗅青年，貼上對方的胸膛磨蹭。

東遊微笑道：「看來賓賓喜歡你。」

安卓未睜大眼睛，遲疑片刻才伸手輕撫黑白貓的頭頂。

黑白貓仰頭享受撫摸，接著跳下安卓未的大腿，豎起尾巴快速甩毛，每甩一下身體就大上一倍，幾秒過去就從半尺不到的中型貓，轉為小巴士大小的巨貓。

這變化讓安卓未的雙眼瞪至極限，久久說不出話。

「好主意賓賓！」

玉琴姨三兩下解開固定安卓未的鬆緊帶，將行李箱推向趴伏的巨貓道：「接下來賓賓載你走，一定能在時限前把你送到。」

「你們呢？」安卓未看著玉琴姨和東遊。

「我陪你一起騎，東遊……東遊負責在地上拉我的行李箱和揍壞東西。」玉琴姨手指東遊。

「不是『揍』，是用物理手段讓他們冷靜。」東遊苦笑。

「那就是揍啦。」

玉琴扶著安卓未坐上貓背，自己則坐在青年背後，彎腰輕拍貓兒。

黑白貓站起來，向著打雷的山巒拔腿狂奔。

安卓未伏在貓背上，靠掌下的貓毛與背後玉琴姨的雙手穩住身軀，看著周圍景色以先前三四倍的速度後退，不安感迅速被期待所取代。

雖然不知道此處是何處，但他覺得自己應該能回到冀楓晚身邊，掃去戀人眉宇間繚繞不去的陰霾，真真實實、沒有恐懼地陪伴對方。

而像是要嘲笑安卓未的天真般，貓兒腳下的泥土地碎裂了。

黑白貓後足一蹬靈巧地跳離深淵，可是跑沒幾尺就又觸發崩塌，再次跳躍後直接踩到破洞，靠爪子攀住泥土邊緣才躲過墜落。

「搞什麼啦！踩地雷遊戲嗎？太犯規了！」玉琴姨憤怒的咒罵，壓著安卓未避免對方滑落。

安卓未隨貓兒的跳躍反覆騰空再落下，眼角餘光偶然掃過斜前方的泥土地，在滿地褐黃中捕捉到一絲綠意，轉過頭訝異道：「玉琴姨，前面有奇怪的藤蔓！」

「哪裡有……是黃金葛！」

玉琴姨興喜地大喊，對貓兒高聲道：「賓賓，哥哥到了，挑有黃金葛的地方！」

「喵嗚——」

黑白貓豎起尾巴，踏著綠白交錯的葉子與莖藤奔跑，貓掌踩按之處盡是硬泥地。

兩人一貓靠黃金葛標示順利穿過最後的荒原，再憑藉貓科動物優秀的跳躍力一蹬六七尺登山，輕而易舉便到達山頂。

山頂有一個泛著白光的洞窟，刺眼的光線令安卓未聯想到手術燈，正覺得奇妙時，玉琴姨忽然一把將他按倒。

尖銳而焦黑的枯樹枝掃過安卓未的頭頂，他瞪著眼還沒反應過來，樹枝就在半空中轉一圈，直衝他的眉心而來。

但樹枝沒能貫穿安卓未的頭顱，因為一名身穿園藝圍裙的青年手持半身高的圓鍬，一鍬將其敲進土裡。

青年沒有停止動作，他旋身攻擊伸出樹枝的焦枯大樹，圓鍬像拍餅乾般一擊打碎樹身。

安卓未整個人傻住，看著青年用圓鍬將殘存的樹根挖起來一腳踢下山，直到對方轉向自己才猛然回神向後縮。

「抱歉，嚇到你了嗎？」

青年不好意思地淺笑，看著手中殺傷力驚人的圓鍬道：「這是……我是園藝師，為了工作方便才隨身攜帶圓鍬。」

「陽間陰間的園藝師都不會隨身攜帶圓鍬啦！」

第三者的聲音插入，一株種在褐色花盆中的黃金葛一彈一跳地來到青年腳邊，用枝葉向安卓未做出行禮的動作，再直起莖條道：「你好，安科的小王子，我是神探黃金葛，請不要害怕我那不像樣的助手，他只是手段暴力，但人並不壞。」

「神探黃金葛……」

安卓未咀嚼這五個字，雙眼一亮前傾上身問：「我知道這名字！你是《陽台的黃金葛太過聒噪》的書迷嗎？」

黃金葛的枝葉大幅扭曲，抖著葉片還沒能吐出回應，就被青年用腳推到後面。

「他是書中黃金葛的同行。」

青年微笑，走到巨貓邊向安卓未與玉琴姨伸手道：「媽、安先生，手給我，我扶你們下來。」

安卓未與玉琴姨依序握住男性的手離開貓背，貓兒抖著毛恢復原本的大小，走到剛登上山頂的東遊身邊。

「雲深！」

東遊亮起眼呼喚園藝青年，走到對方身旁道：「我在路上看見黃先生就想應該是你。怎麼樣？有『請』到嗎？」

「有。」

園藝青年——雲深——將手伸向圍裙口袋，拿出一個插有楊柳枝的白瓷瓶。

安卓未看著瓷瓶正感到困惑時，身旁的玉琴姨誇張地倒抽一口氣，滿臉不敢相信地道：「整瓶？這不是開玩笑吧！」

「絕對不是，然後這也不是偷的，是『那位』親手交給我的。」

東遊轉向安卓未道：「安先生，請閉上眼。」

安卓未閉眼，片刻後感覺有水珠撒在自己的臉、頸、手和腿上，先覺得清涼，再感到莫名的安適，彷彿有隻看不見的手一絲一縷抽去繚繞身軀的疲倦與疼痛。

「可以睜眼了。」雲深道。

安卓未睜開眼瞳，看著東遊收起瓷瓶，偏頭好奇問：「那裡面裝的是什麼？消除疲勞和痛感的特效藥嗎？」

「可以這麼說，但就我個人的解釋，這是你的善意。」

東遊笑了笑，手指泛著白光的洞窟道：「去吧，只要穿過洞，你就會回到熟悉的地方。」

安卓未轉身向洞窟走去，不過走沒幾步就停下來，轉身看著站在原處的玉琴姨、東遊、賓賓和雲深問：「你們不一起來嗎？」

「我們……怎麼說呢？」玉琴姨拍著鯊魚夾苦笑，斜眼瞄向丈夫。

「那不是屬於我們的出口，況且我們在那裡的功課已經告一段落了。」東遊溫和地回答。

「不過沒關係，你會在那裡。」雲深滿面笑容。

「喵唔——」賓賓大聲附和。

安卓未蹙眉，慢慢轉過身面向三人一貓道：「所以……我們不會再見面了嗎？」

「總有一天會的。」東遊道。

「但應該還要很久……不對，賓賓的話還挺快的。」雲深注視黑白貓。

「喵！」黑白貓得意地翹尾巴。

「你大概看不見我們，但我們這邊可以！」

玉琴姨雙手插腰，見安卓未仍止步不動，上前將人推向洞窟。

而在安卓未融進光輝的同時，聽見玉琴姨有點急切的呼喊。

「哎呀呀差點忘了！小未，回去後幫我們跟那孩子說……」

安卓未在晨光中睜開眼，恍惚地注視天花板，覺得自己似乎經過一場嚇人的旅途，卻無法回憶細節。

在安卓未細想前，一抹黑影闖進他的視線邊緣，他下意識想連線監視器看清楚，但很快就發現自己沒戴連線輔具，只能緩慢地轉動眼珠。

然後安卓未就看到冀楓晚弓著身子，半張臉籠罩在陰影中，靠著自己的病床打瞌睡。

他心頭猛然燙熱，將手伸向冀楓晚，費了將近五分鐘才與對方指尖相觸。

在兩人接觸的剎那，冀楓晚睜眼驚醒，與安卓未對上視線，凝視對方還沒力氣完全張開的眼瞳，嘴角緩緩抽抖，起身握住纖細的手指，跪在地上無聲抽泣。

安卓未彎曲指身勾住冀楓晚，感覺對方先緊抓自己，再像害怕傷到他一般放鬆，片刻後又再度收緊，嘴角緩緩上揚。

他回來了，平安回來了。

彷彿是要彌補安卓未前半生的病痛般，他術後恢復的進度快得驚人。

原本根據醫生團的評估，安卓未術後至少要休養一週才能下床，結果他甦醒後第四天半夜就偷偷爬上冀楓晚的床；粗估大概兩週後可以開始復健，三週後取回基本活動能力，然而病人只在復健室待了十天，各項數值就比術前還好。

拜此神速之賜，在手術結束後的四十天，冀楓晚帶著安卓未，搭乘薪火駕駛的休旅車，前往安放冀家人骨灰罈的靈骨塔。

靈骨塔在距離殼之屋車程近兩小時的丘陵地，一路上安卓未相當興奮，一面透過網路搜尋靈骨塔的介紹和照片，一面靠著冀楓晚將為什麼挑選這家，到骨灰罈入塔程序都問過一遍。

休旅車將兩人載到靈骨塔的正門前，冀楓晚將安卓未抱上電動輪椅，踏入豎立巨大地藏王菩薩的正廳。

冀楓晚上回進靈骨塔是四年前，即使塔內陳設路徑都沒改變，他仍必須靠工作人員的指引才能順利找到家人們的塔位。

冀家三人一貓擺放的塔位是將三格打通成一格的特大位，冀楓晚掏出鑰匙打開櫃門，望著長格中三大一小的骨灰罈與家人合照，鼻頭倏然酸熱，下意識將頭別開，正覺得自己處在失控邊緣時，安卓未握住他的手。

安卓未什麼也沒說，只是凝視面容緊繃的作家，眼中既有關心，也有「誰讓您傷心了我去揍他」的宣告。

這讓冀楓晚的嘴角微微抖了一下，反握安卓未，深呼吸後再次看向格子道：「爸、媽、哥、賓士，好久不見，這是小未，他是我的話友、書迷、兩個月的仿生人管家，目前在安科集團擔任首席工程師和董事長。」

「你們好！」安卓未在輪椅上盡全力挺直腰桿，臉上寫滿緊張。

「我帶小未來的原因……我想你們如果在這裡，大概也猜到了——小未是我想共度一生的人，不管你們有意見無意見皆同。」

「是，我也想和楓晚先……您您您您您說、說想要什麼什麼！」安卓未聲音飆尖。

「和你過一輩子。」

冀楓晚回答，見安卓未滿臉驚訝、不敢相信的模樣，垮下臉道：「你在意外什麼？就算在我說要帶你來靈骨塔時，你還沒意識到這是帶伴侶見家人，在我講完剛剛的開場白也該察覺了吧？」

「可是、我、咦咦……啊、呃！」

安卓未的嘴部肌肉無法追上思緒，短暫的沉默後改用輪椅內建的喇叭高速道：『我做夢都在想哪天也許可能大概說不定能獨占您，您這樣說是表示我現在肯定應該確實一定可以獨占您嗎？可以跟您戴刻上彼此名字的戒指穿著百萬訂製禮服一起在夕陽下宣誓然後去蜜月旅行一整個月，並且取得罵擅自接近您的人「你這偷腥貓！」再賞他一巴掌的那種獨占嗎？』

「不要在大街上罵人打人，除此之外的你有興趣的話我沒意見。」

安卓未雙眼圓睜，盯著冀楓晚沒有說半個字，但身後的喇叭卻不斷吐出「無訊號」、「喔咿喔咿喔咿」、「井字米字驚嘆號黑色菱形」、「愛呦喔嗚嗚耶」諸如此類的怪聲。

冀楓晚嘆一口氣，彎腰彈安卓未的額頭一下終止噪音，對剛脫離震撼的年輕工程師問：「你沒有話想跟我的家人說嗎？」

「有、有！」

安卓未用自己的聲音回答，控制電動輪椅來到格子前，看著格內的家族合照張開嘴……然後就愣住了。

「怎麼了？」冀楓晚問。

「我……」

安卓未前傾上身，盯著冀家合照道：「我見過裡……裡面的人……還有貓。」

「在網路上？」冀楓晚蹙眉，他不曾公開家人的名字或照片，但不確定爸媽與哥哥自己有沒有放過。

「不是……不是照片，是更親眼的……」

安卓未瞇起眼瞳，努力驅策大腦回想，驟然靈光一閃轉向冀楓晚道：「是在我進……手術房，麻醉後！」

「你是說做夢嗎？」冀楓晚眉頭的皺褶加深。

「也不是……」

安卓未偏頭思索，手指照片上冀楓晚的母親道：「啊，但造型不太……一樣，這裡她頭髮……是放下來，我看到的是……夾鯊魚夾。」

冀楓晚手指一顫，鯊魚夾是他母親在家裡時愛用品，可是一旦需要拍照時，愛美的母親絕對會將夾子拿下。

因此，安卓未如果真有見過他的母親張玉琴，那麼絕對不會是透過照片。

「這個人的衣服……也不一樣。」

安卓未的手指轉向照片中的其他人道：「他這裡穿……白色的唐裝，我看到的……是青色；然後他旁邊……這個人穿褐圍裙……拿藍柄的圓鍬；貓……比較胖，肚子圓圓的。」

安卓未的描述很簡略，冀楓晚腦中卻浮現清晰的景象，因為那是他父親冀東遊清晨出門打太極時穿的青衫，他哥哥冀雲深工作時的圍裙與圓鍬，他的愛貓發福後的肚皮。

而這全部都不是安卓未會知道的事。

「他們……包含貓咪，救了我！」

安卓未拾回散落的記憶，興奮更欣喜地道：「在我要被……淹死、跑不動時，他們……揹著我護著我……送我回來！」

冀楓晚向後踉蹌兩步，看著安卓未喜悅的側臉，情感翻騰宛若火燒，理智則懷疑對方是不是透過薪火的數據蒐集能力，編出這段話讓自己開心。

在冀楓晚得出結論前，安卓未轉向他。

「他們要我……玉琴姨要我……跟您說『就算我們……大部分時間……都不在塔裡，一年也……至少要來一次。』」

安卓未仰望冀楓晚，一個字一個字清晰且真摯地道：「還有『阿楓那晚……不在家真是……太好了。』」

冀楓晚雙眼睜至極限，只有家人會喊他「阿楓」，而除了他本人和靈骨塔的訪客登記簿外，沒人知道自己一年來不到一次，因此能說出這些話的只有……

他深吸一口氣，轉身低頭遮住自己的嘴。

「楓晚先生？」

「……」

「您怎麼……了？」

「……」

「楓晚……嗚！」

安卓未驚叫，因為冀楓晚忽然掉頭撲到自己腿上，揪著他的衣衫顫抖抽泣。

他看著哭到雙肩打顫的冀楓晚，將手放到對方的背上，模仿當初玉琴姨幫自己順氣的動作，輕輕拍撫戀人。

冀楓晚將額頭靠在安卓未腿上，隔著衣物感受對方偏低但確實存在的體溫、現實存在的溫暖，以及透過戀人之口送達的逝者寬慰包圍他，拆去最後的矜持與堆積五年的心結，讓他放肆地用眼淚和哭聲發洩情緒。

而他與安卓未的身影隔著玻璃片映在家族合照上，長方形的格子中有著僅有冀楓晚不在其中的骨灰罈，以及所有人都在的相片，兩者靜靜佇立，彷彿在注視哭泣與安撫哭泣之人。

願相守至死亡降臨，盼重逢於死亡降臨。

（全文完）

番外篇

美好的生日需要來點兔子

作為一名擁有天才大腦的狂熱粉絲，安卓未對偶像的服裝有諸多妄想，包括但不限於王子楓晚先生、騎士楓晚先生、殺手楓晚先生、黑道老大楓晚先生、應召男郎楓晚先生、邪惡仿生人首領楓晚先生、超●力●王楓晚先生……

然而，安卓未的偶像、最愛的作家與真命天子一如往常，輕易超越他的想像。

「……喂，你也給點反應，別一直呆站著啊。」冀楓晚滿臉通紅地催促。

作家站在安卓未的房間中，背後是能看見半個研發園區的落地窗，地面的燈光和天頂上的月輝穿過玻璃，照亮他頭上一折一立的黑色兔耳、脖子與手腕上的雪色假領假袖、取代腰帶綁在腰上的蝴蝶結緞帶，與墨色西裝褲。

是的，冀楓晚頂著兔耳綁著蝴蝶結，上身近乎全裸地站在安卓未面前。

今天是安卓未的生日，冀楓晚、安實臨、薪火、安科集團的仿生人研發小組與幾名熟識的醫生護士在殼之家替他辦了慶生會，會上安實臨送給弟弟一座南洋小島，薪火給了據說成破解核彈密碼的駭客程式——冀楓晚迅速要求量子電腦收回程式。

而冀楓晚準備的禮物是機器人造型的雙層蛋糕，安實臨對此十分不滿，認為對方把最愛弟弟拐進家門後就敷衍了事；薪火則是挑著單眉，似笑非笑地看著作家。

但安卓未非常喜歡冀楓晚的禮物，在醫生容許的範圍內大嗑蛋糕，和兄長、薪火、幾名研發小組成員一同跳大腿舞，再經歷數場所有人都做球給他，但他只想讓心愛的作家獲勝的桌上遊戲後，心滿意足地進浴室洗去一身汗水紙花。

然後安卓未就在出浴室時，看見冀楓晚換上一身兔男郎裝，雙頰赤紅地站在禮物盒、彩帶、氣球等慶生會道具邊。

「小未，你說說話啊！」

冀楓晚整張臉扭向落地窗，等了片刻還是等不到回應，咬牙轉身道：「罷了，我去換下來，你就當沒見過，絕對不要告訴其他人！」

安卓未倒抽一口氣，慌張地奔向冀楓晚，伸手想抓住作家，卻在跑倒最後一步時左腳絆到右腳，直接撲到對方身上。

好在經過半年的相處後，冀楓晚對於這種狀況熟悉得能用本能反應，穩穩接住安卓未，蹙眉道：「講過多少次了，你就算不需要輪椅，也還沒恢復到能百米衝刺的地步。」

安卓未沒有回話，看著冀楓晚近在眼前的胸膛、稜角分明的鎖骨、黑色領結白色假領，還有作家憂慮卻仍帶著幾分羞恥的紅臉，忽然覺得有人在自己腦中放了一顆炸彈。

「我要放手了，你自己站……咦！」

冀楓晚驚呼，房內的吊燈忽然熄滅，正感到困惑時，窗外研發園區的路燈也一秒暗去。

片刻後，路燈以殼之屋為中心盞盞亮起、盞盞暗下，更遠處的辦公大樓映著一顆顆粉紅色愛心，煙花從樓頂射出打亮夜空。

而房內的廣播系統激情演唱著充滿「F」開頭字母，高中生不宜的搖滾樂。

冀楓晚臉上的驚愕緩緩散去，取而代之的是無奈和放心，低下頭問：「這能理解成，你很喜歡我現在的打扮嗎？」

「超、喜！非常非常喜歡！」

「那就好，要不然三十多的人穿這身實在是……」

冀楓晚長長嘆一口氣，重整情緒後放開安卓未，彎腰伸手問：「如果你喜歡，那麼在明天護士過來前，我都會維持這個打扮。你有想讓兔子先生做的事嗎？」

「做……做什麼都可以嗎？」

「只要別超出我的能力範圍，還有別抓我去遊街，其他都可以。你想做什麼？」

「做愛！」

「這沒問……」

「不是用手或嘴！要進去……真的進去，到底那種！」

安卓未扣住冀楓晚的手腕強調，見對方皺眉明顯想拒絕，立刻拍胸道：「醫生說我恢復得很好！已經六個月了，可以的！」

冀楓晚眉頭的皺褶沒有撫平，但在與天才工程師對視幾秒後，他彎下腰吻上對方的嘴唇。

安卓未先愣住再熱情回應，抬起手圈住冀楓晚的脖子，接著就感覺對方的手環上自己的腰與臀，雙腳隨之離地。

雖然他不曾用真正的身體承受過冀楓晚的性器，但這半年來兩人已經交換過無數個吻，他們像跳雙人舞一般，自然而然地勾纏另一人的唇舌，適時給予換氣的空間再急速向前。

冀楓晚將安卓未放上雙人床，看著身下輕輕喘氣的戀人，牽起對方的手放到腰間的蝴蝶結上，挑起嘴角問：「不拆禮物嗎？我的愛麗絲。」

安卓未的回答是用最快速度扯開蝴蝶結，撐起上身想碰觸冀楓晚，但作家先一步俯身吻上他的頸側。

冀楓晚輕輕吻啄安卓未的脖子，單手挑開對方睡衣的扣子，掀開衣衫後撫摸戀人纖白的肩膀，再貼上微微隆起的胸脯、與其說是青年不如說是少年的細腰。

纏綿的吻、溫熱的撫觸讓安卓未迅速興奮起來，拱起背脊貼近冀楓晚，還穿著睡褲的雙腳也隨之打開，靠上漆黑的西裝褲。

冀楓晚的嘴唇緩緩下挪，吻過咽喉啄過鎖骨，吮含耗費六個月才終於養出肉來的胸部，雙手同時下滑，右手隔著睡褲捏臀，左手蓋上明顯隆起的褲襠，抬起頭輕笑道：「你今天特別有『精神』呢。」

「因為、因為……」

安卓未望著冀楓晚的臉龐，總是給人清冷印象的臉龐一旦染上笑意，就從高不可攀轉為叫人心癢難耐，使他忍不住嚥口水道：「楓晚先生現在……好色。」
「比不上你吧？」
冀楓晚低沉地笑著，微微抬高臀部，輕輕搖晃臀上的假兔尾，舔上安卓未的乳尖道：「成天色誘我的變態小貓……偶爾也該讓你嘗嘗這是什麼滋味。」
安卓未的腦袋直接陷入空白，直到被冀楓晚吮咬乳首，才在麻痛中回神，但清醒沒兩秒，意識就被胯下升起的酥麻推進恍惚之境。
冀楓晚拉下安卓未的睡褲，兩手分別隔著內褲揉弄戀人的臀瓣、性器，聽著對方的呼吸迅速轉為灼熱，喉頭滾動兩下，放開人朝床頭櫃挪動。
「楓晚先生？」安卓未的呼喚中有迷惑更有失落。
「我沒有要走，只是拿潤滑液。」
冀楓晚從床頭櫃中翻出一個透明瓶子，回到安卓未身旁，解開自己的褲頭，掏出接近全勃的陰莖，苦笑道：「看來我也有點過度有『精神』了，能在我幫你擴張時，給我一點安慰嗎？」
「沒問題！不管你需要什麼，就算是我的命也……」
「那個請自己留著。」
冀楓晚嚴肅要求，再恢復笑容跪在安卓未腿間，將對方的內外褲褪下，傾身把自己的陽具靠上另一人的分身，擠上潤滑液後拉起工程師的手，放上處於興奮狀態的器官，沉聲道：「握住，然後摸一摸。」

安卓未有種自己正被冀楓晚親吻耳膜的錯覺，張開五指抓著對方地陰莖，有些笨拙地上下套弄。

這讓冀楓晚不禁長吐一口氣，靜止片刻後把潤滑液擠上右手，垂手摸上安卓未的臀縫。

安卓未握棒的手微微一抖，感覺到冀楓晚用手指撥開自己的肉縫，指頭的形狀與溫度壓入臀徑中，他很熟悉冀楓晚手指的形狀，不用閉眼就能想像修長、略帶骨感的指身裹著潤滑液體一寸一寸向內推進，為肉體帶來不適，卻令精神更加亢奮。

「小未，手停了。」

冀楓晚低聲提醒，食指緩慢抽動，傾身微微壓向戀人，在對方耳畔細聲問：「你不願意給寂寞的兔子先生一點撫慰嗎？」

安卓未感覺自己的頭殼一陣麻癢，兩手共同撫弄冀楓晚的性器，手指在滑動時也碰到自己的肉莖，麻癢快感爬上神經，幾次後便讓他下意識挺動下身，磨蹭起作家的分身。

冀楓晚的吐息因此轉為粗重，手指的抽動先是加快，接著多放入一指，最後按上些微隆起的腺體。

「嗯哈！」

安卓未上身猛顫，電流般的快感打上腦殼，後穴本能地收捲，雙手也因此握緊。

這一握讓冀楓晚完全勃起，拉起安卓未的下巴吻住小巧的嘴唇，手指反覆屈伸戳壓戀人的敏感處，在肉徑適應雙指後馬上插入第三指。

安卓未雙頰泛紅，一面張嘴吞吮冀楓晚的氣息，一面拱腰貼近戀人的身軀，雙腿在手指的觸壓下頻頻打顫，龜頭滲出一絲白濁。

冀楓晚在安卓未射精前抽出手指，抱起戀人嬌小的身軀，坐上床鋪的同時，將人對準自己的性器放下。

安卓未的雙眼猛然睜大，清楚感受到圓硬的龜頭頂入後庭，粗壯的陰莖一寸一寸撐開自己，盈滿的快意與脹痛一併襲來，奪去他的思考能力。

他的大腦在溫柔的撫摸中重新開機，發現自己不知何時伏在冀楓晚的肩上。

「還好嗎？」

冀楓晚輕聲問，撫摸著安卓未的髮絲和後背，插在對方體內的肉柱仍舊粗硬，但眼中與掌上都沒有一絲慾念，只有純粹的擔憂。

「沒有……沒事！」

安卓未抱住冀楓晚的頸部，感受著體內的堅挺，燦爛地笑道：「好久……不對，第一次把楓晚先生……整個吃進來，好開心！」

「不會痛或覺得勉強嗎？」

「一點點痛，但更覺得麻……還有癢。」

安卓未摟緊冀楓晚，難耐地扭動腰臀道：「楓晚先生，可不可以……快點開始？」

冀楓晚眨了眨眼，好氣又好笑地道：「雖然急著插進來的我也沒資格講這話，但你也多顧慮一下自己的身體啊！」

「我相信楓晚先生！」

安卓未將頭枕在冀楓晚的肩上，閉上眼全然放鬆地道：「楓晚先生很溫柔……會念我，但不會傷害我。」

「你沒聽過言語暴力嗎？」

冀楓晚故作嚴厲地瞪安卓未一眼，兩手握住對方的臀部道：「我會盡量慢點，不舒服就講。」

安卓未點點頭，感覺冀楓晚將自己慢慢托起，再極緩極慢地放下，痛感與快感再次降臨，不過這次緩和不少，且隨陰莖進入的深度增加，後者一點一滴吞噬前者。

「小未……」

冀楓晚輕聲呼喚，輕揉安卓未的臀瓣，和緩地抽插仍處於緊縮狀態的窄穴，低沉地道：「不舒服的話，就把注意力放到我的聲音上，或是掐我發洩，這樣會好一些。」

「沒有不……哈！」

安卓未猛然抽氣，但並非是因為疼痛，而是被冀楓晚頂到前列腺，比擴張時深刻數倍的快感湧上，令他雙眼染上水氣，穴壁對陰莖的突入從推拒轉為吸吮。

這令冀楓晚的眼中也冒出焰光，靜止幾秒後對準線體反覆插磨。

「啊、哈——哈啊！楓晚……楓晚先、生……啊啊——」

安卓未渾身打顫，搭著冀楓晚的肩頭本能地扭腰，在脹痛下一度頹軟的肉根恢復挺立，隨擺動擦過另一人的腹部。

而這畫面和動作對與戀人同居，但長達半年都只用對方的手或腿簡單解決生理需求的男性而言，是無比濃烈的春藥。

冀楓晚掐住安卓未的臀，抬高幾寸後快速頂撞，陰莖將臀口的皺褶完全撐開，莖身於抽插間刮出水液，龜頭輾過腺體烙上穴心，令寬大的房間迴盪拍響與水聲。

「楓晚、晚哈……喜歡，最喜歡……嗯啊！」

「小未。」

蕩漾的呻吟與低沉的呼喚相疊，安卓未緊抓冀楓晚的肩膀，身體在一次次盈滿中收緊，最後被一次深搗逼出精液。

冀楓晚先被安卓未捲咬陰莖，再感受到精水濺上腹部，粗喘一口氣，掙扎片刻還是扣住戀人的臀股，操開處於高潮緊縮中的後穴，反覆進出直到精液射出。

房間歸於平靜，但數分鐘後就響起細微的吮吻聲，十多分鐘後，喘息與拍打聲再度降臨。

拜此之賜，隔天一早不管是白兔先生還是愛麗絲，都被醫生狠狠念了一頓。

（番外篇完）

後記

首先，按照慣例感謝購買這本書的諸位，然後還沒看完正文的請快點闔上，因為接下來絕對會爆雷。

不過如果是跟我一樣，即使是偵探小說也會先翻最後一頁看的防爆仔就不用了。

《仿生人偶是否會夢見點滴架》是為了參加「KadoKado百萬小說創作大賞」而寫的文，我在二〇二二年五月看到比賽訊息，於是打開我凌亂的靈感資料夾，挑了「某人遇上了各方面都符合他的喜好的夢中情人，然而這位夢中情人之所以如此合這人的胃口，是因為夢中情人是這人的跟蹤狂」發展成大家手上這本書。

當然，如果是看完書的朋友，會發現整篇文的重點並不在「我的夢中情人是跟蹤狂」上，而是如何面對生死，之所以會這樣變化，是因為我家貓咪今年要滿十八歲了。

十八歲的貓咪是個什麼概念呢？雖沒到貓瑞，但也是個即使目前還健康，但明天就突然升天也不奇怪的狀態，因此我一直在思考，我要如何面對我的貓咪總有一天會離開我的事實。

而這份擔憂加上延續兩年要三年的疫情，讓我覺得不管是我自己還是整個社會都需要學習如何面對名為「死亡」的離別。

我不敢說看完《仿生人偶（略）》就能得到答案，因為面對死亡是一個永恆的問題，且本書也不是哲學書籍，本書只是個致力於讓大家看完後開花姨母笑的ＨＥ小說。

希望有成功，如果沒有成功……對不起！我相信下一本書會更好！

而以最初的靈感和生死這個議題為主幹，我寫出了一本……老實說各方面都很冒險的文啊！

首先，本文前半段是個偏日常向的小甜餅，認真說以ＢＬ小說來說這不算很優秀的開頭，但我沒有別的選擇，因為如果不先讓冀楓晚和小末建立足夠的情感，後面的掙扎煎熬全都會變得蒼白無力。

而本文第二個冒險，是有大量角色是中後段才登場，其中甚至有倒數五千字才正式登場的人物（冀家三人與貓咪），如果這些人是不重要的配角倒無所謂，不過看完文的朋友都知道，他們全是重要人物。

然後最後一個冒險，則是我在最後一章讓這本和知名科幻小說《仿生人會夢見電子羊》（電影《銀翼殺手》原作）有著類似名字的書，成為一本貨真價實鬧鬼的靈異文。

我依稀記得不知道哪本暢銷寫作書中曾告誡作者，不要搞雙重奇幻設定（既然有了魔法師就不要開巨大機器人出來），不過……寫作沒有金科玉律，所以我決定賭一把看會不會翻車。

感謝台灣角川和所有給予我回應的讀者，我這把算賭贏了。

不過我不是因為想賭博才這麼設計，而是抱著希望才這麼做，我希望那些永遠離去的重要之人依舊在某個地方快樂地生活，然後偶爾會回來看看。

我在《仿生人偶（略）》中放入了我認為面對死亡時可能需要的裝備——新的相遇、飽含愛意的人、即使渾身發抖也要繼續前進的勇敢、一點宗教和一點也不恐怖的鬧鬼，以及我的個人愛好——科幻、一些些解謎、主動不弱勢的受、冷靜理智並且帶著傷口的攻，我個人對成品很滿意，但老實說我原本以為能入圍就算不錯了，還認真搜尋過落選後可以轉投那些出版社。

感謝台灣角川和評審們的青睞，科幻在台灣是小眾，生死不算冷門議題但也是大眾會下意識迴避的主題，選擇《仿生人偶（略）》作為ＢＬ組銀賞是個需要一點勇氣的選擇，我衷心希望台灣角川能回本。

也謝謝本書的編輯與校對，身為錯字王還長駐眼殘屬性的我在抓錯上就是無能兩個字；還有負責本書封面的繪者，身為作者我每次都很期待孩子們化為圖像，我相信有很多人是被封面圖騙進來的。

最後，再次感謝購買本書的每個人，如果冀楓晚和小末能為你們帶來一點歡樂，那會是我的榮幸。

M・貓子

仿生人偶是否會夢見點滴架

國家圖書館出版品預行編目資料

仿生人偶是否會夢見點滴架 / M . 貓子作 . -- 初版 . -- 臺北市：臺灣角川股份有限公司 , 2023.10
面； 公分

ISBN 978-626-378-058-3（平裝）

863.57　112013376

作者　M.貓子
插畫　鹿卷耳

2023 年 10 月 11 日 初版第 1 刷發行

發行人　岩崎剛人
總監　呂慧君
編輯　陳育婷
設計主編　許景舜
印務　李明修（主任）、張加恩（主任）、張凱棋

台灣角川

發行所　台灣角川股份有限公司
地址　104 台北市中山區松江路 223 號 3 樓
電話　(02) 2515-3000
傳 真　(02) 2515-0033
網址　http://www.kadokawa.com.tw
劃撥帳戶　台灣角川股份有限公司
劃撥帳號　19487412
法律顧問　有澤法律事務所
製版　尚騰印刷事業有限公司
ISBN　978-626-378-058-3